Barbara Taylor Bradford

Es begann in Paris

Barbara Taylor Bradford

Es begann in Paris

Aus dem Amerikanischen
von Margarethe van Pée

MARION VON SCHRÖDER

Die Originalausgabe erschien 2002 unter dem Titel *Three Weeks in Paris* bei Doubleday, a division of Random House, Inc., New York

Der Marion von Schröder Verlag ist ein Verlag der
Ullstein Heyne List GmbH & Co. KG
Redaktion: Anja Freckmann
Herstellung: Helga Schörnig
Gesetzt aus der Swift 10,5/13,7 pt
bei Leingärtner, Nabburg
Druck und Bindung: GGP Media, Pößneck

Printed in Germany

ISBN 3-547-71023-5

Für Bob, den Mann für alle Jahreszeiten, in Liebe

Inhalt

Prolog

Der Mann auf der Rue Jacob schlug fröstelnd den Kragen seines Mantels hoch. Es war ein bitterkalter Februartag, und ein eisiger Wind blies durch die Straßen von Paris.

Der Himmel war blassblau, und die Sonne warf einen silbrigen Schein über die Dächer, ohne jede Wärme. Aber Paris war bei jedem Wetter wundervoll, sogar der Regen hatte eine besondere Qualität.

Er winkte nach einem Taxi, und als es vor ihm am Bordstein hielt, sprang er hinein und wies den Fahrer an, ihn zum nächsten Postamt zu bringen. Dort warf er einundsiebzig bereits mit Briefmarken versehene Umschläge in den Briefkasten und stieg dann wieder ins Taxi.

Als Nächstes nannte er dem Fahrer die Adresse des Pariser FedEx-Büros. Er lehnte sich auf dem Rücksitz zurück und blickte ab und zu aus dem Fenster. Er war froh, wieder in der Stadt der Lichter zu sein. Nur die Kälte machte ihm zu schaffen.

Im FedEx Büro füllte der Mann mehrere Formulare aus und reichte sie dem Angestellten zusammen mit vier weiteren Briefumschlägen, die alle in den nächsten vierundzwanzig Stunden zugestellt werden sollten. Sie gingen in vier weit entfernte Städte in unterschiedlichen Winkeln der Welt. Wieder im Taxi, ließ er sich zum Quai Voltaire fahren. Dort am linken Seineufer lag sein Lieblingsbistro. In Gedanken versunken eilte er in das Lokal, ohne zu ahnen, dass er gerade eine folgenschwere Kette von Ereignissen in Bewegung gesetzt hatte. Was er getan hatte, würde das Leben einiger Personen für immer verändern.

Teil 1 *Les girls*

1

Alexandra

Es war die Zeit des Tages, die sie am liebsten mochte. Blaue Stunde. Der späte Nachmittag, wenn die Farben verschwammen und das Licht weich wurde.

Ihr Kindermädchen hatte immer blaue Stunde dazu gesagt. Ihr gefiel der Ausdruck; er beschwor eine traumhafte Stimmung herauf, und schon als kleines Mädchen hatte sie sich immer besonders auf diese Tageszeit gefreut. Wenn sie zusammen mit dem Kindermädchen und ihrem Bruder Tim von der Schule nach Hause ging, hatte sie aufgeregt und erwartungsvoll der blauen Stunde entgegengesehen. Dieses Gefühl hatte sich nicht verändert, und ganz gleich, wo auf der Welt sie sich aufhielt, die Abenddämmerung erfüllte sie immer mit Vorfreude.

Sie trat von ihrem Zeichentisch ans Fenster ihres Lofts und blickte über Manhattan. Gerade jetzt war für Alexandra Gordon der Himmel perfekt … eine Mischung aus Pflaumenblau und Violett, mit einer Andeutung von Rauchgrau, das in ein blasses Rosa überging. Die Farben der Antike, Farben, die an Byzanz, Florenz und das alte Griechenland erinnerten. Die Umrisse der Türme, Kuppeln und Wolkenkratzer dieser prächtigen modernen Metropole waren unscharf und wirkten zeitlos gegen den fast violetten Himmel.

Alexandra lächelte vor sich hin. Immer schon hatte diese Tageszeit eine gewisse Magie für sie besessen. In der Filmbranche, für die sie gelegentlich arbeitete, wurde die

Abenddämmerung ja auch als magische Stunde bezeichnet. War es nicht seltsam, dass sie das als Kind schon so gesehen hatte?

Während sie die Skyline betrachtete versank sie eine Weile in Erinnerungen an ihre Kindheit ... an die Jahre, in denen sie an der Upper East Side aufgewachsen war ... eine Kindheit voller Liebe und Sicherheit in einer wundersamen Zeit. Obwohl ihre Mutter berufstätig gewesen war, es immer noch war, hatten ihre Eltern sie und Tim nie vernachlässigt. Vor allem ihre Mutter hatte sich viel um sie gekümmert, und sie war in mehr als einer Hinsicht von ihr geprägt.

Schließlich schüttelte sie die Gedanken an die Vergangenheit ab und trat wieder an ihr Zeichenbrett. Sie betrachtete die Pappe, die sie gerade fertig gestellt hatte. Es war die letzte in einer Serie von sechs, die zusammen eine ländliche Winterlandschaft ergaben.

Sie fand, dass sie das Wesen eines kalten, verschneiten Abends im Wald genau getroffen hatte. Jetzt ergriff sie die Pappe und trug sie zur anderen Seite des Ateliers, wo die anderen fünf bereits standen. Während sie prüfend das vollständige Werk musterte, stellte sie sich vor, wie es als überlebensgroßes Bühnenbild aussehen würde, denn das sollte daraus werden. In ihren Augen jedenfalls waren die sechs Bilder gelungen. Sie entsprachen genau dem, was der Regisseur verlangt hatte.

»Ich möchte, dass man die Kälte spürt, Alexa«, hatte Tony Verity ihr bei der ersten Besprechung erklärt. »Ich möchte vor Kälte zittern, mich in meinem Mantel verkriechen, den eisigen Abend in den Knochen *spüren*. Dein Bühnenbild muss in mir den Wunsch wecken, ins Haus zu laufen und mich vor ein prasselndes Kaminfeuer zu setzen.«

Und genau das wird er empfinden, sagte sie sich. Sie erinnerte sich daran, wie sie an das Bild herangegangen war. Sie hatte sich St. Petersburg im Winter vorgestellt und hinter der Stadt einen imaginären Wald gesehen.

Vor ihrem geistigen Auge war das Bild wie eine Filmszene abgelaufen ... kahle Bäume, an deren Ästen Eiszapfen glitzerten, Schneeverwehungen, die wie weiße Dünen zwischen den Bäumen aufragten. Weiße Nächte. Weißer Himmel. Weißer Mond. Weiße Stille.

Außer ein wenig Grau und Schwarz für die skelettähnlichen Äste hatte sie kaum Farben verwendet. Als Tüpfelchen auf dem i hatte sie noch ein paar einsame Fußspuren in den Schnee gesetzt. Fußspuren, die zwischen den Bäumen hindurchführten, als verfolgten sie ein bestimmtes Ziel, suchten nach einem Geheimnis. Rätselhaft. Mysteriös. Auf gewisse Weise sogar ein wenig beängstigend ...

Das war die Stimmung, die sie ausdrücken und dem Publikum vermitteln wollte. Im Laufe der Woche würden die Pappen fotografiert und für die Bühne vergrößert werden.

Das schrille Läuten der Türglocke unterbrach ihre Gedanken. Mit ihrer Konzentration war es augenblicklich vorbei. Sie trat an die Gegensprechanlage und nahm den Hörer ab. »Hallo?«

»Ich bin es, Jack. Ich weiß, ich bin zu früh. Kann ich raufkommen?«

»Ja, klar.« Sie drückte auf den Türöffner und lief die Treppe herunter, um ihn hereinzulassen.

Ein paar Sekunden später trat Jack Wilton in einem schwarzen Dufflecoat und mit einer großen braunen Einkaufstüte in der Hand aus dem Aufzug und kam ihr auf dem Flur entgegen, das intelligente Gesicht zu einem breiten Grinsen verzogen.

»Entschuldige, dass ich dich bei der Arbeit störe, aber ich war gerade in der Gegend, mit Billy Tomkins in der Cromer Gallery. Irgendwie kam es mir blöd vor, jetzt noch mal nach Hause zu fahren. Ich setze mich ganz still in eine Ecke und gucke CNN, bis du so weit bist.«

»Ich bin gerade fertig geworden«, erwiderte sie lachend. »Ich habe eben den letzten Pinselstrich auf das letzte Bild gesetzt.«

»Das ist ja toll!« Er trat in die kleine Diele ihrer Wohnung, stellte die Einkaufstüte ab, zog sie in die Arme und schob die Tür mit dem Fuß zu.

Er drückte sie fest an sich, und als seine Lippen ihre Wange streiften, lief ihr ein leichter Schauer über den Rücken. Zwischen ihnen prickelte es wie schon seit einer Ewigkeit nicht mehr. Sie war völlig verblüfft.

Er offensichtlich auch. Er hielt sie ein wenig von sich weg und blickte sie liebevoll an, dann küsste er sie leidenschaftlich. Schließlich murmelte er dicht an ihrem Ohr: »Komm, lass uns ein Bett suchen.«

Sie blickte in seine verhangenen grauen Augen, die seelenvoller waren denn je. »Sei nicht albern.« Gleichzeitig lächelte sie verführerisch, und ihre Augen funkelten.

»Albern? Es ist doch nicht albern, ins Bett zu gehen. Meiner Meinung nach ist es eher etwas Ernstes.« Er warf seinen Mantel neben die Einkaufstüte auf den Boden und zog sie zum Schlafzimmer.

Dort blieb er mitten im Zimmer stehen, drehte sie an den Schultern zu sich herum und blickte sie fragend an. »Du bist mir ein wenig abhanden gekommen«, sagte er.

Stumm erwiderte sie seinen Blick.

Er hob ihr Kinn mit dem Finger an und küsste sie leicht auf die Lippen. »Aber ich habe stark das Gefühl, dass du auf einmal wieder da bist.«

»Ich glaube schon.«

»Ich bin so froh darüber, Lexi.«

»Ich auch«, erwiderte sie.

Wissend lächelte er sie an und führte sie wortlos zum Bett. Sie setzten sich nebeneinander auf die Bettkante, und er begann, ihre Bluse aufzuknöpfen. Sie zerrte an seinem Tweedjackett, und innerhalb weniger Sekunden lagen sie beide nackt auf dem Bett.

Er beugte sich über sie und fragte: »Und wo hast du gesteckt?«

»Ich weiß nicht genau. Vermutlich in meiner Arbeit.«

Er nickte verständnisvoll, da er als Künstler selbst solche Phasen kannte, wenn er malte. Aber sie hatte ihm wirklich gefehlt, und ihre Zurückgezogenheit hatte ihm Sorgen bereitet. Jetzt küsste er sie zärtlich.

Wieder überlief Alexandra ein Schauer, und sie begann unter seinen Küssen und Berührungen, die immer fordernder wurden, zu zittern. Er streichelte ihren Oberschenkel, und zwischen ihren Beinen begann es heiß zu prickeln.

Plötzlich jedoch verkrampfte sie sich. Rasch küsste er sie auf die Lippen; tief drang seine Zunge in ihren Mund, und sie versanken in einem langen Kuss.

Dabei streichelte er sanft und erfahren die Innenseite ihrer Schenkel und die Mitte ihrer Weiblichkeit, und sie öffnete sich unter seinen Händen wie eine Blume unter der Wärme der Sonne.

Als sie leicht zu keuchen begann, verstärkte er Druck und Tempo. Er liebte diese Frau, und er wollte sie an sich binden. Er wollte sie lieben und sich mit ihr vereinen.

Er drang in sie ein und stieß so kraftvoll zu, dass sie aufschrie. Dabei schob er die Hände unter ihre Pobacken und zog sie eng an sich. Mir rauer Stimme rief er: »Komm mit mir, komm dorthin, wo ich bin, Lexi!«

Und sie folgte ihm, schlang die Beine um seinen Rücken und legte ihre Hände auf seine Schultern. Sie fanden zu einem gemeinsamen Rhythmus, und auf dem Höhepunkt sagte er immer wieder, wie sehr er es liebte, mit ihr zu schlafen.

Als sie danach entspannt und befriedigt nebeneinander lagen, zog er die Decke über sie beide und nahm Alexandra in den Arm. Das Gesicht in ihren Haaren vergraben, flüsterte er: »Ist das nicht unglaublich gut?«

Als sie schwieg, fügte er hinzu: »Du weißt doch, wie gut wir zusammenpassen …«

»Ja.«

»Und du gehst nicht wieder weg, oder?«

»Nein … ich war einfach so beschäftigt und angespannt …«

»Ich bin sehr froh, dass es nichts mit mir zu tun hatte.«

Sie lächelte leise. »Du bist der Beste, Jack, der Allerbeste. Jemand ganz besonderes … einzigartig.«

»Ah, mit solchen Schmeicheleien wirst du es weit bringen.«

»Das hab ich doch schon, oder?«

»Wieso?«

»Mit dir zusammen – an einem weit entfernten, wundervollen Ort.«

Er stützte sich auf einen Ellbogen und betrachtete sie im schwindenden Licht des Tages. Wollte sie ihn necken? Aber dann sah er, wie ernst sie ihn anschaute, und sagte leise: »Dann lass uns einen Dauerzustand daraus machen.«

Die strahlenden grünen Augen, die er so sehr liebte, weiteten sich. »Jack … ich weiß nicht …«

»Sag ja.«

»Okay. Ja.«

»Ich rede vom Heiraten«, murmelte er und musterte sie prüfend.

»Das weiß ich.«

»Willst du denn?«

»Will ich was?« Jetzt neckte sie ihn wirklich.

»Willst du mich heiraten?«

»Ja, ich will.«

Ein langsames, warmes Lächeln breitete sich auf seinem schmalen Gesicht aus, und er beugte sich über sie und küsste sie auf die Stirn, die Nase, die Lippen. Dann sank er neben ihr in die Kissen und fuhr fort: »Mann, bin ich glücklich, wirklich, verdammt glücklich, Lexi, dass du ja gesagt hast. Wow! Und wir bekommen auch ein oder zwei Kinder, oder?«

Sie lachte, weil er offensichtlich außer sich vor Freude war. »Natürlich! Weißt du was? Vielleicht haben wir ja gerade schon eins gemacht!«

»Könnte sein. Aber vielleicht sollten wir es zur Sicherheit gleich noch mal versuchen?«

»Du meinst, jetzt sofort?«

»Ja.«

»Kannst du denn schon wieder?«

»Mach dich nicht lächerlich, natürlich kann ich. Fühl mal!« Er ergriff ihre Hand und zog sie unter die Bettdecke. »Da siehst du, was du bei mir anrichtest. Ich werde immer dazu bereit sein, Kinder mit dir zu machen, Liebling.«

»Gib nicht so an, tu es einfach!«, rief sie und küsste ihn. »Lass es uns die ganze Nacht tun, Jack.«

»Willst du kein Abendessen?« Er zog eine Augenbraue hoch.

»Oh, wer denkt denn ans Essen, wenn man so wichtige Aufgaben zu erledigen hat.«

Er musste lachen. »Ich. Aber wir brauchen nicht auszugehen, meine Süße. Ich habe uns was mitgebracht – es ist in der Einkaufstüte.«

»Ach so, du hast das alles geplant, was? Jack Wilton, du bist ein ungezogener, sexbesessener Mann. Ich hätte wissen müssen, dass du nur hierher gekommen bist, um mich zu verführen. Mich zu schwängern!«

»Ich dich verführen? Na, du hast vielleicht Nerven. Jedenfalls hast du gerade das beste Beispiel für hervorragende Kooperation geliefert. Und was das Schwängern angeht, darauf kannst du Gift nehmen, dass ich das tue!«

Prustend vor Lachen wälzten sie sich auf dem Bett. Nach einer Weile jedoch wurde Jack ernst. »Aber du änderst doch jetzt deine Meinung nicht mehr, Lexi, oder?«

»Natürlich nicht.« Sie strich ihm leicht über die Wange und lächelte ihn hinreißend an. »Sollen wir jetzt anfangen ... Kinder zu zeugen, meine ich.«

»Nichts kann mich aufhalten ...«, begann er, brach aber ab, weil es an der Tür läutete.

Alexandra zuckte zusammen und warf Jack einen erstaunten Blick zu. Dann stand sie auf, holte ihren Morgenmantel aus dem Schrank und schlüpfte schnell hinein, während sie in die Diele lief. Sie nahm den Hörer ab und sagte: »Hallo?«

»Eine FedEx-Sendung für Miss Gordon.«

»Danke. Ich mache Ihnen auf. Vierzehnter Stock.«

Die Durchschrift auf dem FedEx-Umschlag war so schwach, dass sie kaum den Namen und die Adresse des Absenders entziffern konnte. Das Einzige, was sie lesen konnte, war *Paris, Frankreich.*

Stirnrunzelnd betrachtete sie den Umschlag. Ihr Herz klopfte heftig.

Von der Türschwelle aus sagte Jack: »Vom wem ist das? Du siehst verwirrt aus.«

»Ich kann den Namen nicht erkennen. Am besten, ich mache es einfach auf«, erwiderte sie und zwang sich zu lächeln.

»Ja, das ist eine gute Idee«, sagte Jack ironisch.

Sie warf ihm einen raschen Blick zu und entdeckte eine Spur von Ungeduld in seinem Gesichtsausdruck ... als ob es ihre Schuld sei, dass sie unterbrochen worden waren. Und da sie ihn gerne besänftigen wollte, rief sie aus: »Ach nein, das kann warten!« Sie warf den Umschlag auf den kleinen Tisch in der Diele und fügte hinzu: »Komm, wir gehen wieder ins Bett.«

»Nee, jetzt ist die Stimmung weg, Häschen. Ich dusche mich rasch, koche uns einen Tee und mache mich dann ans Abendessen«, erwiderte er.

Alexandra biss sich auf die Unterlippe und blickte ihn an.

Als er ihr enttäuschtes Gesicht sah, bereute Jack Wilton seine schnodderige Äußerung sofort. Er zog sie an sich und umarmte sie. »Tut mir Leid, Lexi, das war gemein. *Entschuldigung, Entschuldigung, Entschuldigung*. Okay?« Er machte ein zerknirschtes Gesicht. »Weißt du, ich war ein bisschen sauer ... schließlich war ich gerade dabei, Kinder zu zeugen.« Grinsend küsste er sie auf die Nasenspitze. »So ... und jetzt gehen wir zusammen duschen.«

»Ich muss ...«

Er schnitt ihr das Wort ab. »Das kann warten.« Er nahm sie an der Hand und zog sie ins Badezimmer. In der Dusche drehte er das Wasser an, stellte die richtige Temperatur ein und hielt sie eng an sich gedrückt, während das Wasser auf sie herunterprasselte.

Alexandra schmiegte sich an ihn und schloss die Augen. Sie dachte an den Umschlag, der auf dem Tischchen in der Diele lag. Langsam begann sie, sich Sorgen zu machen. Sie konnte sich gut vorstellen, von wem er kam. Eigentlich konnte er nur von einer Person sein – und der Gedanke erschreckte sie.

Aber sie irrte sich.

Als sie kurz darauf endlich den Umschlag öffnete, stellte sie zu ihrer großen Erleichterung fest, dass er keinen Brief enthielt, sondern eine Einladung.

Sie setzte sich auf das Sofa im Wohnzimmer und betrachtete sie lächelnd. Dann sprang sie wieder auf und rannte in die Küche. »Jack, es ist eine Einladung. Zu einem Fest in Paris.«

Jack blickte von der Schüssel mit frisch geschnittenen Tomaten auf, trank einen Schluck Tee und fragte: »Für wen ist das Fest?«

»Für Anja. Meine wundervolle Anja Sedgwick.«

»Die Frau von der Schule, auf die du gegangen bist ... wie hieß sie noch mal? Ach ja, die Anja Sedgwick School of Decorative Arts.«

»Genau.«

»Und was ist der Anlass?«

»Ihr Geburtstag.« Sie lehnte sich an den Türrahmen und begann, die Einladung vorzulesen. »Wir bitten Sie, an der Feier zu Ehren von Anja Sedgwick anlässlich ihres fünfundachtzigsten Geburtstags teilzunehmen. Das Fest findet statt am Samstag, den 2. Juni 2001, im Ledoyen, Carré Champs-Élysées, Paris. Cocktails um acht Uhr. Abendessen um neun. Ab zehn Uhr Tanz. Hey, hört sich das nicht toll an, Jack? Mit Tanz! Wie wundervoll!«

»Das klingt wirklich nach einem großen Fest. Glaubst du, du kannst deinen Freund mitbringen?«

Wieder blickte Alexandra auf die Einladung. Ihr Name war handschriftlich eingetragen. Aber eben nur ihr Name. Die Worte *und Begleitung* standen nicht da. »Ich glaube nicht. Auf der Einladung steht nur mein Name. Das Fest ist bestimmt nur für Familie und frühere Schüler ...« Alexandra brach ab.

Er schwieg einen Moment lang und konzentrierte sich drauf, eine Zwiebel in kleine Stückchen zu schneiden. Als er wieder aufblickte, fragte er: »Willst du hinfahren?«

»Ich weiß noch nicht. Das hängt von meiner Arbeit ab. Ich muss noch eine kleine Szene für *Winter Weekend* fertig stellen, und dann habe ich nichts mehr, wenn nicht bald ein Auftrag kommt …«

»Es kommt bestimmt etwas, Lexi«, beruhigte er sie und blickte sie lächelnd an. »Und jetzt aus dem Weg mit dir, damit ich die Pasta Pomodoro fertig machen kann. Gleich gibt es Abendessen für meine Herzensdame.«

Lachend ging sie wieder ins Wohnzimmer. Sie machte es sich auf dem Sofa gemütlich und betrachtete nachdenklich die Einladung, in Gedanken bei Anja Sedgwick, der Frau, die ihre Lehrerin, Mentorin und Freundin gewesen war. Sie hatte sie schon seit einem Jahr nicht mehr gesehen. Es wäre schön, wieder mit ihr zusammen zu sein und diesen wichtigen Geburtstag mit ihr zu feiern … Paris im Frühling. Das wäre wirklich wunderbar …

Aber in Paris war Tom Conners.

Bei dem Gedanken an ihn stockte ihr der Atem.

2

Alexandra erwachte mit einem Ruck. Langsam setzte sie sich auf und blinzelte in die Dunkelheit. Im Zimmer war es still, aber einen Moment lang hatte sie das Gefühl, es stünde jemand neben dem Bett.

Sie atmete tief durch. Sie wusste ja, es war nur ein Gefühl, das Gefühl, dass er bei ihr war, weil ihr Traum so wirklich gewesen war.

Aber das war immer so, wenn sie von ihm träumte. Es fühlte sich ganz echt an. Auch jetzt konnte sie ihn riechen, seine Haare, das Eau de Toilette, das er benutzte. Jicky von Guerlain. Es kam ihr sogar so vor, als habe sie seinen Geschmack im Mund, als habe er sie gerade leidenschaftlich geküsst.

Weil sie wusste, dass sie jetzt nicht mehr einschlafen konnte, schaltete Alexandra die Nachttischlampe ein und stand auf. Wie immer nach diesem Traum war sie in Schweiß gebadet.

Sie wickelte sich in ihren blassblauen Morgenmantel und lief durch die kleine Diele in die Küche, wobei sie auf dem Weg dorthin überall das Licht einschaltete.

Sie brauchte eine Tasse Tee. Kamillentee. Das würde sie beruhigen, und danach konnte sie bestimmt wieder schlafen. Sie stellte den Wasserkessel auf und setzte sich auf einen Hocker. In Gedanken ließ sie noch einmal den Traum Revue passieren, der sie in der letzten Zeit so oft überfiel.

Das Seltsame daran war, dass es immer derselbe Traum war. Es änderte sich nie etwas. Plötzlich war er bei ihr. Er trat entweder durch die Tür oder stand am Bett und blickte sie an. Und dann schlüpfte er zu ihr ins Bett, nahm sie in die Arme und liebte sie. Er sagte ihr, wie sehr sie ihm fehle, wie sehr er sie begehrte und brauchte. Und immer wieder erinnerte er sie daran, dass sie die Liebe seines Lebens war. Seine einzige wahre Liebe.

Und der Traum war so unglaublich real, dass sie hinterher immer das Gefühl hatte, wirklich mit einem Mann zusammen gewesen zu sein. Das war ich ja auch, murmelte sie leise, während sie kochendes Wasser in ihren Becher goss. Ich habe heute Nachmittag mit Jack Wilton geschlafen.

Aber im Traum hat mich Tom Conners geliebt. In meinen Träumen ist es immer nur Tom Conners, und das ist das Problem.

Seufzend ließ sich Alexandra auf dem gemütlichen Sessel am Kamin nieder. Sie nippte an ihrem Kamillentee und blickte gedankenverloren in die Glut.

Was war nur mit ihr los? Die Frage schwebte wie eine dunkle Wolke über ihr.

Sie hatte mit Jack geschlafen und jede Sekunde genossen. Die Leidenschaft, die monatelang schon beinahe erloschen schien, was sie auf Müdigkeit, zu viel Arbeit und Stress geschoben hatte, war wie durch ein Wunder wieder aufgeflammt. Aber wenn sie ehrlich war, war auch noch etwas anderes im Spiel gewesen. Sie hatte das Zusammensein mit Jack noch aus anderen Gründen gemieden. Sie hatte nicht mit ihm schlafen wollen und hatte sich mental zurückgezogen. Aber warum? Er war ein anziehender, attraktiver, gut aussehender Mann, und er war äußerst liebenswert. Außerdem war er lustig und brachte sie zum Lachen.

So vieles ging ihr durch den Kopf, und sie schloss die Augen, um Ordnung in ihre Gedanken zu bringen. Plötzlich jedoch setzte sie sich kerzengerade auf und dachte: Mein Gott, ich habe eingewilligt, Jack zu heiraten! Ich bin mit ihm verlobt!

Er hatte es mit Sicherheit ernst gemeint. Todernst. Er hatte auch beim Abendessen von nichts anderem geredet, ständig mit ihr angestoßen. Sie hatten gelacht und miteinander geflirtet und sich prächtig verstanden.

Sie hatten zwar das genaue Hochzeitsdatum noch nicht festgelegt, aber sie hatte auch nicht widersprochen, als er Ende des Jahres vorgeschlagen hatte. »In New York. Eine richtige Hochzeit«, hatte er gemeint. »Mit deiner Familie und meiner und allem Drum und Dran, Lexi.« Und sie hatte zustimmend genickt.

Nach dem Abendessen hatte er ihr geholfen, die Spülmaschine einzuräumen, und dann waren sie ins Bett gegangen. Aber um fünf war er aufgestanden, hatte sie auf die Wange geküsst und geflüstert, er wolle früh mit einem Bild für seine bevorstehende Ausstellung beginnen.

Und dann hatte sie von einem anderen Mann geträumt. Was stimmte nicht mit ihr? Das war doch nicht normal, oder?

Der Kamillentee war völlig wirkungslos, Alexandra war jetzt hellwach. Sie warf einen Blick auf die kleine Messinguhr auf dem Kamin und sah, dass es zehn nach sechs war.

In Paris war es schon zehn nach zwölf.

Aus einem Impuls heraus hob sie den Hörer des Telefons auf dem Beistelltisch ab und wählte die Durchwahl von Toms Büro. Im Bruchteil von Sekunden läutete in Paris das Telefon.

Er war sofort am Apparat. »*Allo.*«

Sie umklammerte den Hörer. Die Stimme versagte ihr, und sie bekam kaum noch Luft. Er gab einen ungeduldigen Laut von sich und sagte dann: »Tom Conners *ici.*« Auf

Englisch fügte er hinzu: »Hallo? Tom Conners. Wer ist dort?«

Vorsichtig legte sie den Hörer auf. Ihre Hände waren feucht und zitterten, und das Herz schlug ihr bis zum Hals. Es war dumm, dass sie sich das antat. Sie holte tief Luft und lehnte sich im Sessel zurück.

Er war da. In seinem Büro. Er war immer noch in Paris. Er lebte und war wohlauf.

Und wenn sie nach Paris zu Anjas Geburtstagsfest fuhr, dann würde sie genau das tun, was sie gerade getan hatte. Sie würde ihn anrufen, und er würde sagen, lass uns etwas trinken gehen, und sie würde antworten, ja, gerne, und dann würden sie zusammen ausgehen. Und danach würde sie restlos verloren sein. Eine verlorene Seele.

Denn sie konnte Tom Conners einfach nicht widerstehen. Er beherrschte und faszinierte sie und war selbst nach drei Jahren noch ständig in ihren Gedanken präsent.

Obwohl er es war, der sich damals von ihr getrennt hatte, wusste sie genau, dass er sie wiedersehen wollte, wenn sie mit ihm sprechen würde.

Du bist eine solche Idiotin, schalt sie sich wütend. Es war dumm von ihr gewesen anzurufen. Allein seine Stimme zu hören hatte sie schon fertig gemacht.

Energisch richtete Alexa ihre Gedanken auf Jack Wilton. Er liebte sie, wollte sie heiraten, und sie hatte seinen Antrag eigentlich angenommen. Abgesehen davon war er anständig, gutherzig, ehrlich, liebevoll und äußerst großzügig. Sein Erfolg hatte ihn nicht verdorben, und auf seine humorvolle englische Art war er sehr bodenständig, ohne sich selbst oder das Leben zu ernst zu nehmen. »Ich muss nur meine Arbeit ernst nehmen«, sagte er immer zu ihr, und sie verstand genau, was er meinte.

Sie wusste, dass er sie anbetete, ihr Talent als Bühnenbildnerin bewunderte und ihre Arbeitswut und Disziplin schätzte. Er ermutigte sie, tröstete sie, wenn sie Trost brauchte, und war immer für sie da. Und er hatte immerhin an der Beziehung festgehalten und war äußerst geduldig gewesen, als sie sich in den letzten Monaten so abweisend verhalten hatte.

Außerdem mochten ihre Eltern ihn. Das war ein gutes Zeichen, da sie bisher an allen ihren Freunden etwas auszusetzen gehabt hatten. Außer an Tom Conners, der sie von Anfang an bezaubert hatte. Aber ihn hatten sie auch nicht besonders gut gekannt und nicht gewusst, wie tief ihre Beziehung ging.

Jack wird ein wundervoller Ehemann sein, dachte sie. Er liebt mich, und ich liebe ihn. Auf meine Weise.

Alexandra stand auf, schaltete das Licht aus und ging wieder ins Bett. Sie würde Jack Wilton heiraten und damit basta.

Leider würde sie für Anjas Geburtstagsfest absagen müssen. Zu ihrem eigenen Schutz.

3

Alexandra saß am Mahagonitisch im eleganten Esszimmer in der Wohnung ihrer Eltern in der östlichen 79th Street und aß genussvoll das Tomatenomelett, das ihre Mutter ihr gerade zubereitet hatte. Es war wirklich köstlich, dachte sie. Bei ihr wurde daraus immer eine flüssige Pampe, obwohl ihre Mutter es ihr doch beigebracht hatte.

»Es schmeckt toll, Mom«, sagte sie nach einer Weile. »Danke, dass du dir Zeit für mich genommen hast. Ich weiß, dass du die Samstage gerne für dich hast.«

»Sei nicht albern, ich freue mich doch, dass du da bist«, erwiderte Diane Gordon lächelnd. »Als du heute früh angerufen hast, wollte ich auch gerade zum Hörer greifen und dich fragen, wie es dir geht.«

Alexa erwiderte das Lächeln ihrer Mutter und fragte: »Wann kommt Dad eigentlich aus Los Angeles zurück?«

»Dienstag, hat er gesagt, aber es könnte auch Freitag werden. Du weißt ja, wie es beim Fernsehen ist.

»Vermutlich trifft sich Dad auch mit Tim«, mutmaßte Alexa.

»Ja, sie essen heute Abend zusammen. Dad geht mit ihm zu Morton's.«

»Das wird Tim gefallen, das ist doch sein Lieblingslokal. Ich glaube sowieso, er wird ganz da bleiben. Als ich letzte Woche mit ihm telefoniert habe, war er völlig begeistert von Los Angeles und seinem neuen Job und von NeverLand Productions. Er meint, er ist der geborene Filmemacher.«

Diane lachte. »Ja, da hat er wohl Recht. Er wollte ja als Kind schon immer mit seinem Vater ins Fernsehstudio gehen. Und Großvater Gordon war schließlich auch Theaterregisseur. Show-Business steckt Tim höchstwahrscheinlich im Blut.« Diane trank einen Schluck Wasser und fragte ihre Tochter: »Möchtest du ein Glas Wein, Liebling?«

»Nein, danke, Mom, nicht tagsüber. Ich werde dann immer ganz schläfrig. Außerdem macht es dick… Ich nehme lieber meine Kalorien in Form von Brot zu mir.« Sie griff nach einem Stück Baguette, das ihre Mutter aufgeschnitten und in einem silbernen Brotkorb angerichtet hatte. Großzügig bestrich sie es mit Butter und biss davon ab.

»Du musst dir ganz sicher keine Gedanken über dein Gewicht machen. Du siehst fantastisch aus«, bemerkte Diane, wobei sie dachte, wie jung Alexandra für ihr Alter wirkte. Und dabei würde sie noch diesen Sommer einunddreißig. Ihr kam es so vor, als sei sie erst gestern auf dem Fußboden gekrabbelt. Mein Gott, als ich in ihrem Alter war, da hatte ich zwei Kinder, dachte Diane, einen Mann, um den ich mich kümmern musste, und ich war berufstätig. Einunddreißig, sinnierte sie, und im Mai werde ich achtundfünfzig. Wie doch die Zeit verfliegt. Wohin sind nur all die Jahre gegangen? David wird im Juni neunundfünfzig. Und noch unglaublicher ist, dass wir schon so lange verheiratet sind und uns immer noch lieben. Auch eine Art Rekord?

»Mom, worüber denkst du nach? Du machst so ein seltsames Gesicht. Ist alles in Ordnung?«, hakte Alexa nach.

»Natürlich. Ich habe nur gerade über deinen Vater nachgedacht. Es ist doch erstaunlich, dass wir schon seit dreiunddreißig Jahren verheiratet sind. Die Jahre sind im Nu verflogen. Einfach so.« Sie schnipste mit den Fingern und schüttelte nachdenklich den Kopf.

»Ihr beiden habt Glück gehabt, dass ihr euch gefunden habt«, murmelte Alexa.

»Ja, das stimmt.«

»Du und Dad, ihr seid wie füreinander geschaffen. Wart ihr euch von Anfang an so ähnlich? Das habe ich mich oft gefragt, Mom.« Sie legte den Kopf schräg und betrachtete ihre Mutter, wobei sie dachte, dass sie eine der schönsten Frauen war, die sie je gesehen hatte, mit ihrem Pfirsichteint, ihren blassgoldenen Haaren und den außergewöhnlich großen blauen Augen.

»Starr mich nicht so an, Alexa! Dann siehst du bloß meine ganzen Falten!«

»Oh, Mom, du hast nicht eine einzige Falte. Kein Witz, wie Dad immer sagt.«

Diane lachte und murmelte: »Und du, mein Mädchen, siehst nicht einen Tag älter als fünfundzwanzig aus. Mir fällt es schwer zu glauben, dass du im August schon einunddreißig wirst.«

»Das liegt an der neuen Frisur. Die kurzen Haare machen mich um Jahre jünger.«

»Ja, wahrscheinlich. Die meisten Frauen sehen mit kurzen Haaren jünger und frecher aus. Und der Schnitt ist sehr chic.«

»Du hast mir einmal gesagt, keine Frau könne elegant sein, wenn ihr die Haare bis auf die Schultern fallen. Nur mit kurzen Haaren hat man Stil. Und du musst es ja wissen, schließlich giltst du als eine der elegantesten Frauen in New York, wenn nicht sogar als die eleganteste.«

»Oh, das stimmt nicht, aber danke für das Kompliment.«

»Sogar die Presse bezeichnet dich als Mode-Ikone, als lebende Legende. Und deine Boutiquen gehören schon seit Jahren zu den ersten Adressen der Stadt.«

»Dazu haben wir alle mit harter Arbeit beigetragen, nicht nur ich, Alexa. Aber was ist mit dir, Liebling? Bist du mit diesen Winterbildern fertig?«

Alexas Miene hellte sich auf. »Ich bin am Dienstag fertig geworden. Gestern habe ich die Vergrößerungen im Fotostudio gesehen. Sie sind toll geworden, Mom, auch wenn ich mich damit selber lobe.«

»Es ist nichts Falsches daran, wenn man seine Arbeit gut findet. Du bist sehr talentiert, und ich war von einigen Bildern geradezu überwältigt.« Diane blickte ihre Tochter aus ihren ausdrucksvollen hellblauen Augen nachdenklich an. Nach einer Weile fragte sie: »Und ... was steht als Nächstes bei dir auf dem Programm?«

»Ich muss nur noch ein kleines Bühnenbild für dieses Stück machen.« Mit einem hohlen Auflachen fügte Alexa hinzu: »Danach habe ich erst mal keine Arbeit mehr.«

»Das wird nicht lange dauern«, erwiderte Diane und musterte ihre Tochter voller Stolz. »Nicht bei dir.«

»Eigentlich mache ich mir auch keine Sorgen. Irgendwas wird schon kommen – das war bisher immer so.«

Diane nickte und kniff die Augen zusammen. »Du hast am Telefon gesagt, du wolltest mit mir reden. Was ...«

»Können wir das auf später, beim Kaffee, verschieben?«, warf Alexa rasch ein.

»Ja, aber stimmt etwas nicht? Du hast am Telefon so besorgt geklungen.«

»Nein, ehrlich, es ist alles in Ordnung. Ich brauche nur ... jemanden, der wirklich gut zuhören kann.«

»Geht es um Jack?«

»Nein, und jetzt hörst du dich an wie die typische Mutter, was Gott sei Dank nicht so häufig vorkommt. Nein, es geht nicht um Jack.«

»Sei nicht so ungeduldig mit mir, Alexa. Jack Wilton ist übrigens sehr nett.«

»Ich weiß, und er findet dich und Dad auch unheimlich nett.«

»Das freut mich. Und was empfindet er für dich? Das ist doch viel wichtiger.«

»Ich bedeute ihm viel.«

»Dein Vater und ich finden, er gäbe einen guten – einen sehr netten Schwiegersohn ab.«

Alexa schwieg.

Eine halbe Stunde später saß Alexandra ihrer Mutter im Wohnzimmer gegenüber und sah zu, wie sie Kaffee in die zarten Porzellantassen einschenkte. So objektiv, wie es ihr möglich war, betrachtete sie sie, und ihr kam auf einmal in den Sinn, was sie doch für eine einzigartige Person war, eine kluge, erfolgreiche und hochintelligente Frau. Sie hatte Verständnis für menschliche Schwächen und Fehler, weil sie mitfühlend war und viel Einsicht besaß. Aber würde sie auch ihr Dilemma mit zwei Männern verstehen?

Soweit Alexa wusste, hatte es im Leben ihrer Mutter immer nur einen Mann gegeben, und das war ihr Vater. Diane Carlson hatte ihn mit vierundzwanzig kennen gelernt, und innerhalb eines Jahres waren sie verheiratet gewesen. Aber sie wird mich schon verstehen, beruhigte Alexandra sich. Sie ist ja nicht prüde oder engstirnig, und sie urteilt auch nicht vorschnell über andere. Nur, wie soll ich ihr die Geschichte erzählen? Wo soll ich anfangen?

Als ob Diane die Gedanken ihrer Tochter lesen könnte, verkündete sie: »So, Alexa, ich bin ganz Ohr. Worum es auch geht, ich werde versuchen, dir gute Ratschläge zu geben.«

»Das weiß ich, Mom«, erwiderte Alexa. »Danke«, fügte sie hinzu, als ihre Mutter ihr die Kaffeetasse reichte. Sie stellte sie auf den kleinen antiken Tisch zwischen ihnen und lehnte sich in die Samtkissen des cremefarbenen Sofas zurück. Dann sagte sie: »Ich habe eine Einladung zu einem Fest in Paris bekommen. Anja feiert ihren fünfundachtzigsten Geburtstag.«

Lächelnd rief Diane aus: »Du meine Güte, ich fasse es nicht, diese Frau ist ein Phänomen!«

»Ja, das ist sie. Sie sieht nicht nur viel jünger aus, als sie ist, sondern sie sprüht auch vor Energie und Vitalität. Erst letzten Monat hat sie mir erzählt, sie wolle schon wieder ein Buch schreiben, dieses Mal über Art déco. Sie ist wirklich erstaunlich.«

»Das wird eine schöne Reise für dich werden. Wann ist denn das Fest?«

»Am zweiten Juni, im Ledoyen. Eine Dinnerparty mit Tanz.«

»Wunderbar. Wir müssen dir etwas Hübsches zum Anziehen aussuchen. Brauchst du ein Abendkleid?«

»Ja, aber ich weiß noch nicht, ob ich überhaupt hinfahren soll, Mom.«

Verblüfft runzelte Diane die Stirn. »Warum denn nicht? Du stehst Anja so nahe, und du warst immer eine ihrer Lieblingsschülerinnen. Mehr als die anderen ...« Diane brach abrupt ab und starrte ihre Tochter an. »Ach so, natürlich. Das ist der Grund. Du möchtest nicht hinfahren, weil du die anderen drei nicht sehen willst. Na ja, das kann ich verstehen.«

Alexandra zuckte zusammen, als ihr plötzlich auffiel, dass sie an ihre früheren besten Freundinnen, die dann zu ihren Feindinnen geworden waren, nicht einen Gedanken verschwendet hatte. Sie hatte nur an Tom Conners gedacht. Aber ihre Mutter hatte ganz Recht, die drei Frauen waren wirklich ein guter Grund, nicht nach Paris zu fahren. Sie würden bestimmt auch auf dem Fest sein ... Anja hatte sie sicher ebenfalls eingeladen ... schließlich waren die vier Mädchen im Abschlussjahr damals ihr größter Stolz gewesen ... ihre Starschülerinnen. Natürlich würden sie da sein ...

»Du hast Recht, Mom, ich habe keine Lust, sie zu sehen«, sagte Alexa. »Aber das ist nicht der Grund, warum ich nicht nach Paris fahren möchte. Eigentlich geht es um jemand anders.«

»Und um wen?«

»Sein Name ist Tom Conners.«

Einen Moment lang war Diane perplex. Der Name kam ihr bekannt vor, aber sie wusste nicht, woher. Mit zusammengekniffenen Augen beugte sie sich vor. »Tom Conners. Kenne ich ihn? Ach ja, jetzt fällt es mir wieder ein. Ist das nicht der Franzose, den du uns vor ein paar Jahren vorgestellt hast?«

»Genau, aber Tom ist halb Franzose, halb Amerikaner. Ich habe dir damals von seiner Familie erzählt. Sein Vater ist Amerikaner, er ist Anfang der fünfziger Jahre nach Paris gekommen, hat eine Französin geheiratet und ist dort geblieben. Tom ist in Paris aufgewachsen, er hat sein ganzes Leben in Frankreich verbracht.«

»Ja, jetzt erinnere ich mich, Liebling. Er ist Anwalt, nicht wahr, und sieht sehr gut aus. Aber ich habe damals gar nicht gemerkt, dass das zwischen euch beiden etwas Ernstes ist. Ich dachte, er sei nur eine Zufallsbekanntschaft, ein kurzer Flirt.«

»Wir waren fast zwei Jahre zusammen.«

»Ich verstehe.« Diane lehnte sich zurück. Wie hatte ihr diese Beziehung nur entgehen können? Andererseits hatte Alexa damals in Paris gelebt und mit Anjas beiden Neffen für Film und Theater gearbeitet. Und sie hatte nie ein Wort über Tom Conners verlauten lassen. Das war wirklich seltsam, dachte Diane jetzt. Langsam sagte sie:

»Du fühlst dich also immer noch an Tom Conners gebunden. Meinst du das?«

»Nein ... ja ... nein ... Weißt du, Mom, wir haben uns nie mehr gesehen, und ich höre auch nichts mehr von ihm, er hat sich nie mehr gemeldet, aber irgendwie ist er da ... in mir, in meinen Gedanken ...« Sie vollendete den Satz nicht und warf ihrer Mutter einen hilflosen Blick zu.

»Warum hast du dich von ihm getrennt, Alexa?«, fragte Diane neugierig.

»Er hat sich von mir getrennt. Vor drei Jahren.«

»Aber warum denn?«, forschte ihre Mutter.

»Weil ich heiraten wollte, und er konnte mich nicht heiraten.«

»Ist er denn schon verheiratet?«

»Nein. Damals nicht und heute auch nicht.«

»Ich verstehe das nicht. Wo liegt denn dann das Problem?«, murmelte Diane verblüfft.

Zögernd überlegte Alexa, wie sie ihrer Mutter Toms Geschichte erzählen sollte. Sie war so schmerzlich, so quälend. Sie würde ganz von vorne anfangen müssen, damit Diane alles verstehen konnte.

Leise begann sie: »Tom hat sehr jung seine Sandkastenliebe Juliette geheiratet. Sie sind zusammen aufgewachsen, und ihre Eltern waren befreundet. Tom und Juliette hatten ein kleines Mädchen, Marie-Laure, und nach dem, was er mir erzählt hat, müssen sie sehr glücklich gewesen sein ... ein richtiges Bilderbuchpaar. Und dann ist etwas passiert ...«

Alexa schwieg, holte tief Luft und fuhr fort: »Im Juli 1985 fuhren sie nach Athen in Urlaub. Aber Tom musste sich auch mit einem Klienten aus Paris treffen, der dort ein Sommerhaus besaß. Also vereinbarte er für den Vormittag einen Termin mit diesem Klienten. Zum Mittagessen wollte er sich mit Juliette und Marie-Laure wieder in ihrem Lieblingscafé treffen, aber Tom wurde aufgehalten und kam ein bisschen später dort an. Auf dem Platz herrschte ein wirres Durcheinander. Polizeiautos und Krankenwagen standen dort, überall war Blut, Leichen und Sterbende lagen herum, als ob ein Massaker stattgefunden hätte. Die Polizei erklärte Tom, dass kurz vor seiner Ankunft eine Bombe explodiert sei, höchstwahrscheinlich von Terroristen gezündet; sie hatte einem der großen Reisebusse mit amerikanischen Touristen gegolten. Die sechzig Passagiere waren sofort tot.

Der Bus war direkt vor dem Café, wo Juliette und Marie-Laure auf Tom gewartet hatten, explodiert. Die Gäste vor dem Café wurden von der gewaltigen Druckwelle von ihren Stühlen gehoben, viele starben und die anderen waren schwer verletzt ...« Alexa brach ab und konnte erst nach einer Weile weitersprechen.

Schließlich fuhr sie fort: »Tom konnte Juliette und Marie-Laure nirgends finden, und wie du dir vorstellen kannst, war er außer sich vor Sorge und Panik. Schließlich fand er sie unter den Trümmern des Cafés ... die Decke war über ihnen eingestürzt, sie waren beide tot.« Blinzelnd fügte Alexa so leise hinzu, dass Diane sie kaum verstehen konnte: »Von diesem ... diesem ... Albtraum hat er sich nie wieder erholt.«

Diane starrte Alexandra entsetzt an. Tränen traten ihr in die Augen. »Wie grauenhaft! Was für eine schreckliche Tragödie«, murmelte sie. Als sie aufblickte, sah sie, dass ihre Tochter wie erstarrt da saß und leichenblass war.

Sie setzte sich neben sie aufs Sofa und nahm sie in den Arm. »Oh, mein Liebling, du liebst ihn immer noch ...«

»Meinst du? Ich weiß nicht, Mutter, aber er beschäftigt mich sehr, das stimmt schon. Er ist immer in meinen

Gedanken. Aber ich weiß, dass es für mich keine Zukunft mit Tom gibt. Er wird mich nie heiraten, und er kann keine dauerhafte Beziehung zu mir aufbauen. Weißt du, er wird einfach nicht damit fertig.«

»Es kann auch sein, dass er es nur nicht zulässt«, erwiderte Diane leise.

»Ja, vielleicht. Ich glaube, Tom hat schreckliche Schuldgefühle, weil er noch lebt, und deshalb darf niemand in seinem Leben eine wichtige Rolle spielen, sonst käme es ihm so vor, als hätte er Juliette und Marie-Laure vergessen. Du hast mich zu einem vernünftigen, praktischen Menschen erzogen, und das bin ich wohl auch. Nachdem wir uns getrennt hatten, habe ich mein Leben weitergelebt ... Ich wusste, dass ich nicht ständig hinter ihm herjammern durfte, dass das nicht die Zukunft war.«

Diane nickte. »Das war auch richtig, und du hast dich beruflich fantastisch entwickelt. Ich bin stolz auf dich, Alexa, du hast dich von deinen persönlichen Problemen nicht unterkriegen lassen. Alle Achtung!«

»Du hast mir vor Jahren einmal gesagt, ich dürfe meine Begabung nicht vergeuden, und ich habe auf dich gehört, Mom. Außerdem wollte ich mir selber meinen Lebensunterhalt verdienen, ich wollte Dad und dir nicht länger auf der Tasche liegen, nachdem ihr mich auf so viele teure Schulen geschickt hattet.«

Wieder nickte Diane. »Wie alt ist er eigentlich? Tom, meine ich.«

»Er ist zweiundvierzig.«

Diane musterte ihre Tochter prüfend, dann fragte sie: »Liebst du Jack Wilton wenigstens ein bisschen?«

»Ja. Auf gewisse Weise liebe ich ihn.«

»Aber nicht so, wie du Tom liebst?«

»Nein.«

»Du könntest dir aber ein Leben mit Jack vorstellen?«

Alexandra nickte. »Ich glaube schon. Es spricht vieles für ihn. Er ist sehr attraktiv und charmant, und wir verstehen uns gut. Wir passen gut zusammen, er bringt mich zum Lachen und wir haben die gleichen Ansichten. Wir bewundern und respektieren einander.« Sie rang sich ein Lächeln ab. »Er liebt mich wirklich, weißt du. Er möchte mich heiraten.«

»Würdest du ihn denn heiraten?«, fragte Diane ruhig.

Alexa schmiegte sich an ihre Mutter und seufzte tief auf. Plötzlich traten ihr Tränen in die Augen, aber sie fasste sich schnell wieder. »Ich habe es geglaubt, Mom. Aber jetzt weiß ich es nicht mehr. Seit die Einladung gekommen ist, bin ich völlig durcheinander.«

»Du wirst Tom wiedersehen, wenn du nach Paris fährst. Wolltest du darüber mit mir reden?«

»Ja.«

»Aber du bist doch stark ... du bist immer schon stark gewesen, selbst als kleines Mädchen.«

Alexa schwieg.

Schließlich fuhr Diane langsam fort: »Ich will dir sagen, was ich darüber denke. Du musst Tom vergessen. Du musst ihn dir ein für allemal aus dem Kopf schlagen. Meiner Meinung nach ist er weder für dich noch für irgendeine andere Frau bestimmt, Alexa. Was seiner Frau und seinem Kind zugestoßen ist, war sehr, sehr tragisch, aber es ist Jahre her. Sechzehn Jahre, um genau zu sein. Und wenn er es immer noch nicht überwunden hat ...«

»Vor drei Jahren war er noch nicht darüber hinweg, aber vielleicht ...«

»... dann wird er nie darüber hinwegkommen«, beendete Diane ihren Satz mit fester Stimme. »Dein Platz ist hier in New York, nicht in Paris. Du hast deine Arbeit hier, und du kannst mit Jack ein wundervolles Leben führen ...« Diane brach ab, dann zog sie ihre Tochter an sich. »Es gibt viele Arten von Liebe, weißt du. Und manchmal ist die große Liebe nicht auf Dauer angelegt ... vielleicht wird ja gerade deshalb die große Liebe daraus, weil sie zu Ende geht.« Diane seufzte, fuhr aber gleich fort: »Ich weiß, wie schwer es ist, jemanden aufzugeben. Aber schließlich hat sich Tom Conners von dir getrennt, Alexa, und nicht umgekehrt. Fahr nicht nach Paris. Sonst gerätst du nur in Versuchung, Tom wiederzusehen, und reißt alte Wunden auf.«

»Du hast wahrscheinlich Recht, Mom. Aber Anja wird sehr enttäuscht sein, wenn ich nicht auf ihr Fest komme.«

»Das glaube ich allerdings auch.« Diane schwieg. »Aber es gibt eine Alternative. Du könntest mit Jack zusammen nach Paris fahren. Wenn du mit einem anderen Mann dort bist, kannst du dich nicht auf die Suche nach Tom machen.«

Was wollen wir wetten?, dachte Alexandra. Laut jedoch sagte sie: »Die Einladung gilt nur für mich. Anja hat nur ehemalige Schüler und ihre Familie eingeladen.«

»Aber sie würde es dir doch nicht abschlagen ... nicht, wenn du ihr erklärst, dass du mit ... deinem Verlobten nach Paris kommst.«

»Ich weiß nicht, wie sie reagieren würde. Ich muss darüber nachdenken, Mom.«

Die Einladung stand auf dem Kaminsims neben der Uhr, und als Alexandra nach Hause kam, nahm sie sie zur Hand und las sie noch einmal.

Unten in der linken Ecke stand unter den Buchstaben RSVP als Datum der erste April. In der rechten Ecke stand Smoking und darunter Abendkleid. Der Einladung beigefügt war eine kleine Antwortkarte mit einem Umschlag, adressiert an Madame Suzette Laugen, 158 Boulevard St. Germain, Paris.

Also hatte sie noch den restlichen Februar und fast den ganzen März Zeit, um sich zu überlegen, was sie tun sollte.

Tief im Innern wollte sie hinfahren und den Geburtstag mit Anja feiern. Diese außergewöhnliche Frau hatte gewaltigen Einfluss auf ihr Leben gehabt. Aber Tom Conners war ein Problem und auch ihre ehemaligen Freundinnen ... Jessica, Kay und Maria. Die Frauen, die ihr früher einmal so nahe gestanden hatten. Sie waren unzertrennlich gewesen, und jetzt waren sie völlig zerstritten.

Erster April, dachte sie. Ein denkwürdiger Jahrestag, weil sie Tom Conners am ersten April kennen gelernt hatte. Damals war sie fünfundzwanzig gewesen und er siebenunddreißig.

Aprilscherz, dachte sie spöttisch. Aber sie war sich nicht sicher, ob sie sich meinte oder ihn.

Sie stellte die Einladung wieder zurück und hockte sich vor den Kamin. Mit einem Streichholz entzündete sie das zerknüllte Papier und die Späne, die auf dem Rost aufgeschichtet waren. Innerhalb von Minuten fingen auch die Holzscheite Feuer, und die Flammen züngelten auf.

Alexandra knipste die Stehlampe an. Ihr warmer Schein und das Feuer im Kamin verbreiteten eine gemütliche Atmosphäre im Wohnzimmer, das im trüben Licht des winterlichen Nachmittags bereits dunkel gewesen war. Sie war müde, weil sie von ihrer Mutter aus von der 79th bis zur 39th Street die Park Avenue entlang gegangen war. Vierzig Blocks waren ein gutes Training, aber schließlich hatte sie doch aufgegeben und sich ein Taxi zu ihrer Wohnung genommen.

Alexa trat ans Fenster und blickte auf die Lichter von Manhattan, die langsam angingen. Dann setzte sie sich auf das Sofa vor den Kamin und blickte in die tanzenden

Flammen. Ihr ging vieles durch den Kopf, aber fast alle ihre Gedanken hatten mit Tom zu tun.

Nicky Sedgwick hatte sie einander vorgestellt, als Tom zu den Studios in Billancourt herausgekommen war, um sich mit seinem Klienten Jacques Durand, einem Filmproduzenten, zu treffen. Es ging um eine französisch-amerikanische Koproduktion, sehr aufwändig und kostspielig. Nicky und sein Bruder Larry waren für die Drehorte und die gesamte Ausstattung des Films zuständig gewesen, und auf Anjas Vorschlag hin hatten sie Alexa als Assistentin eingestellt. Sie hatten sie jedoch so mit Arbeit und Verantwortung überhäuft, dass sie eher zum Partner wurde.

Der Film war eine Herausforderung gewesen, und sie hatte viel gelernt. Es war ein historisches Drama über Napoleon und Josephine in den Anfängen ihrer Beziehung, und Nicky nahm es äußerst genau mit den historischen Details. Sie zuckte heute noch zusammen, wenn sie an die endlosen Stunden dachte, die sie in Malmaison verbracht hatte. Sie hatte sich zahllose Notizen gemacht, das Haus förmlich auswendig gelernt und sich oft gefragt, wie das berühmte Paar dort überhaupt hatte leben können. Vermutlich lag es an dem Park und an der Nähe zu Paris. Nicky war begeistert von ihrem Einsatz, ihren Vorschlägen und vor allem von ihren Entwürfen gewesen. Im Großen und Ganzen war es eine positive Erfahrung gewesen, und danach hatte sie immer wieder für die beiden Brüder gearbeitet, bis sie Paris verlassen hatte.

An dem Tag, als Tom Conners in die Studios kam, liefen die Dreharbeiten gut, und Jacques Durand hatte gute Laune gehabt. Er und Tom hatten die Sedgwicks zum Abendessen eingeladen, als sie gerade zusammenpackten, und da sie dabei war, galt die Einladung auch für sie, da Anjas Neffen sie in gewisser Weise adoptiert hatten.

Sie war fasziniert gewesen von Toms außergewöhnlich gutem Aussehen, seinem Charme und seiner Weltgewandtheit. In seiner Gegenwart kam sie sich fast wie ein Schulmädchen vor. Aber er hatte sie wie eine Erwachsene behandelt, galant und freundlich, und noch bevor das Abendessen vorüber war, hatte sie sich in ihn verliebt. Er brachte sie nach Hause, und schon in seinem Auto lag sie in seinen Armen; zwei Tage später hatte sie dann in seinem Bett gelegen.

»Spontanzündung«, hatte er es zuerst genannt, aber kurz darauf bezeichnete er es nur noch als *coup de foudre*, als Blitzschlag, als Liebe auf den ersten Blick. Und das war es auch gewesen.

Hinter seinem Charme und seiner Anmut verbarg sich ein schwieriger, launischer Mann, den der sinnlose Tod seiner Frau und seines Kindes niederdrückte, obwohl er versuchte, seinen Kummer vor der Außenwelt zu verbergen.

Nicky hatte sie manchmal mit Tom geneckt und einmal hatte er gesagt: »Vermutlich finden Frauen seine düsteren Byronschen Launen sexy.« Sie wusste, worauf er anspielte, aber Tom schauspielerte nicht. Manchmal empfand er wirkliche körperliche Schmerzen. Larry hatte sie ganz offen gewarnt: »Er bringt eine Menge Seelenballast mit. Pass auf und schütz dich. Er ist ein gefährlicher Mann.«

Alexa griff nach der Wolldecke auf der Sofalehne und deckte sich damit zu. In Gedanken war sie immer noch bei Tom und ihrer gemeinsamen Zeit in Paris. Trotz seiner düsteren Stimmungen, seinen furchtbaren Anfällen von Traurigkeit, war ihre Beziehung immer gut gewesen, sogar ekstatisch, wenn er die Schatten der Vergangenheit einmal hinter sich lassen konnte. Und sie war nur zu Ende gegangen, weil sie dauerhaft mit ihm zusammen sein wollte. Sie hatte Ehe und Kinder gewollt.

Sie dachte oft an ihn, fragte sich, wie sein Leben verlief, was er machte. Vermutlich litt er immer noch. Das Ausmaß seines Leids hatte sie ihrer Mutter nicht vermitteln können.

Er war jetzt zweiundvierzig und immer noch unverheiratet, da war sie sich sicher. Was für eine Verschwendung, dachte sie und schloss die Augen. Auf einmal war sie todmüde. Und sie wollte vergessen ... Tom und ihre Gefühle für ihn vergessen, die Zeit in Paris vergessen ... sie würde nie wieder dorthin zurückgehen. Noch nicht einmal zu Anja Sedgwicks fünfundachtzigstem Geburtstag.

4

Kay

Ich kann mich noch gut daran erinnern, wie ich mitten in diesem Zimmer unter dem Kronleuchter mit ihm getanzt habe, dachte sie und trat in den Raum.

Mit ausgestreckten Armen, als hielte sie einen Mann umschlungen, wirbelte Kay Lenox zu den Klängen eines altmodischen Walzers, der nur in ihrem Kopf erklang, herum. Leise vor sich hin summend drehte sie sich anmutig im Takt, und einen Moment lang wirkte ihr fein gezeichnetes Gesicht völlig verzückt.

Erinnerungen überfluteten sie.

Erinnerungen an einen Mann, der sie geliebt und verehrt hatte, ein hinreißender Liebhaber und Ehemann, ein Mann, mit dem sie immer noch verheiratet war, der aber nicht mehr derselbe zu sein schien. Er hatte sich verändert, obwohl die Veränderung nur minimal war und schwer zu fassen.

Er stritt ab, dass er sich ihr gegenüber anders verhielt, und erklärte, das bilde sie sich nur ein, aber sie wusste, dass das nicht stimmte. Er war kühler ihr gegenüber, so als ob er sie nicht mehr so liebte wie am Anfang.

Er wirkte jetzt oft zerstreut und manchmal sogar achtlos, wenn er vergaß, ihr Bescheid zu sagen, dass er länger arbeiten oder an einem Geschäftsessen teilnehmen musste. Oft rief er erst in der letzten Minute an, ohne sich darum zu kümmern, ob sie für den Abend etwas vorgehabt hatte. Obwohl sie innerlich vor Wut kochte, sagte sie nie etwas, sondern war immer geduldig, verständnisvoll und liebevoll.

Kay hätte es nie für möglich gehalten, dass ein Mann wie Ian Andrews sie heiraten würde. Aber er hatte es getan. Die ersten zweieinhalb Jahre ihrer Ehe waren idyllisch gewesen. Sie war sich vorgekommen wie im Märchen.

Diese Erinnerungen hielten sie gefangen, während sie durch das Zimmer wirbelte. Er war so lebendig in ihrem Kopf und ihrem Herzen, als tanzte sie mit ihm. Sie dachte daran, wie jungenhaft er war, wie sehr er das Leben liebte, wie galant und charmant er war. Schon einen Monat nach ihrer ersten Begegnung hatte er sie gefragt, ob sie ihn heiraten wolle, und sie war so hingerissen und überwältigt von ihm, dass sie keine Einwände hatte. Sie war genauso wahnsinnig in ihn verliebt wie er in sie. Außerdem war es ihr nur recht, dass sie so schnell heirateten – sie hatte so viel zu verbergen.

Ein diskretes Hüsteln unterbrach sie und holte sie aus ihrer Träumerei. Verlegen blickte sie zur Tür und schenkte Hazel, der Köchin, ein nervöses Lächeln.

»Es tut mir Leid, dass ich hier so hereinplatze, Lady Andrews, aber ich habe mich gefragt, ob heute Abend ...« Die Köchin zögerte, fuhr aber dann beherzt fort: »Ist Seine Lordschaft heute Abend zu Hause?«

»Ja, Hazel«, antwortete Kay mit fester Stimme. »Danke, Hazel. Oh, und übrigens, haben Sie meinen Menüvorschlag für heute Abend gesehen?«

»Ja, Lady Andrews.« Die Köchin neigte den Kopf und verschwand.

Ob er wohl wirklich hier sein wird?, fragte sich Kay, trat ans Fenster und blickte über die weiten Rasenflächen und die Bäume bis zu den Hügeln am Horizont. Nach dem Frühstück hatte er verkündet, er führe nach Edinburgh, um ein Geburtstagsgeschenk für seine Zwillingsschwester Fiona zu kaufen; sie hatten morgen Geburtstag und wollten miteinander zu Mittag essen. Allerdings fragte Kay sich die ganze Zeit, warum er sie nicht gebeten hatte, etwas für Fiona zu kaufen, da sie doch drei Tage in der Woche in ihr Studio in der Stadt fuhr. Andererseits standen er und Fiona sich ungewöhnlich nahe, und vielleicht hatte er ja auch das Bedürfnis, selber etwas für sie auszusuchen.

Kay wandte sich von dem großen Fenster ab und trat über die Terrakotta-Fliesen auf den riesigen steinernen Kamin zu. Sie stellte sich mit dem Rücken ans Feuer und betrachtete wieder einmal gedankenverloren das Zimmer. Es war ein seltsamer Raum, aber trotzdem war er sehr eindrucksvoll. Oder vielleicht gerade deswegen.

Es war ein Wintergarten, den Ians Ururgroßmutter in viktorianischer Zeit an das Haupthaus von Lochcraigie hatte anbauen lassen. Wegen seiner zahlreichen Fenster war er hell und luftig, wirkte jedoch auch gemütlich durch den großen Steinkamin, der für einen Wintergarten zwar ungewöhnlich, wegen der Härte der schottischen Winter aber nötig war. Auch im Sommer war der Raum durch die hohen Fenster und den kühlen Steinboden angenehm. Pflanzenkübel und dunkelbraun gestrichene Korbmöbel gaben ihm seine Gartenatmosphäre und ein paar ausgewählte Antiquitäten verliehen ihm Charme und Beständigkeit. Der venezianische Kronleuchter, der von der Balkendecke hing, gab dem Ganzen eine raffinierte Note.

Kay biss sich auf die Lippe. Sie machte sich schon seit geraumer Zeit Sorgen um ihre Beziehung zu Ian. Sie wusste, warum er sich von ihr abgewandt hatte – es lag daran, dass sie bis jetzt noch nicht schwanger geworden war. Er wollte unbedingt ein Kind, einen Erben für seinen Besitz, auf dem seine Familie schon so viele Jahre lebte.

Aber bis jetzt hatte sie ihm noch keinen Sohn schenken können.

Meine Schuld, flüsterte sie, als sie an die Zeit in Glasgow und an das, was ihr als Teenager passiert war, dachte. Ein Schauer durchrann ihre schlanke Gestalt, und sie drehte sich zum Feuer, um sich die kalten Hände zu wärmen.

Traurig ließ sie sich auf dem lederbezogenen Hocker nieder und starrte in die Flammen. Sie war unbestreitbar schön, mit ihrem Elfenbeinteint, den blauen Augen und den rotblonden Haaren, die im Feuerschein golden schimmerten. Sie war eine echte Keltin. Kay Lenox Andrews jedoch dachte nicht an ihre Schönheit und auch nicht an ihre große Begabung, mit der sie es schon in jungen Jahren zu etwas gebracht hatte. Sie dachte nur an ihre hässliche Vergangenheit.

Sie war in den Gorbals, den Slums von Glasgow, aufgewachsen. Manchmal fragte sich Kay, ob sie wohl anders geworden wäre, wenn sie nicht in einer so schwierigen und rauen Umgebung groß geworden wäre. Aber das konnte niemand sagen.

Natürlich vertraten manche Menschen die Ansicht, dass die Umgebung den Charakter prägte. Sie selbst glaubte eher, dass man vollkommen intakt zur Welt kam und nur das Schicksal den Weg bestimmte, den man letztendlich einschlug.

Ihr Weg führte zum Erfolg; zumindest hatte sie sich das immer wieder gesagt, als sie sich daranmachte, ihr Leben in die Hand zu nehmen. Und ihre positive Einstellung und ihre Entschlossenheit hatten regelrechte Wunder bewirkt.

Als Teenager war sie von dem Wunsch getrieben, die Gorbals zu verlassen. Glücklicherweise verspürte auch ihre Mutter, Alice Smith, dieses Bedürfnis, und sie hatte sie dabei unterstützt, weiterzukommen und in die Welt hinaus zu gehen. »In eine viel bessere Welt als hier, Kay«, hatte ihre Mutter ihr oft gesagt und immer hinzugefügt: »Ich möchte, dass du ein besseres Leben hast als ich. Du siehst gut aus, hast Verstand und bist wirklich begabt. Dich kann nichts aufhalten ... Ich hoffe so sehr, dass du Erfolg hast, mein Mädchen.«

Ihre Mutter hatte Pläne gemacht, geknausert und gespart, und einmal hatte sie sogar zu Erpressung gegriffen, um Kay zu schützen. Alice hatte unglaubliche Ambitionen für ihre Tochter. Nichts und niemand konnte sie aufhalten, und schließlich hatten sich alle Opfer ausgezahlt. Ihre geliebte Tochter wurde mit einer neuen Identität ausgestattet ... eine junge Frau aus guter Familie, die zudem noch schön und so außergewöhnlich talentiert war, dass sie eine gefragte Modeschöpferin wurde.

Ohne Mam wäre ich nie das geworden, was ich heute bin, dachte Kay.

Kay trat aus dem Wintergarten und ging in die Empfangshalle. Es war ein riesiger offener Raum mit einer hohen Gewölbedecke und einer doppelten Treppe mit geschnitzten Balustraden, die bis zur oberen Halle liefen. Das beherrschende Element war ein Buntglasfenster, das die Halle in vielfarbiges Licht tauchte, beinahe wie ein ewiger Regenbogen.

Sie lief die linke Treppe hinauf, die in den zweiten Stock in ihr Atelier führte. Es befand sich in den Räumen, die ursprünglich als Kinderzimmer gedacht waren.

Kay war froh über das Feuer im Kamin, das Maude, die Haushälterin, entfacht hatte, als sie an diesem bitterkalten Februarmorgen ihr Atelier betrat. Es war ein weitläufiger Raum mit hoher Decke und sechs großen Fenstern, durchflutet von dem kühlen Nordlicht, das sie liebte und das für ihre Arbeit perfekt war. In diesem kristallinen Licht waren die Farben durch und durch *echt*, was ihr beim Entwerfen sehr zuhilfe kam.

Sie trat an den alten jakobinischen Refektoriumstisch, der ihr als Schreibtisch diente, und griff zum Hörer, als das Telefon klingelte. »Lochcraigie House«, sagte sie, wobei sie um den Tisch herum zu ihrem hochlehnigen Stuhl ging und sich hinsetzte.

»Ich bin es, Kay«, sagte ihre Assistentin.

»Hallo, Sophie. Ist irgendetwas nicht in Ordnung?«

»Nein, wieso? Ach, weil ich dich am Samstag anrufe. Nein, soweit ich weiß, ist alles in Ordnung, zumindest bei mir.«

Kay lächelte. Sophie war ein Schatz, voller Energie und Leben, und es war eine Freude, mit ihr zu arbeiten. Mit ihren dreiundzwanzig Jahren barst sie förmlich vor Talent, Enthusiasmus und Ideen. »Fein«, erwiderte Kay, wobei sie wünschte, in ihrer kleinen Welt wäre auch alles in Ordnung. »Ich bin gerade ins Atelier gekommen, als du angerufen hast, und ich schaue direkt auf den zinnoberroten Stoff, der gestern aus der Spinnerei gekommen ist – die Farbe ist toll, Sophie. Sie ist ganz anders als die Farben, die ich im vergangenen Jahr verwendet habe.«

»Ja, das finde ich auch. Das Rot leuchtet richtig, aber es ist auch ... kussig.«

»Wie meinst du das?«

»Na, kussig eben, wie Küssen.«

Kay brach in Gelächter aus.

Sophies Stimme wurde leiser und sie sagte vertraulich: »Ich rufe an, weil ich jetzt endlich etwas rausgekriegt habe.«

»Rausgekriegt?«

»Über den Mann, von dem meine Schwester gehört hat ... du weißt schon, wir haben neulich darüber geredet.«

»Oh, ja, natürlich. Entschuldige, Sophie, ich bin heute ein bisschen langsam.« Erwartungsvoll umfasste sie den Hörer fester.

»Sein Name ist François Boujon, und er lebt jetzt wieder in Frankreich.«

»Und wo da?«

»In der Nähe von Paris, in Barbizon. Ich habe die Adresse. Soll ich sie dir jetzt gleich geben?«

»Am Montag reicht. Ich werde so gegen zehn im Atelier sein, und dann können wir ja darüber reden. Weißt du, ob es schwierig ist, bei ihm einen Termin zu bekommen?«

»Ja, leider schon. Aber Gillian wird dir helfen.«

»Kann sie das überhaupt?«

»Oh ja, bestimmt ... ihre Freundin Mercedes hat die besten Beziehungen.«

»Wunderbar. Ich danke dir sehr, Sophie. Danke für deine Mühe.«

»Ich freue mich, wenn ich dir helfen konnte. Dann also bis Montag.«

»Ja. Schönes Wochenende, Sophie!«

»Danke, dir auch.«

»Ich tue mein Bestes«, erwiderte Kay und legte den Hörer auf. Sie lehnte den Kopf an den verschlissenen roten Samtbezug des Stuhles und ließ ihre Gedanken schweifen. Plötzlich jedoch fiel ihr der Brief ein, der gestern mit FedEx gekommen war, und sie griff nach der dekorativen Holzschachtel, die auf dem Schreibtisch stand. Sie holte den Umschlag mit der schön geschriebenen Adresse heraus und öffnete ihn.

Noch einmal las sie die Einladung sorgfältig durch.

Anjas Fest war am zweiten Juni, in vier Monaten. Nachdenklich überlegte sie, ob sie bis dahin wohl einen Termin bei François Boujon kriegen könnte.

Das wäre günstig, denn Ian war ohnehin nicht eingeladen, und so könnte sie allein nach Paris fahren, ohne eine Ausrede erfinden zu müssen. Ich könnte zwei Fliegen mit einer Klappe schlagen, dachte sie, aber dann runzelte sie die Stirn. Ihre lebhaften blauen Augen umwölkten sich, und ihr Gesichtsausdruck wurde auf einmal grimmig.

Sie würden auch da sein, und sie würden sich unvermeidlich begegnen. Und nicht nur flüchtig, das was sicher. Nein, dazu hatte sie überhaupt keine Lust.

Alexandra Gordon, der Snob aus New York. Sie hatte immer die Nase so hoch getragen.

Jessica Pierce, die Schönheitskönigin aus den Südstaaten, mit ihrem weiblichen Aussehen. Jessica hatte immer gnadenlos gegen sie gestichelt.

Maria Franconi, auch ein Snob, mit ihren rabenschwarzen Haaren, ihren blitzenden schwarzen Augen und ihrem südländischen Temperament. Sie stammte aus einer unendlich reichen Mailänder Textildynastie und hatte sie immer wie ein Dienstmädchen behandelt.

Nein, es geht nicht, sagte Kay sich noch einmal. Ich kann nicht auf Anjas Fest fahren. Dort sind auch diese drei Ziegen ... Sie haben mir das Leben damals zur Hölle gemacht.

Sie wusste, was sie tun musste. Sie würde so schnell wie möglich nach Paris fahren, um zu diesem François Boujon zu gehen. Hoffentlich bekam sie möglichst rasch einen Termin. Gleich am Montag würde sie alle Hebel in Bewegung setzen. Und es war ganz egal, wie viel diese Reise kostete.

Sie steckte die Einladung wieder in den Umschlag, legte ihn zurück in die Holzschachtel und schloss sie ab. Dann lehnte sie sich wieder in ihrem Stuhl zurück, und ihre Augen wurden weich und verträumt, als sie an Ian dachte. Der Mann, den sie liebte. Ihr Ehemann ..., der um jeden Preis auch ihr Ehemann bleiben musste.

5

Schon als Kind in den Slums von Glasgow hatte Kay die Gabe besessen, der Realität zu entfliehen, indem sie sich in sich selbst zurückzog. Wenn die voll gestopfte kleine Wohnung, in der sie mit ihrer Mutter und ihrem Bruder Sandy lebte, sie erdrückte, fand sie so immer einen Winkel, in dem sie träumen und die Armut und Hässlichkeit um sich herum vergessen konnte.

Sie träumte immer von Schönheit ... von Gärten voller Blumen, malerischen Landhäusern mit Strohdächern, grünen Wiesen und großen Parks mit uralten Bäumen. Manchmal träumte sie auch von schönen Kleidern, Bändern für ihre Haare oder festen schwarzen Schnürstiefeln für Sandy und einem wunderschönen Seidenkleid für ihre Mutter ... ein blassblaues Kleid, das zu ihren Augen passte.

Als Kay älter wurde, wurden ihre Träume zielgerichteter und konzentrierter, und diese Fähigkeit, zusammen mit ihrem Talent, verhalf ihr zu ihrem Erfolg in der Welt der Mode.

Auch jetzt, als sie an ihrem Schreibtisch saß, verdrängte sie entschlossen die sorgenvollen Gedanken über Ian und vertiefte sich in ihre Arbeit.

Nachdem sie ein paar Skizzen für ihre Herbstkollektion durchgesehen hatte, stand sie auf und trat zu den Stoffproben, die an Messinghaken an der Wand hingen. Ihr Blick fiel wieder auf den roten Wollstoff. Sie nahm ihn herunter und trat mit ihm ans Fenster, wo sie ihn prüfend musterte.

Sie musste lächeln, als ihr einfiel, was Sophie dazu gesagt hatte. *Kussig* hatte sie ihn genannt, und Kay wusste ganz genau, was ihre Assistentin damit meinte. Die Farbe erinnerte an den Lippenstiftton großer Hollywoodstars aus den fünfziger Jahren.

Wie es Kay bei der Arbeit oft passierte, hatte sie auf einmal eine Eingebung. Vor ihrem geistigen Auge sah sie zahlreiche Outfits ... jedes in dem edlen Wollstoff, jedoch in unterschiedlichen Rottönen. Sie dachte zuerst an Zyklamfarben, dann an die tieferen Pinktöne von Pfingstrosen, das blasse Pink von Wicken, ein helles Geranienrot und andere rote Farbschattierungen, verstärkt durch einen Anflug von Blau. Und dazwischen konnte sie sich auch alle möglichen blauen Farbtöne vorstellen, von Hellblau über Aquamarin bis hin zu Violett und dem blasseren Lavendelton von Hortensien.

Das ist es, dachte sie aufgeregt. Eine Winterkollektion, die auf diesen beiden Farben basierte – Rot und Blau, in allen Abstufungen. Was für ein Unterschied zu dem Beige, Braun, Grün, Taupe und Terrakotta ihrer Frühjahrskollektion.

Sie trat vom Fenster wieder zu den Stoffproben und suchte sie rasch nach den Farben durch, die sie verwenden wollte. Die ausgewählten Muster breitete sie auf dem Schreibtisch aus und ordnete sie dann den Skizzen zu. Nacheinander stellte sie sich einen Mantel, ein Kostüm oder ein Kleid in einer der Farben vor.

Bald war sie völlig in ihre Arbeit versunken und nahm ihre Umgebung nicht mehr wahr.

Mit neunundzwanzig Jahren war Kay Lenox eine der bekanntesten jungen Modedesignerinnen der Welt. In London verkaufte sie ihre Kleider in einem eigenen Laden auf der Bond Street und in New York bei Bergdorf Goodman. Sie hatte eine Boutique in Chicago, eine in Dallas und eine weitere am Rodeo Drive in Beverly Hills.

Ihr Name stand für Qualität, modischen Chic und Tragbarkeit. Ihre Kleider waren zwar elegant, aber dabei lässig und entspannt, sie waren sehr gut geschnitten und hervorragend verarbeitet.

Die Stoffe, die Kay bevorzugte, machten ihre Kleider zu Luxusgegenständen ... feinste, leichte Wollstoffe, Kaschmir, Wollcrêpe, weiche schottische Tweedstoffe, Wildleder, Leder, Samt und eine schwere Seide, die sie in Frankreich einkaufte.

Den ganzen Morgen über arbeitete Kay so konzentriert, dass sie zusammenzuckte, als das Telefon klingelte.

»Lochcraigie«, sagte sie scharf.

»Hallo, Liebling«, erwiderte ihr Mann. »Du klingst aber grimmig.«

»Ian!«, rief sie aus, und ihr Gesicht hellte sich auf. »Entschuldige, ich war völlig in ein Kleid versunken, bildlich gesprochen.«

Er lachte. »Dann geht die Arbeit also gut voran?«

»Könnte man sagen. Ich hatte heute früh eine Idee, und jetzt mache ich die ganze Winterkollektion in allen Rotschattierungen bis hin zu Blassrosa, und in Blautönen von Zartlila über Veilchenblau bis hin zu tiefem Violett.«

»Ich finde, das hört sich gut an.«

»Hast du ein Geschenk für Fiona gefunden?«

Er zögerte kurz, bevor er antwortete: »Ja, ja, ich habe etwas gefunden.«

»Dann kommst du also jetzt nach Hause?«

»Eigentlich nicht.« Er räusperte sich. »Äh, äh, ich habe ziemlichen Hunger, deshalb gehe ich jetzt eine Kleinigkeit essen. Ich komme so gegen vier.«

Die Freude auf ihrem Gesicht erlosch, aber sie sagte nur: »Ja, gut. Ich bin hier.«

»Wir können ja dann zusammen Tee trinken«, murmelte er. »Tschüs, Liebling.«

Er legte auf, bevor sie noch etwas erwidern konnte. Sie blickte verwirrt auf den Hörer in ihrer Hand, wandte sich dann jedoch entschlossen wieder ihrer Arbeit zu.

Als sie später an diesem Nachmittag ein Sandwich mit Lachs gegessen und eine Tasse Zitronentee getrunken hatte, zog sich Kay einen cremefarbenen Fischerpullover von den Orkneys über, dicke Wollsocken und ihre grünen Gummistiefel. Aus der Garderobe an der Hintertür nahm sie ihren dunkelgrünen Mantel aus gesteppter Seide, schob ihre rotblonden Haare unter eine rote Wollmütze, fügte den passenden Schal und Handschuhe hinzu und ging nach draußen.

Eiskalte Luft schlug ihr entgegen und raubte ihr fast den Atem, aber sie machte sich entschlossen auf den Weg zum Loch, weil sie frische Luft und etwas Bewegung brauchte.

Das war ihr Lieblingsweg auf dem Besitz, der insgesamt über dreitausend Hektar umfasste. Ein breiter Weg führte durch den Blumengarten, an großen Rasenflächen und Büschen vorbei. In der Nähe schimmerte das klare Wasser des Sees.

Kay blieb stehen und blickte zu den fernen Hügeln. Die Umrisse der schneebedeckten Gipfel waren im Nachmittagsdunst nur undeutlich zu erkennen. Dann drehte sie sich um und warf einen Blick auf das prächtige Steinhaus, in dem sie lebte. Es war 1559 von William Andrews, der damals neuer Laird von Lochcraigie war, erbaut worden. Seitdem hatte jeweils der älteste Sohn den Besitz geerbt, und glücklicherweise hatte es immer einen männlichen Erben gegeben. Die Linie war seit Jahrhunderten ungebrochen.

Jetzt war Ian der Laird, obwohl niemand mehr den alten schottischen Titel gebrauchte, außer ein paar alten Leuten aus dem Dorf.

Abgesehen von den riesigen Ländereien gehörten den Andrews zahlreiche Unternehmen, vor allem in der Textil- und Verlagsbranche. Ian war mehrfacher Millionär, aber er führte am liebsten ein zurückgezogenes Leben auf dem Land.

Energisch schritt Kay aus. Nachdenklich verzog sie das Gesicht, als sie an ihre eigene Vergangenheit dachte. Unwillkürlich fragte sie sich, was Ian wohl sagen würde, wenn er wüsste, in was für ärmlichen Verhältnissen sie aufgewachsen war. Er würde entsetzt, schockiert und vielleicht sogar ungläubig reagieren ...

Sie holte tief Luft. Wirklich schwer war die Zeit gewesen, als sie ein Teenager war, trotzdem hatte sie immer gewusst, dass sie eines Tages ein anderes Leben führen würde.

Und jetzt war es so weit. Sie hatte alles, was sie jemals ersehnt und erträumt hatte ... einen Ehemann, der nicht nur jung war und gut aussah, sondern zudem auch noch ein Aristokrat war. Sie lebte in einem wunderbaren alten Haus mit einer langen Geschichte, und sie hatte eine große Karriere als Modedesignerin vor sich, Ruhm, Erfolg ...

Aber kein Kind.

Keinen Erben für Ian.

Keinen Sohn, der eines Tages der Laird auf diesem riesigen Besitz sein würde, eines Tages in ferner Zukunft, wenn Ian tot war und man den neuen Herrn auf Lochcraigie proklamieren würde.

Sie seufzte leise. Es war eine alte Geschichte. Entschlossen beschleunigte sie ihre Schritte, sodass sie fast rannte. Der See lag bleigrau und still unter dem Winterhimmel. Es war noch kälter geworden, und in der Luft lag ein Anflug von Schnee. Trotzdem ging sie eine Viertelstunde am Ufer entlang, weil ihr die friedliche Stimmung so gut tat.

Auf dem Rückweg schlug sie den Pfad ein, der an Dower House vorbeiführte, wo Ians Mutter wohnte. Einen Moment lang überlegte sie, ob sie ihre Schwiegermutter besuchen sollte, verwarf den Gedanken aber wieder. Gleich war es vier Uhr, und dann würde Ian nach Hause kommen. Sie sehnte sich nach ihm, sehnte sich danach, dass er ihre Sorgen zerstreute. Für heute Abend hatte sie große Pläne, und sie wollte ihn schon einmal darauf einstimmen.

Sie lief an Dower House vorbei und stieg die steilen Stufen hinauf. Dabei dachte sie an Ians Mutter. Sie war eine reizende Frau, mit untadeligen Manieren, äußerst nett und liebevoll. Sie hatte ihre Schwiegertochter von Anfang an gemocht und akzeptiert, und dafür war Kay ihr dankbar.

Margaret Andrews war eine geborene Hepburn, und ihre Familie war weitläufig verwandt mit dem armen James Hepburn, Earl of Bothwell, dem dritten Ehemann von Maria Stuart, der im Kerker eines abgelegenen Schlosses in Dänemark einen schrecklichen Tod gestorben war. Kay hasste die Geschichte von Bothwells Tod. Sie konnte den Gedanken nicht ertragen, dass dieser kräftige, gut aussehende Mann auf so grauenvolle Weise hatte sterben müssen. Und doch musste sie immerzu daran denken ... aber jetzt schalt sie sich selbst für ihre morbiden Gedanken. Rasch lief sie über den Rasen zur Terrasse am Wintergarten und schlüpfte ins Haus.

Kay wusste sofort, dass Ian gute Laune hatte, als er kurz nach vier in den Wintergarten trat. Lächelnd umarmte und küsste er sie. »Du siehst fröhlich aus«, sagte er zu ihr und stellte sich mit dem Rücken ans Feuer, um sich zu wärmen.

Sie erwiderte sein Lächeln. »Danke. Hazel hat gerade den Tee gebracht, Ian. Soll ich dir eine Tasse einschenken?«

Er nickte. »Das war eine lange Fahrt. Ich dachte immer, es fängt gleich an zu schneien, aber bis jetzt ist ja noch alles ruhig gewesen.«

»Schau mal raus«, erwiderte Kay und blickte zur Terrassentür. »Es hat gerade angefangen.«

Er folgte ihrem Blick, und als er die dicken Schneeflocken sah, lachte er nur und meinte: »Sieht so aus, als würden wir einschneien, Kay.«

»Mir ist das egal. Und dir?«

»Ebenfalls. Komm, lass uns Tee trinken.«

Sie setzen sich in die Korbsessel vor dem Kamin, und Kay schenkte ihnen beiden Tee ein, wobei sie ihm einen verstohlenen Blick zuwarf.

Ian wirkte heute Nachmittag so fröhlich wie schon lange nicht mehr, besser gelaunt und sorgloser als sonst. Er sah auch ungewöhnlich jungenhaft aus, aber vielleicht lag das ja nur daran, dass seine blonden Haare vom Wind zerzaust waren und er den Hemdkragen unter seinem hellblauen Pullover mit V-Ausschnitt offen trug. Wie ein Schuljunge, dachte sie und lächelte in sich hinein, als sie an ihre Pläne dachte.

Ian sagte: »Genau genommen hoffe ich natürlich, dass der Schnee nicht liegen bleibt. Es wäre grauenhaft, wenn wir das Mittagessen morgen absagen müssten.«

Kay nickte zustimmend. »Wir sollten uns keine Sorgen machen: im Wetterbericht haben sie für morgen Sonne vorausgesagt. Es soll auch wieder wärmer werden.«

Lächelnd musterte Ian die Platten mit Sandwiches und Kuchen.

»Was hast du denn eigentlich für Fiona gekauft?«

»Wie meinst du das?«

Kay warf ihm einen fragenden Blick zu. »Das Geschenk zu ihrem Geburtstag! Was ist es denn?«

»Ach ja ... Ohrringe. Sehr hübsch – ich zeige sie dir später.«

Friedlich schweigend tranken sie ihren Tee und hingen scheinbar ihren Gedanken nach.

Aber Kay verspürte eine gewisse innere Anspannung, obwohl Ian so gelöst wirkte und sich in ihrer Gesellschaft wohl fühlte.

Er war heute wieder so wie früher, und das war ein gutes Zeichen. Sie hatte vor, ihn zu verführen und eine Liebesnacht zu inszenieren. Es war wichtig, dass er in der richtigen Stimmung war. Und mit ein bisschen Glück würde sie schwanger werden. Sie musste es einfach. Es hing so viel davon ab.

Ian dachte an seine Fahrt nach Edinburgh. Es war in mehrerer Hinsicht ein interessanter Ausflug gewesen, und er war froh, dass er die Mühe nicht gescheut hatte. Hoffentlich gefiel Fiona sein Geschenk; er hatte es sorgfältig ausgesucht. Als er seine Frau anblickte, dachte er unwillkürlich, wie schön sie doch war und wie begehrenswert ...

Kay durchbrach als Erste das Schweigen. »Der Brief, der gestern mit FedEx gekommen ist, war eine Einladung ... zu Anja Sedgwicks fünfundachtzigstem Geburtstag. Sie feiert ein Fest in Paris.«

»Ich muss doch nicht mitkommen, oder?«, fragte er stirnrunzelnd. »Du weißt, dass ich Reisen hasse.«

»Nein, natürlich nicht«, erwiderte sie rasch. Sie sagte ihm gar nicht erst, dass nur ihr Name auf der Einladung stand, sondern fügte gleich hinzu: »Ich fahre auch nicht.«

Verwirrt und überrascht blickte Ian sie an. »Warum denn nicht?«

»Ich habe keine Lust, die Leute wiederzusehen, die ich sieben Jahre lang nicht gesehen habe ... Nach dem Abschluss habe ich den Kontakt zu meinen Freundinnen verloren.«

»Aber du hast doch Anja immer bewundert.«

»Das stimmt. Sie ist wirklich die faszinierendste Frau, der ich je begegnet bin – sie ist ein Genie.«

»Also?« Fragend zog er eine Augenbraue hoch.

»Ach, ich weiß nicht ...«

»Ich finde, du solltest zu ihrem Fest fahren, Kay, allein schon ihretwegen.«

»Na ja, vielleicht hast du Recht. Ich denke darüber nach.«

6

Als sie ihren Tee ausgetrunken hatten, war alles verschneit, und immer noch fielen dicke Flocken, während es draußen langsam dunkel wurde.

Im Wintergarten jedoch war es warm und gemütlich. Das Feuer prasselte im großen Steinkamin, und Ian legte immer wieder Holzscheite nach; die Lampe über dem Tisch verbreitete einen warmen Schein, und im Hintergrund spielte leise Musik.

Ian hatte das Radio eingeschaltet, um den Wetterbericht zu hören, und nachdem er erfahren hatte, dass schwere Schneefälle zu erwarten waren, hatte er auf einen Sender mit Schlagermusik umgeschaltet. Jetzt ertönten gerade die Klänge von Chris de Burghs »Lady in Red« im Raum.

Eine Weile lauschten sie schweigend, dann warf Ian Kay einen aufmerksamen Blick zu. »Du bist heute Nachmittag so still. Bist du traurig? Was ist los, Liebling? Worüber grübelst du?«

Aus ihren Gedanken aufgeschreckt, schüttelte Kay den Kopf. »Ich grübele eigentlich nicht, Ian. Ich habe nur daran gedacht, wie viele Menschen aus Liebe leiden.«

Stirnrunzelnd blickte er sie an. »Wie meinst du das denn?«

»Ich musste heute Nachmittag an Bothwell denken und wie sehr er Maria geliebt hat. Dass er für sie gestorben ist ... na ja, in gewisser Hinsicht war das ja so. Und dieser grässliche Tod ... jahrelang angekettet wie ein armer Hund ...« Sie seufzte. »Er hat wirklich aus Liebe gelitten.«

»Das ist doch hunderte von Jahren her. Offensichtlich hat dir meine Mutter wieder Geschichten in den Kopf gesetzt ...«

»Ja, aber sie sind ja Teil der schottischen Geschichte«, unterbrach sie ihn. »Ich kann nicht genug davon bekommen. Wahrscheinlich habe ich damals in der Schule nicht aufgepasst ... aber deine Mutter hat für Nachhilfeunterricht gesorgt. Sie ist eine gute Lehrerin.«

Forschend blickte er sie und lächelte dann. »Meine Mutter ist die beste Lehrerin, die ich kenne. Darin ist sie genial, vor allem, wenn es um die Geschichte der Clans geht. Das hat mich schon als Kind gefesselt.«

»Sie hat mir viel über die adeligen Familien erzählt, besonders über die Stuarts. Dass sie kühn und mutig waren und wie gut sie alle aussahen.«

»Und was sie alle für ein schlimmes Schicksal hatten«, erwiderte er. »Jedenfalls die meisten von ihnen. Die dumme Maria ließ sich von ihrem Herzen und nicht von ihrem Verstand leiten. Sie war Elizabeth Tudor nicht gewachsen, jedenfalls politisch gesehen. Im Grunde war es die alte Geschichte. Sie wollte den Thron halten und ihren Erben schützen, er wollte neben ihr auf dem Thron sitzen, und die Lords lehnten sich gegen sie auf. Es war damals weiß Gott eine gefährliche Zeit.«

»Deine Mutter hat mir alles erklärt. Sie ist eine ziemliche Nationalistin.«

Er lachte. »Genau wie du!«

»Wahrscheinlich hat es auf mich abgefärbt.«

Nachsichtig lächelte er sie an. Sie war eine Romantikerin, aber vielleicht war das auch typisch Frau.

Sie schwiegen eine Zeit lang.

Schließlich murmelte Kay: »Deine Mutter hat einmal zu mir gesagt, es sei edel, aus Liebe zu leiden. Findest du das auch?«

Ian brach in Lachen aus. »Da bin ich mir nicht so sicher. Meine Mutter ist einfach sehr romantisch veranlagt. Genau wie du. Aber wenn ich so darüber nachdenke, nein, ich möchte nicht aus Liebe leiden. Ich möchte die Liebe genießen, in ihr schwelgen.«

»Mit mir?« Provozierend hob sie die Augenbrauen.

»Ist das eine Aufforderung?«, fragte er.

Sie lächelte ihn verführerisch an.

Ian stand auf, ergriff ihre Hände und zog sie hoch. Dann führte er sie zum Kamin und sank mit ihr auf den Teppich.

Er streichelte über ihre rotgoldenen Haare, die im Feuerschein glänzten, und zog eine Strähne zwischen die Finger. »Sieh dir das an ... keltisches Gold ... es ist so schön, Kay.« Sie schwieg und blickte ihn unverwandt an. Er begann, ihre weiße Seidenbluse aufzuknöpfen, küsste sie auf die Wange, den Hals und den Mund und drückte sie sanft hinunter, bis sie vor ihm lag. Dann küsste er sie voller Leidenschaft.

Kay jedoch schob ihn weg. »Ian, hör auf! Das können wir nicht machen, nicht hier! Jeden Moment kann jemand hereinkommen!«

»Nein, es wird keiner kommen.«

»Maude oder Malcolm könnten hereinkommen, um das Geschirr abzuräumen.«

Er lachte nur, stand aber trotzdem auf und trat zu den Türen, die ins Haupthaus führten.

Risiko, dachte Kay. Er liebt das Risiko. Es erregt ihn. Und ich darf ihn jetzt nicht aufhalten. Er will mit mir schlafen, und ich muss den Moment nutzen.

Sie hörte, wie er die Tür abschloss und wieder zu ihr zurückkam.

Ian kniete sich neben Kay. Er nahm ihr Gesicht in beide Hände und küsste sie leicht auf den Mund.

»Was ist mit den Terrassentüren?«, fragte sie und blickte besorgt dorthin.

»Bei diesem Wetter wird niemand vor die Tür gehen. Da draußen braut sich ein Schneesturm zusammen.«

Es ist ihm gleichgültig, dachte sie. Es ist ihm egal, ob uns jemand durchs Fenster sieht oder hereinkommt. Aber er hatte natürlich Recht, das würde nicht passieren. Heute Abend blieben alle wegen des Schnees brav zu Hause. Seine Mutter unten am Hügel in Dower House; seine Schwester Fiona in ihrem Cottage unten am See; John Lanark und seine Familie im Haus des Verwalters neben dem Hof. Nur im Notfall würde sich jemand aus dem Haus wagen.

Ian hatte ihr die Strickjacke und die weiße Seidenbluse ausgezogen und fummelte jetzt am Verschluss ihres Büstenhalters herum. Sie half ihm, ihn aufzumachen, und zog ihn in ihre Arme. Zusammen sanken sie auf den Teppich, und sie küsste ihn wild und leidenschaftlich. Er erwiderte ihren Kuss voller Glut, dann setzte er sich plötzlich auf, zog sich Pullover und Hemd über den Kopf und warf sie achtlos zur Seite.

Kay tat es ihm nach, und innerhalb weniger Sekunden lagen sie beide völlig nackt auf dem Teppich vor dem Feuer. Ian hockte sich auf die Fersen und betrachtete sie. Ihr Anblick erregte ihn immer noch. Sie war so eine schöne Frau, groß, schlank und langgliedrig, und ihre Haut war blass wie Elfenbein. Jetzt, im Schein des Feuers jedoch, schimmerte sie golden, und ihre roten Haare standen wie ein leuchtender Heiligenschein um ihr schmales Gesicht. Aus ihren großen blauen Augen blickte sie ihn unverwandt an.

Kays Verlangen spiegelte sich in den braunen Augen ihres Mannes. Sie reckte ihm die Arme entgegen, und er legte sich auf sie. Wie perfekt wir zusammenpassen, dachte er.

»Ich will dich«, flüsterte sie an seinem Hals, und ihre langen, schlanken Finger glitten durch seine Haare. »Nimm mich, nimm mich!«

Er begehrte sie genauso wie sie ihn, aber an diesem Abend wollte er sich Zeit lassen. Manchmal ging es zu schnell. Er war zu schnell. Heute Abend jedoch wollte er erst ihr Lust bereiten, bevor sie sich vereinigten.

Deshalb küsste er sie lange und langsam, und als ihr Mund sich unter seinen Lippen öffnete und ihre Zunge über seine glitt, war er erregter denn je.

Er streichelte ihre Brüste, und ihre Hände fuhren über seinen breiten Rücken bis zu seinen Pobacken. Er ließ eine Hand zwischen ihre Schenkel gleiten, und sie seufzte auf, als seine Finger den feuchten, warmen Ort zwischen ihren Beinen berührten. Sie bog sich ihm entgegen und sank dann stöhnend zurück.

Er konnte sich nicht länger beherrschen und drang mit einem raschen Stoß in sie ein.

Kay wand sich unter ihm. Ihr Körper strahlte eine Hitze und ein Verlangen aus, das er bei ihr noch nie so erlebt hatte. Ihm war, als explodiere jede Faser seines Seins, als er den Höhepunkt erreichte und sie ihn ekstatisch aufnahm.

William Andrews, der Lochcraigie nach dem Tod seines ledigen Onkels geerbt hatte, hatte eine große Familie, und so war es nötig gewesen anzubauen, damit alle Platz fanden. Im Sommer 1559 wurde das neue Haus fertig gestellt, und die nächsten vierhundertzweiundvierzig Jahre stand es unverändert auf dem kleinen Hügel über dem Loch.

In all diesen Jahrhunderten war das große Schlafzimmer, von dem aus man auf den See und auf die Hügel dahinter blickte, als Laird's Room bezeichnet worden. Seit Williams Tagen diente es dem Oberhaupt der Familie als Privatraum.

Wie auch die übrigen Zimmer in dem prächtigen Steingebäude besaß dieser Raum Größe und Würde. Es gab sechs Fenster, die alle zum See hinausgingen, und einen prachtvollen Kamin mit einem riesigen Eisenrost, auf dem während der kalten schottischen Winter große Holzscheite verbrannt werden konnten. Die Verkleidung des Kamins war ebenso wie die Deckenbalken und der Dielenboden aus Mahagoni.

Die Eleganz des Zimmers beruhte jedoch nicht nur auf seinen schönen Proportionen, sondern auch auf seiner Einrichtung. Gegenüber der Fensterfront stand das Mahagonibett mit geschnitzten Pfosten, einem rosafarbenen Himmel und passender Steppdecke. Vorhänge und Tapeten waren aus dem gleichen rosafarbenen Brokat. Der Stoff war mittlerweile verblasst, da ihn bereits Ians Urgroßmutter Adelaide ausgesucht hatte, die in der Familie berühmt für den Anbau des viktorianischen Wintergartens war.

Obwohl Kay selbst einen guten Geschmack und ein sicheres Gefühl für Inneneinrichtung besaß, hatte sie am Schlafzimmer nichts geändert. Ian liebte den Raum so, wie er war, und ihr gefiel er ebenfalls.

Sie mochte besonders die antiken Truhen, den Frisiertisch und einige kleinere Möbel aus der jakobinischen Zeit sowie den Perserteppich mitten im Zimmer. Er war sehr alt, und seine Farben waren mittlerweile verblasst, aber er passte hervorragend zu den dunklen Dielen und war unschätzbar wertvoll. Über einer der Kommoden hing ein wunderschöner vergoldeter Spiegel, und die antiken

Porzellanlampen und Vasen und die hübsche alte Standuhr in einer Ecke liebte Kay ebenso sehr wie Ian.

Vor dem Kamin standen ein paar bequeme Sessel, und in einen kuschelte sich Kay.

Es war schon spät, weit nach Mitternacht. Ian schlief bereits fest. Sie hörte seine regelmäßigen Atemzüge. Sonst war nur noch das Knistern der Holzscheite und das Ticken der Uhr zu vernehmen.

Kay dachte an Ian. Heute Abend hatte er sie mit seiner Leidenschaft überwältigt, nicht nur im Wintergarten, sondern auch später im Bett, als er sie noch einmal begehrt hatte. Er hatte nicht genug von ihr bekommen können.

Jetzt stieg die Hoffnung in ihr auf, dass sie vielleicht empfangen hatte. Kay wollte ebenso sehr ein Kind wie ihr Mann, nur dass Ian dieser Sehnsucht nie Ausdruck verlieh. Tief im Innern jedoch wusste sie, wie sehr er sich einen Erben wünschte, einen Sohn, der nach ihm Laird auf Lochcraigie werden würde.

Und was würde passieren, wenn sie wieder nicht schwanger war? Wenn sie es niemals würde? Würde er sich von ihr scheiden lassen und eine andere Frau heiraten, die ihm einen Sohn gebären konnte? Oder würde er achselzuckend darüber hinweggehen und hoffen, dass Fiona heiraten und einen Sohn bekommen würde, der den Titel und die riesigen Ländereien erben konnte? Sie hatte keine Ahnung.

Kay stand auf und trat ans Fenster. Es schneite immer noch, und der Wind wirbelte die dicken Flocken umher. Der Himmel sah aus, als sei er von Silberfäden durchzogen. Eine Windböe rüttelte an den Fenstern, aber das Haus stand so fest und sicher wie immer. William Andrews von Lochcraigie hatte ein Anwesen gebaut, das der Zeit und den harten schottischen Wintern standhielt.

Wenn sie nur mit jemandem reden könnte, dachte Kay und drückte die Stirn gegen die kalte Fensterscheibe. Über ihre Kinderlosigkeit hatte sie mit Ian noch nie gesprochen. Sie hatte Angst, die Büchse der Pandora zu öffnen. Aus dem gleichen Grund hatte sie auch ihrer Schwiegermutter gegenüber geschwiegen. Wenn doch nur Mam noch leben würde, dachte sie, und die Trauer schnürte ihr die Kehle zu. Ihre Mutter hatte sie zu dem gemacht, was sie war, aber sie hatte nicht mehr lange genug gelebt, um die Früchte ihrer Mühen zu genießen. Ihr Bruder Sandy war vor acht Jahren nach Australien ausgewandert, und sie hatte nie mehr von ihm gehört.

Ich habe keine Freunde, zumindest keine engen Freunde, stellte sie fest, und sofort fiel ihr Alexa Gordon ein. Sie hatten sich einmal so nahe gestanden, bis zu ihrem schrecklichen Streit. Manchmal stiegen unvermutet Erinnerungen an Alexa in ihr auf, und sie merkte, dass sie die Amerikanerin vermisste. Die Italienerin allerdings nicht; Maria war ein Quälgeist gewesen. Und auch Jessica war nicht einfach gewesen. Ständig hatte sie sie verspottet und gemein behandelt.

Sie seufzte traurig. Anja Sedgwick jedoch war immer gut zu ihr gewesen, nicht nur als Lehrerin und Mentorin, eher wie eine echte Freundin, manchmal sogar wie eine liebevolle Mutter. Vielleicht sollte sie doch zu Anjas Fest fahren? Wenn sie ein paar Tage vorher anreiste, konnte sie vielleicht noch mit Anja unter vier Augen sprechen und sich ihre Last von der Seele reden. Aber warum sollte sie damit eigentlich bis Juni warten? Sofort fiel ihr François Boujon ein. Wenn sie schon bald einen Termin bei ihm bekam, konnte sie sich einfach mit Anja zum Essen verabreden. Sie würde sich bestimmt freuen, sie zu sehen.

Auf einmal mutig geworden, traf Kay eine Entscheidung. Sie würde auf jeden Fall zum Fest fahren, und zwar aus Achtung vor Anja, genau wie Ian gesagt hatte.

Wie würden sich ihre drei ehemaligen Freundinnen wohl ihr gegenüber verhalten? Sie war schließlich eine bekannte Modedesignerin geworden. Und obwohl sie außerhalb von Schottland ihren Titel selten gebrauchte, war sie jetzt immerhin Lady Ian Andrews of Lochcraigie.

7

Jessica

Jessica Pierce war wütend.

Sie stand im eleganten Salon ihres Hauses in Bel Air und blickte empört auf ihren Freund Gary Stennis. Offenbar sturzbetrunken, war er halb von dem cremefarbenen Samtsofa gerutscht.

Mit kühlen grauen Augen blickte sie sich um.

Alles wirkte ordentlich in dem geschmackvoll eingerichteten Raum, abgesehen von der Unordnung, die Gary auf dem antiken chinesischen Couchtisch vor dem Kamin angerichtet hatte. Das Möbel, ein Einzelstück, hatte sie ein Vermögen gekostet. Auf der Platte des Ebenholztischchens mit ihren wunderschönen Intarsien aus Perlmutt türmten sich mehrere Highball-Gläser, einer ihrer besten Weinkelche aus Baccaratkristall, eine halb volle Flasche Roederer Kristall und eine leere Flasche ihres Château Simard 1988. Einer meiner besseren Rotweine, dachte sie. Ihr Blick fiel auf eine Kristallschale, und wütend stellte sie fest, dass das kostbare Stück von Lalique sorglos als Aschenbecher benutzt worden war.

Leise seufzend hob Jessica die Schale an die Nase und schnüffelte daran, aber der unverwechselbare Geruch nach Cannabis war nicht zu erkennen. Offenbar hatte er dieses Mal wenigstens kein Pot mit seinen Freunden und Kollegen geraucht. Erleichtert stellte sie die Schale wieder hin.

Aber dann beugte sie sich stirnrunzelnd vor und betrachtete aufmerksam das Weinglas. Am Rand waren Lippenstiftspuren zu erkennen.

Die Seiten seines neuen Drehbuches lagen auf dem Fußboden verstreut, ebenso wie ein gelbes Blatt, auf dem er sich handschriftlich Notizen gemacht hatte.

Leidenschaftslos musterte sie Gary. Seine Haare waren zerzaust, sein Gesicht war blass, und er hatte tiefe Schatten unter den Augen. Sein Mund stand halb offen, und er sah alt und erschöpft aus.

Ausgelaugt, dachte sie traurig.

Aber eigentlich war er das doch noch nicht.

Gary war ein brillanter Drehbuchautor, einer der besten, wenn nicht sogar *der* beste in der Branche, und er hatte bereits einige Oscars eingeheimst.

Er hatte Drehbücher für viele große Filme geschrieben und im Laufe seiner Karriere ein Vermögen angehäuft und wieder verloren; er war mit zwei berühmten Schauspielerinnen verheiratet gewesen. Er hatte eine Tochter, die kein Wort mehr mit ihm redete.

Und jetzt, mit einundfünfzig, machte er ihr den Hof und wollte, dass sie ihn heiratete.

Wenn er nüchtern war.

Er war jedoch in letzter Zeit häufig betrunken. Und sie wusste tief im Innern, dass sie ihn wegen seiner Sucht, die er jedoch nicht als Krankheit anerkennen wollte, besser nicht heiraten sollte. Langfristig würde sie nicht mit einem Alkoholiker leben können, und als solcher würde er enden, wenn er nicht schon einer war.

Jessica bat ihn oft, zu den Anonymen Alkoholikern zu gehen, aber er lachte sie nur aus und versicherte ihr, er habe das nicht nötig. Aber sie war da ganz anderer Ansicht. Im Grunde wusste sie ganz genau, dass sie sich von ihm trennen würde.

Jessica hatte ihn schon zwei Mal herausgeworfen, aber es war ihm immer wieder gelungen, sich bei ihr einzuschmeicheln. Er war der personifizierte Charme und ein Meister der Worte. Schließlich hatte er mit seinen Worten ja auch Millionen verdient.

»Vergiss nicht, er weiß ganz genau, was er sagen muss, um bei dir den Nerv zu treffen«, sagte ihre Freundin Merle immer. Und sie erwiderte jedes Mal: »Vergiss *du* bloß nicht, dass Jeremy Schauspieler ist. Er weiß, welche Rolle er spielen muss, um bei dir den richtigen Nerv zu treffen.«

Dann mussten sie beide lachen. Sie kannten ihre Männer. Und es sind die falschen für uns, dachte Jessica. Rasch drehte sie sich auf ihren hohen Absätzen um, ging aus dem Salon und schloss leise die Tür hinter sich.

Sie war wütend auf Gary, und das Beste war wohl, ihn ausschlafen zu lassen.

Jessica war fünf Tage lang in Santa Barbara gewesen, um Einbauarbeiten im Haus eines Kunden zu beaufsichtigen, und Gary hatte ihr für ihre Rückkehr ein intimes Abendessen versprochen ... ganz gleich, um welche Uhrzeit sie zurückkam. Er wollte selber kochen. Wenn er wollte, kochte er großartig, und wenn er nüchtern war, war er auch ein fantastischer Liebhaber.

Ja, sie liebte ihn, auf ihre Art, aber manchmal trieb er sie zur Weißglut. So wie heute.

In der kreisförmigen Eingangshalle mit dem glänzenden schwarzen Granitboden und der elegant geschwungenen Treppe ergriff sie ihren Kleidersack und ihre Koffer und ging damit nach oben.

Während sie im Ankleidezimmer neben dem Schlafzimmer auspackte, sah sie ihr Spiegelbild in einem der vier Spiegel, und nachdem sie alles weggehängt und verstaut hatte, betrachtete sie sich eingehend.

Sie warf ihre langen blonden Haare zurück und zog ihre Jacke gerade. Sie sah eine große, junge Frau von einunddreißig, ganz hübsch, recht elegant in einem weißen Gabardine-Hosenanzug und hochhackigen Pumps, mit einer Perlenkette um den Hals und Perlenohrringen. Aber die Frau sieht heute Abend ein bisschen müde aus, murmelte sie und ging wieder nach unten.

Jessicas braune Lederhandtasche lag auf einer Louis-XIV.-Bank in der Halle. Sie ergriff sie und eilte über den Flur in ihr Büro. Dort schaltete sie das Licht ein und trat an ihren Schreibtisch, ein französisches *bureau plat* aus dem achtzehnten Jahrhundert.

Das Erste, was sie sah, war ein FedEx-Umschlag, der an der gelben Porzellanlampe lehnte.

Jessica starrte die Einladung gedankenverloren an. Ihre Gedanken richteten sich auf die Vergangenheit, und ein ganzes Jahrzehnt fiel von ihr ab.

Sie war jung, erst einundzwanzig, als sie an der Anja Sedgwick School of Decorative Arts, Design and Couture in der Rue de l'Université in Paris ihr Studium der Innenarchitektur aufnahm.

Vor ihrem geistigen Auge sah sie sich so, wie sie damals gewesen war ... groß, sehr dünn, mit glatten blonden Haaren, die ihr bis auf die Schulterblätter fielen, und einer makellosen Haut. Ein Mädchen aus einer texanischen Kleinstadt, das zum ersten Mal in Europa war.

Paris hatte sie bezaubert, die Schule, Anja natürlich und auch die kleine Familienpension am linken Seineufer, wo sie wohnte. Alles war neu, anders und aufregend. Noch nie war sie so weit von San Antonio und ihren Eltern weg gewesen. Sie fehlten ihr, aber sie genoss auch die neuen Erfahrungen.

Dort in Paris lernte sie Lucien Girard kennen und verliebte sich zum ersten Mal in ihrem Leben. Am Ende des ersten Studienjahres stellte Larry Sedgwick, Anjas Neffe, ihr Lucien vor. Sie war zweiundzwanzig, und er war vier Jahre älter als sie. Von Beruf war er Schauspieler. Jetzt musste sie lächeln, wenn sie daran dachte, wie sie Merle immer damit aufzog, weil sie mit einem Schauspieler zusammenlebte.

Lucien und sie hatten perfekt zueinander gepasst, sie verstanden sich blendend. Sie mochten die gleichen Filme, Bücher, Musik und Kunst und kamen so gut miteinander aus, dass es fast unheimlich war. Sie hatten auch die gleichen Ansichten über das Leben und verfolgten ähnliche Ziele, sodass sie sich immer wieder gegenseitig ermunterten.

Jessica hatte geglaubt, Paris gut zu kennen – bis sie Lucien traf, der ihr schnell bewies, dass sie keine Ahnung von der Stadt hatte. Er ging mit ihr zu wundervollen abgelegenen Plätzen, in charmante Bistros, einzigartige kleine Boutiquen, Kunstgalerien und Läden, und in friedliche geheime Winkel. Er zeigte ihr interessante Kirchen, wenig bekannte Museen und fuhr mit ihr in die Bretagne, in die Provence und an die Côte d'Azur.

Sie hatten eine glückliche Zeit miteinander verlebt, ruhige, sonnendurchglühte Tage und Nächte voller Leidenschaft.

Er hatte ihr so viel beigebracht … Sex und Liebe … die besten Weine und das beste Essen … mit ihm hatte sie Muscheln in einer würzigen Brühe gegessen, Omelettes, die so leicht wie Luft waren, weichen, aromatischen Käse vom Land und winzige *fraises du bois*, duftende Walderdbeeren in Sahne.

Die Zeit mit ihm war das reine Entzücken gewesen.

Er hatte sie seine langbeinige amerikanische Schönheit genannt, sie genauso sehr geliebt wie sie ihn, und sie waren glücklich gewesen. Sie hatten so viele Pläne gehabt …

Eines Tages jedoch war er fort.

Lucien verschwand.

Voller Angst hatte sie ihn überall gesucht, zusammen mit seinem besten Freund Alain Bonnal. Seine Wohnung war unberührt, er hatte nichts mitgenommen. Auch sein Agent hatte keine Ahnung, wo er war, und machte sich Sorgen. Lucien war Waise; sie kannten keine Familienmitglieder, zu denen er hätte gehen können, und sie wussten nicht, an wen sie sich wenden sollten. Zusammen mit Alain forschte Jessica in Krankenhäusern, im Leichenschauhaus nach, sie meldete ihn als vermisst. Aber die Suche war ergebnislos. Er blieb verschwunden, und sie wusste nicht, ob er tot war oder noch lebte.

Lucien Girard war im Frühjahr 1994 vom Erdboden verschwunden, als ob er nie existiert hätte. Aber sie wusste nur zu gut, dass das nicht stimmte …

Jessica sprang auf, trat an den großen französischen Schrank, in dem sie Stoffmuster aufbewahrte, öffnete die unterste Schublade und holte ein in rotes Leder gebundenes Fotoalbum heraus. Sie setzte sich damit wieder an den Schreibtisch und begann, die Seiten durchzublättern. Es enthielt die Bilder von ihrer dreijährigen Studienzeit in Paris.

Da, dachte sie, Lucien und ich, am Seineufer, in der Nähe der Pont des Arts, der einzigen Metallbrücke von Paris. Aufmerksam musterte sie das Bild, weil ihr auf einmal auffiel, wie ähnlich sie sich gewesen waren. Auch Lucien war groß und schlank gewesen, mit blonden Haaren und blaugrauen Augen. Die Liebe meines Lebens, dachte sie und blätterte rasch weiter.

Da war ein Bild von ihr, Alexa, Kay, Maria und Anja im Garten von Anjas Haus. Und hier war ein Foto von Nicky und Larry, die mit Alexa herumalberten, während Maria Franconi traurig zuschaute.

Danach war Lucien verschwunden, dachte Jessica, und nichts war mehr in Ordnung gewesen. »*Les girls*«, wie Nicky Sedgwick das Quartett nannte, hatten sich zerstritten. Und alles war so ... so ... albern und pubertär gewesen.

Jessica klappte das Album zu. Wenn sie zu Anjas Geburtstagsfeier fuhr, würde sie unweigerlich ihren früheren Freundinnen begegnen. Im Geiste zuckte sie mit den Schultern ... sie wusste eigentlich nicht, was sie noch für sie empfand. Sieben Jahre. Es war jetzt sieben Jahre her ... eine lange Zeit, da war viel Wasser den Fluss heruntergeflossen.

Ob sie es wohl aushielte, wieder in Paris zu sein? Sie wusste es nicht. Paris war Lucien.

Und Lucien gab es nicht mehr.

Er war nie wieder aufgetaucht. Ab und zu hörte sie noch von Alain Bonnal. Ihn verwirrte die Angelegenheit genauso wie sie. Sie hatten sich alle möglichen Szenarien ausgedacht – in Wirklichkeit hatte sie jedoch nicht die geringste Ahnung, was mit ihm geschehen war.

Nimm die Einladung an. Fahr nach Paris, was soll's, sagte sie sich. Sekunden später änderte sie ihre Meinung. *Nein, tu's nicht. Du reißt nur alte Wunden auf.*

Jessica schloss die Augen und lehnte sich auf ihrem Stuhl zurück ... Sie hatte goldene Erinnerungen an Paris und Lucien ... voller Glück und Freude, die sie seitdem nie wieder erfahren hatte.

Es war besser, diese Erinnerungen zu bewahren.

Sie würde wohl absagen müssen.

Von der Türschwelle aus sagte Gary: »Hast du also doch noch den Weg nach Hause gefunden.«

Erschreckt drehte Jessica sich um und blickte ihn an. Er lehnte mit streitlustigem Gesichtsausdruck am Türrahmen.

Wenn er betrunken ist, wird er immer wütend, dachte sie. Laut jedoch sagte sie: »Du siehst ganz schön mitgenommen aus.«

Er runzelte die Stirn. »Warum bist du erst so spät gekommen?«, wollte er wissen.

»Was macht das schon für einen Unterschied? Du hast doch sowieso sturzbetrunken auf dem Sofa gelegen.«

Seufzend trat er auf sie zu und lächelte auf sie herunter. »Wir hatten was zu feiern. Harry und Phil sind ganz begeistert vom ersten Entwurf des Drehbuchs. Wir haben noch ein paar Änderungen vorgenommen, jetzt wird es ganz sicher ein Knaller. Deshalb haben wir ein bisschen ... gefeiert ...«

»Ein bisschen feiern bedeutet wohl, immer bis zum Umfallen zu trinken.«

»Nein. Du bist nur so spät nach Hause gekommen.«

»Neun Uhr ist überhaupt nicht spät.«

»Was hat dich denn eigentlich aufgehalten? Mark Sylvester vielleicht?« Finster blickte er sie an.

»Mach dich nicht lächerlich! Außerdem wiederholst du dich ständig. Mark war noch nicht einmal da. Ich bin jetzt erst nach Hause gekommen, weil auf dem Santa Barbara Freeway so viel Verkehr war. Wie geht es Gina?«

»Gina?« Gary runzelte die Stirn und setzte sich aufs Sofa.

»Du willst mir doch nicht weismachen, dass Gina heute Abend nicht hier war! Der ganze Salon riecht nach ihrem Parfüm. Und schließlich ist sie bei euren Drehbuchsitzungen immer dabei, trinkt meinen besten Wein und hinterlässt ihren Lippenstift auf meinen Weingläsern. Harry schminkt sich doch wohl nicht die Lippen, oder?«

»Spar dir deinen Sarkasmus, Jessica. Ich verstehe gar nicht, warum du so giftig zu ihr bist. Gina ist seit Jahren meine Assistentin.«

Und dein kleines Nebenher fürs Bett, wenn es dir gerade in den Kram passt, dachte sie. Laut sagte sie: »Das ist nicht mein erstes Rodeo ... ich weiß, wovon ich rede.«

Gary sprang auf. Hochrot im Gesicht erwiderte er: »Offensichtlich hast du schlechte Laune; ich habe jedenfalls keine Lust, mich von dir auspeitschen zu lassen, Missy. Ich gehe nach Hause. Meine Sachen hole ich morgen ab. Bis dann, Süße.«

Jessica antwortete nicht. Sie blickte ihn nur kühl an. Auf einmal merkte sie, wie leid sie es war, sich immer wieder in seine Spielchen verwickeln zu lassen.

Er marschierte hinaus und knallte die Tür hinter sich zu. Einen Moment später hörte sie die Haustür schlagen, und er fuhr mit quietschenden Reifen davon.

Und genau in diesem Moment erkannte Jessica Pierce, dass es ihr völlig egal war, dass er fort war.

Erneut schlug sie das Lederalbum auf und betrachtete die Fotos aus ihrer Zeit in Paris. Und noch einmal blitzte in ihr die Erkenntnis auf, wie wenig ihr Gary Stennis bedeutete. Ja, sicher, sie empfand etwas für ihn, und am Anfang ihrer Beziehung hatte sie wirklich geglaubt, sie könnten sich ein gemeinsames Leben aufbauen. Aber das war schon lange vorbei. Wenn sie ehrlich war, wusste sie, dass sie ihm den Laufpass geben sollte. Ihre Beziehung war am Ende angelangt.

Nun ja, vielleicht waren sie ja schon getrennt. Er war so wütend aus dem Haus gelaufen, dass er vielleicht nie wieder kam.

Wieder dachte sie an Lucien. Sie betrachtete das Foto, auf dem er zwischen ihr und Alexa vor Anjas Schule in der Rue de l'Université stand. Wie jung wir alle aussehen, dachte sie. Jung, unschuldig, das Leben liegt noch vor uns ... Wie wenig wir uns doch um die Zukunft gekümmert haben ... um unser Leben. Wir hielten uns für unverwundbar und unsterblich.

»Lucien«, murmelte sie und fuhr mit dem Finger über sein Gesicht. »Was ist mit dir passiert?«

Sie wusste die Antwort nicht. Sein Verschwinden war ein Rätsel. Ein Rätsel, das wohl nie gelöst werden würde.

8

Niemals war Jessica der Pazifik schöner erschienen.

Tiefblau und in der Sonne glitzernd erstreckte er sich in die Unendlichkeit.

Gedankenverloren blickte sie auf das Meer und fragte sich, wie ihr Leben wohl weitergehen würde.

In den letzten vierundzwanzig Stunden hatte sie viel über ihre Beziehung mit Gary nachgedacht. Sie fühlte sich deprimiert. Es war klar, dass sie sich trennen würden. Jessica hoffte nur, dass es nicht zu bitter werden würde.

Es war Montagnachmittag, und sie saß in dem kleinen, alten Pavillon, den sie von einem Anwesen in England an diesen Platz am Rand von Mark Sylvesters Grundstück in Santa Monica hatte bringen lassen.

Der Felsvorsprung über dem Meer war ein friedliches Plätzchen, bestens geeignet zum Nachdenken und für Mußestunden. Mark liebte ihn, genau wie das neue Haus. Sie war sich eigentlich sicher gewesen, dass es ihm gefallen würde, war aber doch erleichtert darüber, dass er so begeistert davon war. Er würde nächste Woche einziehen, und heute hatte sie ihn zum ersten Mal durch die Räume geführt, da jetzt die gesamte Inneneinrichtung fertig war.

Mit dem Haus ist alles wunderbar gelaufen – nur mein Privatleben ist ein einziges Chaos, dachte sie. Sie hatte Gary gestern angerufen, um sich mit ihm zu versöhnen und Zugeständnisse zu machen, aber er hatte nicht abgenommen. Und auf ihre Nachricht auf dem Anrufbeantworter hatte er auch nicht reagiert.

Dann ist es eben so, dachte sie. Ich muss so oder so weitermachen, schon um mich zu schützen. Instinktiv spürte sie, dass Gary Stennis sie mit herunterziehen würde, wenn sie nicht auf sich aufpasste. Jessica runzelte die Stirn. Sie hatte in der letzten Zeit immer häufiger das Gefühl, dass Gary sich auf einem absteigenden Ast befand.

»Komisch«, murmelte sie. Dann stand sie auf und trat aus dem Pavillon.

Langsam ging sie aufs Haus zu, wobei sie die herrliche Gartenanlage bewunderte, die von einem der bekanntesten Landschaftsarchitekten der Welt, einem Engländer, entworfen worden war. Park und Haus bildeten ein harmonisches Ganzes.

Das Haus aus weißem Stein, der in der Sonne schimmerte, war im Stil des Renaissance-Architekten Palladio genau an der Stelle erbaut worden, wo früher einmal eine spanische Hacienda gestanden hatte. Mit seiner Symmetrie und der klassischen Säulenfassade mutete es wie ein griechischer Tempel an.

Jessica blieb einen Moment stehen und bewunderte die Villa. Wieder einmal dachte sie, wie sehr es den prächtigen Häusern auf den Plantagen im Süden glich. Aber das war kein Wunder; auch die Baumeister dieser Häuser hatten sich an Palladio orientiert.

Jessica hatte einen Architekten engagiert, der für seine Erfahrung beim Entwerfen von Villen im Stil Palladios bekannt war, und eng mit ihm zusammengearbeitet, um Marks Vorstellungen gerecht zu werden. Die Haupthalle war der Dreh- und Angelpunkt, um den sich alle Räume symmetrisch anordneten, wie es Palladios Grundsätzen entsprach.

Als das Haus fertig gestellt war, hatte Jessica es in ihrem unverwechselbaren Stil eingerichtet, wobei sie hauptsächlich Pastelltöne, Cremefarben und Weiß verwendete. Ihre Handschrift waren Zimmer in einem einheitlichen Farbton eingerichtet, mit den schönsten Antiquitäten und Kunstwerken, die man für Geld kaufen konnte, ausgestattet mit luxuriösen Stoffen, Teppichen und Tapeten. Da Mark ihr vollkommene Freiheit gelassen und ein unbegrenztes Budget zur Verfügung gestellt hatte, war es ihr gelungen, ein außergewöhnlich schönes, elegantes Haus zu schaffen.

Jessica öffnete die Terrassentüren, die in die Bibliothek führten, und stand auf einmal Mark gegenüber.

»Wohin sind Sie verschwunden?«, fragte er neugierig.

»Sie waren so vertieft in Ihr Telefonat, dass ich Sie lieber nicht stören wollte. Ich bin ein wenig spazieren gegangen.«

»Sie hätten ruhig da bleiben können«, erwiderte er und setzte sich auf das Sofa.

Sie nahm ihm gegenüber Platz und sagte: »Ich bin froh, dass ich den Pavillon auf den Felsvorsprung gestellt habe ... Ich war eben dort, es war völlig still, und ich habe einfach nur den Blick aufs Meer genossen.«

»Es ist ein großartiges Plätzchen ...« Er brach ab und blickte sie forschend an. »Sie sehen heute Morgen so niedergeschlagen aus, Jessica. Möchten Sie darüber reden?«

»Ich weiß nicht«, murmelte sie.

»Er hat sie schon zu oft im Stich gelassen, und er ist ...« Mark brach ab und warf ihr einen bekümmerten Blick zu. »Es tut mir Leid, Jessica, das hätte ich nicht sagen dürfen. Es geht mich nichts an.«

»Nein, nein, ist schon okay«, erwiderte sie rasch und rang sich ein Lächeln ab. »Ich habe gestern schon dasselbe gedacht. Gary und ich haben wirklich Probleme im Moment, und ich bin mir nicht sicher, dass sich das noch einmal ändern wird.«

Mark schüttelte den Kopf. »Wahrscheinlich trinkt er wieder.«

»Nein, nein, daran liegt es nicht«, erwiderte Jessica hastig. »Wahrscheinlich ist es zum Teil meine Schuld. Ich war in den letzten sechs Monaten so mit meiner Arbeit beschäftigt, dass ich ihn wohl ziemlich vernachlässigt habe. Ich glaube, wir haben uns ziemlich auseinandergelebt.«

»Das kann vorkommen, wenn beide beruflich erfolgreich sind.« Er erhob sich und trat an die Bar, die an einem Ende der Bibliothek eingebaut war. »Möchten Sie etwas zu trinken? Coke? Wasser?«

»Ich hätte gern einen Preiselbeersaft, Mark.« Sie lachte. »Ich weiß, dass eine Flasche im Kühlschrank steht, weil ich sie selber am Samstagmorgen hineingestellt habe.«

Er nickte und holte ihr Getränk. Dabei fragte er sich, warum sich Jessica überhaupt mit Gary Stennis eingelassen hatte. Sie hatte etwas viel Besseres verdient. Sicher, er war ein netter Kerl und sah auch noch recht gut aus, obwohl der viele Alkohol und das anstrengende Leben über die Jahre schon ihren Tribut gefordert hatten. Jetzt allerdings kam Gary an seine Grenzen, in der Branche galt er mehr und mehr als ein Mann von gestern.

Grausame Stadt, in der wir leben, dachte er und schenkte den Preiselbeersaft in ein hohes Glas ein. Er wusste nur zu gut, was die Filmindustrie über Gary dachte. Früher einmal war er der Größte gewesen, aber Alkohol und Frauen hatten ihn fertig gemacht. Das Leben in Hollywood war hart.

Er lächelte vor sich hin. Man musste die Stärke, Willenskraft und Skrupellosigkeit eines Dschingis Khan besitzen, um hier zu überleben.

Während er mit dem Glas in der Hand auf Jessica zutrat, dachte er unwillkürlich, wie gut sie doch aussah.

Heute war sie besonders hübsch. Sie trug ein blasslila Kostüm mit kurzem Rock und hochhackige Schuhe; er hatte ihre langen Beine schon immer bewundert. Sie war zwar ein wenig zu dünn für seinen Geschmack, aber trotzdem äußerst attraktiv.

»Danke, Mark«, sagte sie, als er das Glas vor sie auf den Couchtisch stellte.

Als er wieder zur Bar zurückging, um noch sein Ginger Ale einzuschenken, überlegte er, dass Jessica Pierce einer der nettesten Menschen war, die er kannte. Sie hatte ein liebes, freundliches Wesen, und er bewunderte sie dafür.

Er *wusste*, dass sie *wusste*, dass Gary trank, und dass sie ihn vor ihm in Schutz genommen hatte, ehrte sie. Ein loyales Mädchen. Viel zu nett für Stennis.

Mark ließ sich ebenfalls auf dem Sofa nieder und hob sein Glas. »Cheers, Jessica. Und danke, dass Sie hier alles so herrlich eingerichtet haben. Sie sind ein Wunder!«

Sie lächelte ihn an, und ihre Augen funkelten vor Freude. »Danke, Mark. Es freut mich, dass Ihnen Ihr Haus gefällt. Cheers!« Sie schwiegen einen Moment lang. »Und danke dafür, dass Sie mir vertraut haben und mir freie Hand gelassen haben.«

»Ich bin hingerissen von Ihnen, wissen Sie. Hingerissen von Ihrem Wissen, Ihrem Geschmack, Ihrer Zurückhaltung, Ihrem Flair und Ihrem Stil. Sie sind eben ... einfach ... allererste Sahne, Jess.«

Sie lachte über seinen Vergleich, trank einen Schluck und musterte ihn einen Augenblick lang. Zum tausendsten Mal fragte sie sich, warum Kelly O'Keefe sich vor einem Jahr von ihm hatte scheiden lassen. Er war so ein netter Mann, zumindest ihr gegenüber, fair, vernünftig. Man konnte wunderbar mit ihm zusammenarbeiten, und er hatte einen hervorragenden Ruf in Hollywood. Allerdings wusste sie auch, dass er ein knallharter Geschäftsmann war, deshalb war er ja als Produzent auch so erfolgreich. Schwächlinge wurden nichts im Filmgeschäft.

Jessica wusste, dass Mark Sylvester fünfundvierzig war, aber er sah nicht so aus. Er wirkte viel jünger, wie ein Mann von Mitte dreißig. Er war schlank, sonnengebräunt und sportlich, mit einem angenehmen kantigen Gesicht und sehr wissenden, aufmerksamen braunen Augen. Freundliche Augen, die jedoch so hart wie schwarze Kiesel werden konnten, wenn er sich über etwas ärgerte. Sie hatte diesen Blick an ihm einige Male bei Gesprächen mit seinen Geschäftspartnern beobachtet, und sie war froh gewesen, dass er nicht ihr galt.

»Sie starren mich an, Jessica.«

Sie lachte schuldbewusst auf und gab zu: »Um ehrlich zu sein, Mark, habe ich gerade über Sie und Kelly nachgedacht und über Ihre Scheidung. Ich kann mir nicht vorstellen, warum sie Sie verlassen hat.«

Er warf ihr einen prüfenden Blick zu und erwiderte: »Ich habe dieses Gerücht in die Welt gesetzt, aber in Wirklichkeit war ich derjenige, der sie um die Scheidung gebeten hat.«

»Oh, das wusste ich nicht.«

»Niemand weiß es. Alle glauben, es sei ihr Wunsch gewesen.«

»Ich verstehe.«

Mark lehnte sich im Sofa zurück und blickte für einen Moment lang gedankenverloren in die Ferne. Dann setzte er sich auf, als habe er plötzlich einen Entschluss gefasst, und sagte: »Ich habe nie über die Scheidung geredet. Mit niemandem, Jessica. Aber Ihnen vertraue ich sehr, ich würde es Ihnen gern erzählen. Kelly hatte ein Problem. Sie trank zu viel, und sie war auf dem besten Weg, zur Alkoholikerin zu werden.«

Jessica war so verblüfft, dass sie ausrief: »Das hätte ich niemals vermutet! Sie war immer so ... proper.«

»Sie ist eben Schauspielerin. Sie kann es ziemlich gut verbergen.«

»Aber Sie beide waren das perfekte Paar!«

»So sah es vielleicht aus«, sagte er kopfschüttelnd. »Na ja, ich habe es ihr jedenfalls so leicht wie möglich gemacht. Es ging alles freundschaftlich über die Bühne. Sie bekam ein schönes, großes Stück vom Kuchen, und damit ging sie nach New York. Ich glaube, sie hat sich mittlerweile wieder einigermaßen gefangen, außerdem kann sie dort ein anonymeres Leben führen.«

»Trinkt sie immer noch?«

»Nicht mehr so viel. Ich glaube, der Zusammenbruch unserer Ehe hat sie ... ernüchtert, wenn Sie mir diese Anspielung verzeihen.« Er grinste spöttisch. »Anscheinend gibt sie sich sehr viel Mühe, und ich wünsche ihr, dass sie es durchhält.« Er lehnte sich wieder zurück und schlug seine langen Beine übereinander. »Was mich angeht, so muss es eben weitergehen ... Und was werden Sie tun, Jessica?«

»Ich muss ein paar Häuser in Beverly Hills neu einrichten und ...«

»Nein, ich meinte, was werden Sie mit Ihrem Leben anfangen ... und mit Gary Stennis?«

Seufzend sank sie aufs Sofa zurück. »Ich weiß nicht. Nein, das stimmt nicht, ich weiß schon, was ich tun sollte, nämlich die Beziehung beenden. Es ist vorbei, Mark, es ist nur noch eine Frage der Zeit.«

»Ich kenne Gary seit Jahren; er hat früher einige Drehbücher für mich geschrieben. Er ist ein prima Kerl, verstehen Sie mich nicht falsch, aber er war schon immer ein wenig selbstzerstörerisch.«

»Glauben Sie das wirklich?«, fragte sie und musterte ihn prüfend.

»Ich weiß es. Glauben Sie mir, Sie werden sich aus der Situation nicht herauswinden können. Sie müssen schon ausbrechen. Gehen Sie einfach. Holen Sie tief Luft – und springen Sie.«

»Wahrscheinlich haben Sie Recht. Vorsichtiges Taktieren bringt mich nicht weiter.«

»Davon können Sie ausgehen, Jess.«

Sie nickte. Dann wechselte sie das Thema und fragte: »Und was machen Sie als Nächstes, ich meine, beruflich?«

»Ich möchte ein Theaterstück kaufen. Die Proben laufen gerade in New York. Ich könnte mir vorstellen, dass es auf dem Broadway sehr erfolgreich wird. Es ist ein Drama, und man könnte einen guten Film daraus machen, meine Art von Film. In zwei Wochen treffe ich mich mit dem Autor. Danach fahre ich nach Paris, vielleicht drehen wir dort dieses Jahr.«

»Ich habe gerade eine Einladung zu einem Fest in Paris erhalten.«

Seine Miene hellte sich auf, und er rief aus: »Vielleicht sind wir ja zur gleichen Zeit da!«

»Ich weiß nicht. Ich glaube nicht. Mein Fest ist am zweiten Juni. Es ist das Geburtstagsfest für meine ehemalige Lehrerin, die fünfundachtzig wird.«

»Klingt gut, aber wahrscheinlich bin ich bis dahin wieder abgereist. Sonst wäre ich einen Abend mit Ihnen ausgegangen. Wir hätten die Stadt unsicher machen können.«

Lächelnd wandte sie den Kopf und blickte zu einem Gemälde an der Wand.

Er beobachtete sie aufmerksam und stellte fest: »Jetzt sehen Sie schon wieder so traurig aus.«

»Seit ich die Einladung bekommen habe, muss ich ständig an früher denken ... an die Zeit vor sieben Jahren. Diese Einladung hat eine Menge alter ... Wunden wieder aufgerissen.« Unvermittelt traten ihr Tränen in die Augen.

Mark beugte sich vor. »Hey, Jessica, was ist das denn? Tränen? Da kann es sich nur um einen Mann handeln.« Er hob fragend seine dunklen Augenbrauen.

Jessica konnte nur nicken.

»Eine alte Liebe ... Möchten Sie darüber reden? Ich bin ein guter Zuhörer.«

Langsam erwiderte sie: »Ja, eine alte Liebe, eine wundervolle Liebe. Wir hatten so viele Pläne. Wir wollten alles zusammen machen, und dann war es vorbei.«

»Ihrer Stimme nach zu urteilen, hat er sich von Ihnen getrennt.«

»Nein. Er verschwand.«

»Wie meinen Sie das?«

»Eines Tages war er verschwunden. Er war wie vom Erdboden verschluckt, ohne eine Spur zu hinterlassen. Ich habe ihn nie wiedergesehen.«

»Erzählen Sie mir die Geschichte, Jessica.«

Und das tat sie. Langsam und vorsichtig erzählte sie Mark alles über Lucien Girard – über ihre erste Begegnung, ihre Beziehung und wie sie und Alain Bonnal vergeblich versucht hatten, ihn zu finden.

Als sie fertig war, sagte Mark nachdenklich: »Es gibt drei Möglichkeiten. Entweder ist er ermordet worden, und man hat sich seiner Leiche sehr sorgfältig entledigt, oder er lebt und hat das Gedächtnis verloren. Oder er hat beschlossen, zu verschwinden.«

»Aber warum sollte er das denn tun?«, rief sie aus.

»Leute, die einfach so verschwinden, haben ihre Gründe dafür. Und meistens sind sie nur schwer wieder zu finden, weil sie alles ganz genau vorbereitet haben.«

»Jemand, der verschwindet, möchte offensichtlich doch ein neues Leben beginnen«, warf sie ein, brach aber ab. Nachdenklich lehnte sie sich zurück, und nach einer Weile fuhr sie fort: »Alain und ich haben uns gefragt, ob man ihn überfallen und ermordet und dann seine Leiche ins Meer geworfen hat. Wir sind beide davon ausgegangen, dass man eine Leiche relativ einfach los wird. Wir haben auch an Gedächtnisverlust gedacht.«

»Bei den meisten Menschen kommt das Gedächtnis irgendwann wieder.« Er rieb sich das Kinn. »*Random Harvest.* Bei Gedächtnisverlust muss ich an diesen Film denken. Greer Garson, Ronald Colman. Ein guter Film, mittlerweile ein Klassiker und einer meiner Lieblingsfilme. Er ist allerdings sehr sentimental.«

»Den habe ich nie gesehen.«

»Dazu sind Sie zu jung.«

»Nein, das stimmt nicht. Sie sind nicht viel älter als ich, Mark.«

Er grinste. »Vierzehn Jahre. Jedenfalls, wenn er mal spätabends im Fernsehen gezeigt wird, schauen Sie ihn sich an.«

»Das mache ich.«

Er fuhr fort: »Ich denke immer in Filmen, wissen Sie. Das ist eine meiner Marotten. Aber um auf Ihren Freund Lucien zurückzukommen ... Erzählen Sie mir noch einmal genau, wie er gesagt hat, dass er für ein paar Tage verreisen müsse.«

»Wir aßen zusammen zu Abend. Das war das letzte Mal, dass ich ihn gesehen habe. Beim Essen sagte er, er müsse für ein paar Tage nach Monte Carlo, um einen Werbefilm zu drehen. Ich fand das toll. Wir haben Pläne für die Woche darauf gemacht. Er hatte vor, schon am nächsten Tag loszufahren.«

»Hat er Sie aus Monte Carlo angerufen?«

Jessica schüttelte den Kopf. »Nein. Aber ich habe auch nicht damit gerechnet, weil ich ja wusste, dass er viel zu tun hat. Als ich jedoch nach einer Woche immer noch nichts gehört hatte, rief ich bei ihm in der Wohnung an, aber es nahm keiner ab. Ich ging zu seinem Freund Alain Bonnal; der machte sich auch schon Sorgen, weil Lucien nicht zu einem Mittagessen erschienen war, zu dem sie sich verabredet hatten. Gemeinsam gingen wir zu Luciens Haus und redeten mit der Concierge. Sie sagte uns, er sei immer noch verreist. Und sie erwähnte, sie habe noch mit ihm gesprochen, als er mit seinem Koffer das Haus verließ.«

»Und sonst hat niemand von ihm gehört?«, fragte Mark leise.

»Nein. Alain und ich gingen zu seinem Agenten, aber er war genauso ratlos wie wir.«

»Das ist alles sehr seltsam. Und die Polizei hat auch nie etwas herausgefunden?«

»Nein. Wir haben auch in Krankenhäusern und im Leichenschauhaus nachgefragt – nichts. Alain hat noch nach ihm gesucht, als ich schon wieder in Amerika war. Aber er hat nie etwas herausgefunden.«

»Das muss schrecklich für Sie gewesen sein. Kein Wunder, dass Sie so ein trauriges Gesicht gemacht haben.« Er schüttelte den Kopf. »Ich hasse solche Situationen, für die es keine zufrieden stellende Erklärung gibt.«

Jessica schwieg und warf ihm einen dankbaren Blick zu.

Mark lehnte sich auf dem Sofa zurück und fragte dann vorsichtig: »Können Sie sich irgendeinen Grund vorstellen, weshalb Lucien sein eigenes Verschwinden inszeniert haben könnte?«

»Keinen einzigen, Mark. Ich zermartere mir seit Jahren den Kopf darüber, aber der Gedanke, dass er absichtlich untergetaucht sein könnte, ist mir nie gekommen. Das passt gar nicht zu ihm. Er besaß wirklich so etwas wie Ehrgefühl. Lucien war ein durch und durch integerer Mensch.«

»Ich vertraue Ihrem Urteil. Sie kannten ihn sicher gut genug, um zu wissen, wozu er fähig war.« Er schwieg, dann fragte er sie: »Waren Sie seitdem jemals wieder in Paris?«

Jessica schüttelte den Kopf. »Nein, und ich weiß auch noch nicht genau, ob ich zu dem Geburtstagsfest fahren soll.«

»Aber das müssen Sie!«, rief er aus. »Sie müssen Ihre ehemalige Lehrerin doch feiern und ihr alles Gute wünschen … Der fünfundachtzigste Geburtstag ist doch ein Meilenstein im Leben eines Menschen.«

»Ja, ich weiß, aber Paris ist für mich Lucien … Ich glaube, es wäre sehr schmerzlich für mich, wieder dort zu sein. Wahrscheinlich könnte ich die Reise überhaupt nicht genießen.«

»Ich verstehe, was Sie meinen, aber wir müssen alle auf die eine oder andere Weise mit Schmerz leben. Das Leben ist hart, Jess. Es ist unberechenbar und voller Gefahren. Viele Menschen erleben schreckliche Dinge, und trotzdem geben sie nicht auf, sie ertragen ihr Schicksal. Der Mensch ist erstaunlich widerstandsfähig. Das Geheimnis ist einfach, stark zu bleiben und zu kämpfen.«

»Ich weiß aber nicht, ob ich das schaffe.«

»Ich habe eine Idee«, sagte er. »Soll ich im Juni mitkommen und Ihnen die Hand halten?«

Sie war so verblüfft über sein Angebot, dass sie ihn nur sprachlos anstarren konnte. Schließlich antwortete sie: »Sie würden mitkommen, um mir Mut zu machen?«

»Wenn Sie es so sehen möchten.«

Jessica war gerührt von Marks Großzügigkeit. Sie waren wirklich gute Freunde; sie hatte einige Häuser und Büros für ihn eingerichtet, und sie waren sich dabei sehr nahe gekommen. Aber dass er ihr anbot, ihr die Reise nach Paris leichter zu machen, raubte ihr den Atem. »Danke für das Angebot … Ich bin Ihnen wirklich dankbar, Mark.« Sie seufzte auf. »Ich liebe Anja Sedgwick, und sie hat mein Leben ganz stark beeinflusst … aber … ach, ich weiß nicht …« Sie schüttelte den Kopf und blickte ihn hilflos an.

»Manchmal erleichtert es einen schweren Gang gewaltig, wenn jemand mit einem mitgeht. Und wie ich bereits sagte, vielleicht bin ich ja dann sowieso in Paris, wegen meines nächsten Films.«

»Ich kann mich einfach noch nicht entscheiden, ob ich zu Anjas Fest fahre. Ich habe die Einladung erst am Samstagabend vorgefunden, als ich nach Hause kam. Ich muss noch einmal darüber nachdenken, aber Sie werden der Erste sein, der es erfährt.«

Mark lächelte sie an; er mochte sie wirklich gerne. Aber er begann sich zu fragen, warum er sich auf einmal so für ihr Leben interessierte. Das hatte ihn genauso verblüfft wie sie, und seine Handlungsweise verwirrte ihn.

Jessica hatte ähnliche Gedanken. Außerdem wusste sie einfach nicht, ob sie den Mut besaß, nach Paris zu fahren und sich der Vergangenheit zu stellen. Nicht einmal mit Marks Beistand.

9

Maria

Über Nacht hatte sich ihr Leben auf wundersame Weise verändert. Sie konnte es kaum glauben.

In den letzten Tagen war sie sich vorgekommen, als schwebte sie auf Wolken. Sie war optimistischer als je zuvor, aufgeregt und voller Vorfreude wie schon seit Jahren nicht mehr. In gewissem Sinn hatte sie das Gefühl, neu geboren zu sein.

Die Veränderung hatte letzten Freitag begonnen, als sie nach der Mittagspause in ihr Büro zurückgekehrt war. Auf ihrem Schreibtisch lag eine FedEx-Sendung aus Paris. Im ersten Moment war sie so verblüfft, dass sie den Namen und die Adresse des Absenders gar nicht gelesen, sondern gleich den Umschlag aufgerissen hatte. Darin lag ein weißes Kuvert.

Die wunderschöne Kalligraphie, in der ihr Name geschrieben war, sagte ihr sofort, dass es sich um eine Einladung handelte. Sie konnte sich jedoch nicht vorstellen, für welches Ereignis. Eilig zog sie die Karte aus dem Kuvert und fing neugierig an zu lesen. Ihre Begeisterung wuchs mit jedem Wort.

Wie wundervoll, dass sie auf dieses Fest zu Anjas Geburtstag eingeladen war!

Anja Sedgwick war für Maria ungeheuer wichtig. Sie war ihre Lieblingslehrerin gewesen und hatte mehr für sie getan als irgendjemand sonst. Abgesehen von Fabrizio. Und Riccardo natürlich.

Anja hatte sie von Anfang an unter ihre Fittiche genommen. Sie hatte ihre Kreativität gefördert, ihr neue Bereiche des Designs nahe gebracht und ihr die ganze Welt der Kunst, Musik und Kultur im Allgemeinen eröffnet. Sie war fast wie eine Mutter zu ihr gewesen und eine wirklich gute Freundin.

Überhaupt hatte Maria an der Anja Sedgwick School of Decorative Arts, Design and Couture viele Freunde gefunden – vor allem die drei Mädchen, die bis zu dem großen Streit ihre engsten Freundinnen gewesen waren.

Eigentlich war der Streit ja belanglos gewesen. Ihre Wege hätten sich nie zu trennen brauchen ... Sie waren nur alle vier so stur gewesen damals, und es hatte scheinbar keine andere Lösung gegeben, als auseinander zu gehen. Nach dem Bruch hatte sie sich in Paris ein wenig verloren gefühlt.

Sie würden doch bestimmt auch zu Anjas Geburtstagsfest kommen? Sie würden es doch sicher nicht versäumen wollen!

Hoffentlich waren sie da. Sie konnte es kaum erwarten, sie wiederzusehen. Was hatten sie wohl aus ihrem Leben gemacht? Da sie seit sieben Jahren von keiner von ihnen mehr etwas gehört hatte, fragte sie sich natürlich, ob sie mittlerweile verheiratet waren und ob sie Kinder hatten. Und sie wollte auch wissen, ob sie beruflich erfolgreich waren.

Nach sieben Jahren gab es doch sicher keine Animositäten mehr, oder? Na ja, vielleicht, dachte Maria achselzuckend. Man wusste ja nie. Menschen konnten sehr seltsam sein, wie sie am eigenen Leib erfahren hatte.

Maria Pia Francesca Teresa Franconi, von ihrer Familie und ihren Freunden einfach nur Maria genannt, war entschlossen, nach Paris zu fahren, um mit Anja zu feiern. Da gab es für sie keinen Zweifel.

Sie hatte sofort mit der beiliegenden Antwortkarte zugesagt.

Die Einladung zu dem Fest und die Aussicht auf die Reise hatten ihre Depression aufgelöst; sie war so voller Erwartung und konnte ihre Ungeduld kaum zügeln. Für sie bedeutete die Einladung so etwas wie das Taschengeld, das sie als Kind jede Woche bekommen hatte. Ihre Großmutter Franconi hatte es ihr jeden Donnerstag gegeben, aber sie hatte es immer erst am Wochenende ausgeben können, wenn ihre Mutter mit ihr nach Mailand fuhr. Und in der Zwischenzeit hatte das Geld fast ein Loch in ihre Tasche gebrannt. Immer und immer wieder hatte sie es gezählt und es dann wieder in ihrem kleinen Portemonnaie an einem sicheren Ort versteckt. Bis endlich der magische Samstag kam und sie einkaufen fuhren.

Maria freute sich wie ein Kind auf Anjas Fest. Paris war ihre Lieblingsstadt, und außerdem hoffte sie, endlich entkommen zu können ... ihrer dominanten Familie, dem Job, der sie langweilte, dem Familienunternehmen, an dem sie nicht das geringste Interesse hatte, und ihrem Privatleben, das ereignislos war.

Sie würde nach Paris fahren, und sie hatte vor, die Zeit dort zu genießen.

Sie würde nicht nur das Wochenende, an dem das Fest stattfand, dort verbringen, sondern sie würde Urlaub nehmen und eine ganze Woche in Paris bleiben. Vielleicht sogar zwei. Oder drei.

Drei Wochen in Paris. Allein der Gedanke daran machte sie atemlos. Was für eine wundervolle Idee!

An diesem Donnerstagabend, fast eine Woche, nachdem sie den Fedex-Umschlag bekommen hatte, war Maria immer noch außer sich vor Freude, als ob sie Lachgas inhaliert hätte. Sie konnte es kaum erwarten, Fabrizio von dem Fest und der Reise zu erzählen. Ihr Bruder kam zum Abendessen, wie immer, wenn er donnerstags in Mailand war.

In den letzten zwei Wochen war Fabrizio unterwegs gewesen und hatte Kunden in Wien, München und London besucht. Er war der Vertriebsleiter und Geschäftsführer in ihrem Unternehmen Franconi und Söhne, Stofffabrikanten seit 1870.

Rasch bewegte sich Maria in der High-Tech-Küche aus Stahl und Glas in ihrer modernen Wohnung, kostete von der Pasta, die sie gerade frisch zubereitet hatte, und rührte die Sauce Bolognese noch einmal um. Sie nahm Mozzarella und Tomaten aus dem Kühlschrank und begann, sie zu zerschneiden. Als sie damit fertig war, richtete sie sie auf zwei Tellern an und gab Basilikumblätter darüber. Später würde sie sie noch mit Öl beträufeln.

Während sie arbeitete, blickte Maria immer wieder aus dem Fenster und dachte, wie schön doch der Himmel war. Tintenschwarz und wolkenlos, voller leuchtender Sterne und einer perfekten Mondsichel.

An dem zarten Spitzenmuster, das der Frost auf die Fensterscheibe gezaubert hatte, erkannte sie, wie eisig es draußen war. Aber das war nichts Ungewöhnliches – im Februar war es in Mailand meistens kalt.

Maria freute sich, dass Fabrizio zum Essen kam. Sie hatte ihn vermisst. Er war nicht nur ihr Lieblingsbruder, sondern auch ihr Verbündeter im Unternehmen. Zwar war sie mittlerweile neunundzwanzig und durchaus in der Lage, sich durchzusetzen. Dennoch tat es gut, dass er sich immer hinter sie stellte, wenn sie auf Sitzungen ihre Meinung vertrat, und das tat ihr Großvater für gewöhnlich nicht.

Auch ihr Vater unterstützte sie oft, da er inzwischen einsah, dass die Stoffkollektionen moderner werden mussten. Darum kämpfte Maria ständig, aber sie war nicht immer erfolgreich, was sie ärgerte.

Seit ihrem Abschluss auf Anjas Schule war sie eine der Topdesignerinnen bei Franconi geworden, und vor allem Fabrizio rühmte ihr Talent und ihre Stoffe.

Tief im Innern machte die Arbeit ihr jedoch keine Freude mehr. Sie hatte das Gefühl, in einer Sackgasse angekommen zu sein, und ihre Frustration wuchs.

Sie seufzte leise, verdrängte aber die negative Empfindung und konzentrierte sich statt dessen auf ihren Bruder. Er würde gleich da sein. Ihre Miene hellte sich auf. Fabrizio schätzte ihre Kochkünste, und sie verlebten immer einen schönen Abend miteinander.

Fabrizio war einunddreißig und Single wie sie; und auch er war deswegen ständig den Nörgeleien ihrer Mutter ausgesetzt. Ihre Mutter und auch die Großmütter Franconi und Rodolfo konnten es nicht erwarten, Enkelkinder beziehungsweise Urgroßenkel auf dem Schoß zu schaukeln, und sie äußerten diesen Wunsch unverhohlen.

Ihr ältester Bruder, der nächste Woche vierunddreißig wurde, war geschieden und kinderlos. Ihn ließen die Großmütter in Ruhe, wahrscheinlich, weil er wenigstens einmal verheiratet gewesen war und ohnehin hinter jedem Rock herlief.

Sergio war der Erbe, aber Maria wusste, dass eigentlich Fabrizio der Favorit in der Familie war. Und der Grund dafür lag auf der Hand. Er sah am besten aus. Groß, mit blauen Augen und blond, war er ein echter Franconi, während sie und Sergio dunkelhaarig waren und nach den Rodolfos kamen. Zudem war Fabrizio der Intelligenteste, und er arbeitete am härtesten. Ohne sich besonders anstrengen zu müssen, bezauberte er alle mit seinem Charme.

Keine dunklen Flecken, dachte sie lächelnd. Fabrizio war der Star, und sie beneidete ihn nicht im Geringsten darum. Sie liebte und bewunderte ihren Bruder über alles. Und sie vertraute ihm voll und ganz, da er anständig und ehrenhaft war.

Zehn Minuten später lehnte Fabrizio am Türrahmen ihrer Küche und sah ihr zu, wie sie das Essen fertig machte. Lässig nippte er an einem Glas Wein.

Er erzählte ihr von seiner Geschäftsreise, und sie strahlte, als er ihr berichtete, wie gut die von ihr überarbeitete berühmte Renaissance-Kollektion ankam.

»Sie wird ständig neu geordert, Maria«, erklärte er. »Ich erhebe mein Glas auf dich, meine Kleine – deine Kollektion ist ein voller Erfolg!«

Sie ergriff ihr Weinglas und stieß mit ihm an. »Danke, Fab. Da wird Großvater aber überrascht sein. Er war so dagegen.« Sie lachte entzückt. »Ich kann es kaum erwarten, sein Gesicht zu sehen, wenn er das erfährt.«

»Ich auch nicht. Die Kunden haben dein Loblied gesungen. Es gefällt ihnen auch, wie du die anderen alten Sachen überarbeitet hast. Ich habe ihnen für das nächste Jahr eine völlig neue Kollektion angekündigt.«

»Ach ja?« Sie blickte ihn mit ihren dunklen Augen unverwandt an.

»Ja. Und ich freue mich schon darauf, Maria. Diese Kollektion wird nur deine Handschrift tragen.«

»Das ist eine ziemliche Herausforderung! Ich werde es versuchen.« Sie schwieg einen Moment. »Fabrizio ...?«

»Ja?« Er blickte sie aufmerksam an. »Du klingst so aufgeregt.«

»Das bin ich auch. Ich habe letzte Woche eine Einladung zu Anjas fünfundachtzigstem Geburtstag erhalten. Das Fest findet in Paris statt.«

Fabrizio erstarrte leicht, bemühte sich aber, das zu verbergen. Leichthin fragte er: »Und wann?«

»Anfang Juni.«

»Ich verstehe ...«

»Ich fahre natürlich hin. Das möchte ich um nichts in der Welt versäumen. Ich habe bereits zugesagt und möchte zwei oder drei Wochen dort bleiben.«

Ihr Bruder runzelte die Stirn. »Zwei oder drei Wochen?«, rief er aus und warf ihr einen strengen Blick zu. »Warum das denn?« Ihre Ankündigung überraschte ihn wirklich.

»Weil ich Paris liebe und weil ich meinen Sommerurlaub dort verbringen möchte.«

»Und was ist mit dem Familienurlaub auf Capri?«

»Dieses Jahr nicht ... zumindest ich nicht.«

»Das wird Mama aber nicht gefallen.«

»Das ist mir egal. Ich bin neunundzwanzig, fast dreißig Jahre alt, und ich kann doch wohl zur Abwechslung mal alleine Urlaub machen.«

»Ja, natürlich.« Er lächelte sie liebevoll an und beschloss, nichts mehr zu sagen. Mit einem weiteren Schluck Wein schluckte er seinen Kommentar herunter.

Später, nach dem Essen, würde er ihr klar machen, dass sie nicht nach Paris fahren konnte. Der Gedanke machte ihm Angst.

10

Verstohlen beobachtete Maria ihren Bruder. Es freute sie, wie er ihr Essen verschlang. Offensichtlich schmeckte es ihm. Sie selbst legte die Gabel nach ein paar Bissen Spaghetti Bolognese nieder und griff nach ihrem Weinglas. Sie trank ein paar Schlucke Rotwein, dann sagte sie: »Mir geht es so viel besser, Fabrizio, ich bin nicht mehr so deprimiert. Die Einladung hat mich richtig aufgemuntert.«

Fabrizio hob den Kopf und blickte sie aufmerksam an. »Das freut mich. Aber vielleicht liegt es auch daran, dass dich Vater in der letzten Zeit so bei deiner Arbeit unterstützt hat.«

»Mit der Arbeit hat es überhaupt nichts zu tun.«

»Schon gut, reg dich nicht auf.«

»Ich rege mich nicht auf. Ich sage es dir nur so, wie es ist. Und ich weiß genau, was mich so glücklich macht. Der Gedanke, nach Paris zu fahren, war so ... befreiend.«

Das war das Letzte, was Fabrizio Franconi hören wollte. Er aß seine Pasta auf, dann schob er den Teller weg. »Das war köstlich, Maria, danke. Du bist die beste Köchin, die ich kenne.«

»Das lässt du die anderen Frauen in der Familie besser nicht hören«, gab sie lächelnd zurück. Sie stand auf und brachte die Teller in die Küche.

»Kann ich dir helfen?«, rief ihr Bruder hinter ihr her.

»Nein, nein, ich habe alles im Griff«, erwiderte Maria, die gerade mit einer Platte voller warmer Kekse das Zimmer betrat. »Ich habe kein Dessert gemacht, weil du ja sowieso nie etwas davon isst. Möchtest du eine Tasse Kaffee?«

Er schüttelte den Kopf. »Nein, danke. Ich halte mich an meinen Wein.«

»Wie war es in London?«, fragte sie und setzte sich wieder hin.

»Kalt und nass. Aber es war trotzdem schön, mal wieder für ein paar Tage dort zu sein. Ich habe nur glückliche Erinnerungen an meine Schulzeit in Harrow. Geht es dir nicht auch so?«

»Ja, schon. Aber die Zeit auf Anjas Schule war wirklich die beste.« Lebhaft fügte sie hinzu: »Übrigens ist auf dem Fest Smokingzwang. Ich werde mir ein neues Abendkleid kaufen müssen. Ich kann es kaum erwarten, mir etwas Besonderes auszusuchen.«

Ihr Bruder schwieg eine Sekunde, weil er überlegte, wie er anfangen sollte. Dann sagte er leise: »Ich wünschte, du hättest noch nicht zugesagt, Maria. Das war ein wenig voreilig von dir.«

»Wie meinst du das?«, fragte sie. Seine Stimme klang komisch. »O Gott! Glaubst du, Mutter wird versuchen, mich davon abzuhalten?«

»Nein, du weißt sehr gut, dass sie das nicht tun würde. Du bist erwachsen.«

»Warum findest du es dann voreilig?«

Stumm blickte er auf sein Weinglas. Als er wieder aufsah, war seine Miene undurchdringlich. Ganz vorsichtig begann er: »Du weißt, dass du nicht nach Paris fahren kannst, weil du ...« Dann brach er ab.

Sie starrte ihn an.

Er erwiderte ihren Blick.

Das Gesicht, in das er blickte, war eins der schönsten, das er je gesehen hatte. Das Gesicht einer Madonna, wert, von einem großen Künstler gemalt zu werden. Maria hatte riesige, seelenvolle Augen, so schwarz wie Obsidian, dickes, glänzendes schwarzes Haar, das ihr bis auf die Schultern fiel, und ihr Gesicht war ein perfektes Oval mit Grübchen in den Wangen, wenn sie lächelte. Sie sah so zart und klar aus, als sei sie von einem meisterhaften Bildhauer gemeißelt.

Mit zitternder Stimme murmelte Maria: »Du willst nicht, dass ich hinfahre, weil ich so ... dick bin. Das meinst du doch, oder?«

»Ich kann dich nicht zurückhalten, wenn du unbedingt dort hin möchtest. Schließlich bist du, wie deine Freundin Jessica immer gesagt hatte, ein freier Mensch, weiß und einundzwanzig. Aber genau aus diesem Grund sage ich es, Maria. Wegen Jessica. Und wegen Alexandra und Kay. Drei sehr gute Gründe, warum du nicht nach Paris fahren solltest. Du bist nicht nur dick, du bist *fett*, und du wirst dich schrecklich gedemütigt fühlen, wenn du deine Freundinnen siehst, weil sie wahrscheinlich immer noch so schlank wie früher sind.«

»Das weißt du doch gar nicht!«, schrie sie und schloss die Augen. Natürlich hatte er Recht. Sie würden großartig aussehen, daran zweifelte sie nicht. Und sie würde sich vorkommen wie ein gestrandeter Wal. Aber sie wollte doch so gerne nach Paris fahren! Sie konnte die Einladung einfach nicht ablehnen, deshalb sagte sie trotzig: »Ich fahre trotzdem. Es ist mir egal, was sie denken.«

Fabrizio stand auf, trat zum Sofa und sagte: »Komm, setz dich zu mir. Wir reden mal darüber, meine Kleine.« Er lächelte ihr ermutigend zu, und mühsam erwiderte sie sein Lächeln.

Als sie sich neben ihn gesetzt hatte, ergriff er ihre Hand und blickte sie liebevoll an. »Wenn du so unbedingt hinfahren möchtest, gibt es schon eine Möglichkeit. Aber es wird hart.«

»Wie meinst du das?«

»Lass uns zunächst einmal von deiner Liebe zum Kochen reden. Es ist ein wundervolles Hobby, ich weiß, aber du kochst hauptsächlich aus Frustration.«

»Aber ich habe doch für dich gekocht«, wandte sie ein.

»Das stimmt, aber du kochst auch für dich. Du tröstest dich mit Essen, Maria.«

Sie schwieg.

Fabrizio fuhr fort: »Wenn du nach Paris fahren willst, musst du vorher etwas abnehmen. Du hast noch über drei Monate Zeit.«

»Diäten funktionieren bei mir nicht«, murmelte sie.

»Das tun sie schon, wenn du dich wirklich daran hältst«, gab er rasch zurück. »Du musst auf der Stelle aufhören, für mich, für deine Freunde und vor allem für dich selber zu kochen.«

»Glaubst du, ich könnte eine Diät durchhalten, Fab?«, fragte sie hoffnungsvoll.

»Ganz sicher. Wir gehen morgen zu einer Diätärztin, und sie wird eine Diät zusammenstellen, die richtig für dich ist. Dann kommst du in mein Fitness-Studio und trainierst jeden Tag. Du wirst nicht nur nach Paris fahren und alte Freundinnen wieder treffen können – auch deiner Gesundheit wird das gut tun.«

Staunend und ängstlich riss sie die Augen auf. »Ich glaube nicht, dass ich das alles auf einmal hinbringe, Fabrizio.«

Ungeduldig schüttelte er den Kopf. »Oh doch, Maria, du kannst es. Ich weiß es einfach.«

Tränen traten ihr in die Augen, und sie begann zu weinen. »Ich schaff das nie, Diät zu halten und gleichzeitig zu trainieren. Es ist so monoton, und ich habe ständig Hunger.«

»Dann sag deine Reise nach Paris lieber ab! Du kannst sie dann nämlich nicht genießen.«

Als Fabrizio gegangen war, stellte sich Maria vor ihren Spiegel und betrachtete sich kritisch.

Zum ersten Mal seit Jahren sah sie sich so, wie sie wirklich war. Sie hatte die Scheuklappen heruntergenommen und stellte sich der Realität. Und sie musste zugeben, dass ihr Bruder Recht hatte.

Ja, ich bin dick, sagte sie sich. Nicht nur dick, sondern fett. Ihr nackter Körper war massig, ihre Arme und ihre Schenkel waren so dick wie die Schinken in der Speisekammer ihrer Großmutter.

Sie blinzelte, als ihr Tränen in die Augen traten, und wandte sich angewidert vom Spiegel ab. Rasch schlüpfte sie in ihren seidenen Morgenmantel, warf sich aufs Bett und vergrub ihr Gesicht in den Kissen.

Sie ließ ihren Tränen freien Lauf und schluchzte, als ob ihr das Herz brechen wollte. Schließlich hatte sie keine Tränen mehr und lag erschöpft auf dem feuchten Kissen. Sie wollte so gerne zu Anjas Fest. Was sollte sie nur tun?

Fabrizio hatte Recht. Es wäre ideal, die nächsten Monate zum Abnehmen zu nutzen, aber sie hatte solche Angst davor, dass sie es nicht durchhalten würde; allein der Gedanke daran lähmte sie. Und morgen würde es nicht anders sein. Sie gab immer schon auf, noch bevor sie begonnen hatte.

Riccardo, dachte sie plötzlich. Es hat alles begonnen, als sie Riccardo aus meinem Leben gedrängt haben. Maria schloss die Augen und glitt in die Vergangenheit, wie in einen langen, dunklen Tunnel, an dessen Ende er stand. Sie hatte ihn so geliebt und er sie auch, aber ihre Eltern hatten ihn unpassend für sie gefunden und die Liebesgeschichte beendet. Er war fortgegangen, und sie hatte ihn nie wieder gesehen. Das war vor vier Jahren gewesen.

Ja, es stimmte, sie aß tatsächlich, um sich zu trösten. Sie tröstete sich mit Essen, weil sie ihn verloren hatte, weil ihre Eltern und Großeltern sich ständig in ihr Leben einmischten und weil sie so schrecklich allein war. Sie hasste ihren Job, es war so öde, ständig immer nur Stoffe zu entwerfen.

Flucht.

Das wollte sie eigentlich.

Weg aus Mailand! Weg von ihrer Familie und ihrer Arbeit.

Aber vor sich selber kann man nicht davonlaufen, dachte sie. Sie setzte sich auf und strich sich die Haare aus dem Gesicht. Du hast einen massigen, fetten Körper, der hässlich und ungelenk ist. Du kannst der Familie nicht die Schuld daran geben, dass du so viel isst. Nur du allein bist für das verantwortlich, was du dir in den Mund steckst.

Immer wieder dachte sie darüber nach, während sie im Bett saß. Nach einer Weile stand sie auf, setzte sich vor ihren Frisiertisch mit dem venezianischen Spiegel und betrachtete sich aufmerksam.

Sie sah sich so, wie sie wirklich war: Sie hatte ein schönes Gesicht – wenn nur nicht dieser unförmige Körper wäre, der hauptsächlich aus Fettpolstern bestand!

Du schaffst es, sagte sie sich. Du kannst abnehmen. Du hast jetzt genügend Motivation. Nach Paris fahren ... Anja wiedersehen ... sich mit Jessica, Alexandra und Kay wieder zu versöhnen. Vielleicht kannst du dann sogar Riccardo besuchen. Sie wusste, wo er wohnte und was er machte, und sie wusste auch, dass er nicht verheiratet war.

Vielleicht liebte er sie noch genauso wie sie ihn. Sie überlegte ein paar Minuten, dann stand sie auf, zog ihren

Morgenmantel aus und betrachtete sich erneut im Spiegel. Sie war unförmig. Welcher Mann würde einen solchen Körper mögen?

Wieder wandte sie sich angewidert ab, hüllte sich in ihren Morgenmantel und ging in die Küche. Sie schaltete das Licht an und öffnete die Kühlschranktür. Automatisch griff sie nach einem großen Stück Käse, aber dann zog sie ihre Hand wieder zurück, schloss die Tür und wandte sich ab.

Langsam ging sie zurück in ihr Schlafzimmer und gelobte sich, dass sie versuchen würde abzunehmen.

Teil 2 *Doyenne*

11

Anja Sedgwick war so verblüfft, dass sie aufs Sofa sank und ihren Gast fassungslos anstarrte. Die Überraschung stand ihr deutlich ins Gesicht geschrieben.

Sie lehnte sich in ihre Petit-Point-Kissen und fragte stirnrunzelnd: »Wie bist du nur darauf gekommen, so ... so stürmisch vorzugehen?« Sie schüttelte den Kopf. »Das sieht dir gar nicht ähnlich.«

Nicholas Sedgwick räusperte sich ein paar Mal. »Sei mir bitte nicht böse, Anja.«

»Du meine Güte, Nicky. Nein, natürlich bin ich dir nicht böse.« Sie lächelte ihn liebevoll an. Er war ihr Liebling, und obwohl er noch nicht einmal blutsverwandt mit ihr war, betrachtete sie ihn als ihren Sohn. Er war einfach etwas ganz Besonderes.

»Na gut«, fuhr sie fort. »Du gibst ein Geburtstagsfest für mich, die Einladungen sind schon verschickt, und deswegen können wir es jetzt nicht mehr absagen. Also erzähl mir alles ganz genau. Schieß los! Ich bin ganz Ohr.«

»Ich wollte zu deinem Geburtstag etwas ganz Besonderes machen, Anja«, erwiderte er eifrig wie ein kleiner Junge. »Ich weiß doch, wie gerne du das Ledoyen magst, also habe ich das gesamte Restaurant für den Abend reserviert. Zuerst gibt es Cocktails, dann Abendessen und danach Tanz. Und außerdem auch noch ein paar Überraschungen.«

»So wie ich dich kenne, wird es eine Menge Überraschungen geben«, lachte sie.

»Bis jetzt habe ich fünfundsiebzig Leute eingeladen, aber wenn du willst, können wir auch doppelt so viele einladen.«

»Fünfundsiebzig sind ja nicht besonders viele«, rief sie aus, lächelte aber, als sie seinen niedergeschlagenen Gesichtsausdruck bemerkte. »Ich mache doch nur Spaß, Nicky. Erzähl weiter, Liebling.«

»Ich habe mir das Lokal genau angesehen, und dann hatte ich alle möglichen Ideen für das Fest, wahrscheinlich habe ich dann ein bisschen zu impulsiv reagiert. Ich entwarf eine Einladung, ließ sie drucken und die Adressen von einem Kalligraphen schreiben. Aber als ich sie alle weggeschickt hatte, wurde ich auf einmal nervös, ich hatte das Gefühl, eigenmächtig gehandelt zu haben.«

»Was du ja gerne tust«, warf sie nachsichtig ein.

Er nickte, erleichtert darüber, dass sie so gnädig mit ihm umging. Seine Pläne hatten sie zwar überrascht, aber offenbar war sie ihm nicht böse.

»Auf jeden Fall wollte ich dich an jenem Tag in der Provence anrufen. Aber dann entschied ich mich dagegen. Manchmal ist es einfach besser, etwas von Angesicht zu Angesicht zu sagen.« Nicky warf in einer hilflosen Geste die Hände hoch. »Und jetzt bin ich also hier, um dir alles zu beichten, und ich hoffe, du willst nicht, dass ich das Fest wieder absage.«

»Ich weiß nicht.« Sie schüttelte nachdenklich den Kopf. »Ich weiß es wirklich nicht, Nicky.«

»Du *musst* deinen fünfundachtzigsten Geburtstag einfach feiern. Es ist so ein wichtiges Datum ... und außerdem sollten an dem Tag alle deine Lieben um dich sein.«

»Habe ich so viele Lieben ... *fünfundsiebzig* Menschen?« Sie schürzte die Lippen.

»Ja, ich sollte es vielleicht anders formulieren, Anja. Ich habe die Menschen eingeladen, die dich lieben und etwas Besonderes in deinem Leben waren.«

»Nun, davon sind noch einige am Leben«, gab sie zu. »Hast du die Gästeliste dabei?«

»Ja.« Er lächelte entschuldigend. »Leider musste ich auch da heimlich vorgehen. Laure hat mir die Namen aus deinem Adressbuch genannt.« Ohne ihre Antwort abzuwarten, fuhr er eilig fort: »Hier ist die Liste.« Er reichte sie ihr und setzte sich neben sie auf das Sofa.

Als Nicky nach dem Mittagessen gegangen war, begab sich Anja wieder in ihren oberen Salon. In diesem Zimmer hatte sich, seit sie vor über einem halben Jahrhundert hierher gezogen war, ihr ganzes Leben abgespielt. Hier hatte sie mit ihrer Familie und ihren Freunden zusammengesessen, sich entspannt und gelesen, wenn sie allein war, oder die Musik gehört, die sie so sehr liebte.

Es war auch ihr bevorzugter Platz zum Arbeiten, weil sie hier umgeben war von ihren Fotografien, Büchern und den Besitztümern, die sie in ihrem langen Leben angesammelt hatte und die ihr etwas bedeuteten. Der große alte Schreibtisch in einer Ecke, auf dem sich Papiere stapelten, war Zeuge ihrer lebenslangen Disziplin und ihres Fleißes.

Anja blieb kurz am Fenster stehen, blickte auf den Garten und dachte, wie trübe er doch an diesem kalten Februarnachmittag aussah.

Ein Bild in Grautönen, murmelte sie leise, und wie immer nahm sie alles mit den Augen einer Künstlerin wahr. Die Grau- und Silberschattierungen vermischten sich ... die kahlen Äste der Bäume hoben sich scharf gegen den blassgrauen Pariser Himmel ab. Und die nassen Pflastersteine im Hof glänzten feucht, weil es vor kurzem geregnet hatte.

Platanen und Linden umstanden das Haus, und genau in der Mitte des Hofes stand ein schöner alter Kirschbaum. Jetzt hoben sich seine kahlen Äste düster von dem glänzenden Pflaster ab, aber im Frühjahr waren sie übersät von duftenden hellrosa Blüten, und im Sommer spendete sein Laub willkommenen Schatten.

So trübe der Garten heute auch aussah, Anja wusste ganz genau, dass er schon in wenigen Monaten wieder eine einzige Blütenpracht sein würde, mit dem blühenden Kirschbaum und den Fleißigen Lieschen, die den Rasen umsäumten.

Dann würden auch der schmiedeeiserne Zaun und die alten Gartenmöbel wieder strahlend weiß gestrichen sein. Seit sie vor fünfundsechzig Jahren zum ersten Mal in dieses Haus gekommen war, war sie jedes Jahr im Frühling Zeuge der immer gleichen wundersamen Veränderung gewesen.

Anjas Blick fiel auf die mit Efeu bewachsene Mauer, die den Garten vor neugierigen Blicken schützte und zu den Nachbarn hin abschirmte. Dieses verschwiegene Fleckchen hatte sie schon immer bezaubert, genauso wie das Haus mit seiner Fachwerkfassade, das aussah, als habe man es aus der Normandie hierher geschafft und mitten in Paris wieder aufgebaut.

Es lag nur einen Steinwurf vom geschäftigen Treiben auf dem Boulevard des Invalides entfernt, und um die Ecke war die Rue de l'Université, wo sich ihre mittlerweile berühmte Schule befand.

Anja lächelte vor sich hin, weil sie daran dachte, wie überrascht die meisten Leute waren, wenn sie ins Haus traten und den Garten bemerkten. Das über hundert Jahre alte Gebäude und die bukolische Umgebung raubten fast jedem den Atem.

Ihr war es genauso gegangen, als sie an ihrem zwanzigsten Geburtstag zum ersten Mal das Haus betreten hatte ... das war jetzt schon so lange her ...

Sie war mit Michel Lacoste hierher gekommen, um seine Mutter kennen zu lernen. Er war die große Liebe ihrer Jugend gewesen, ihr erster Mann und der Vater ihrer Kinder Dimitri und Olga.

Das Haus hatte seiner Mutter, Catherine Lacoste, gehört, und als sie starb, zogen Michel und sie hier ihre Kinder groß ... und dann hatte sie nach Michels Tod das Haus geerbt.

Er war viel zu jung zum Sterben, murmelte sie und wandte sich vom Fenster ab.

In der letzten Zeit überfielen sie häufig Erinnerungen an die Vergangenheit. Ihr ganzes Leben zog wie in einem Film vor ihrem inneren Auge vorüber. Vielleicht gehörte es zum Altwerden, dass man sich plötzlich an so viele Dinge erinnerte, die schon so lange zurücklagen.

Aber jetzt konnte sie sich nicht mit der Vergangenheit befassen. Nicholas Sedgwick, ihr Großneffe von der Seite ihres zweiten Mannes Hugo Sedgwick, hatte sie gezwungen, nach vorne zu blicken und sich um den zweiten Juni und das große Fest anlässlich ihres Geburtstags zu kümmern.

Sie setzte sich an ihren Schreibtisch, der neben dem Kamin stand. Heute war es so kalt, dass sie froh um das prasselnde Feuer war. Anja nahm noch einmal die Einladung zur Hand, wobei sie dachte, dass sie sehr stilvoll wirkte. Aber Nicholas war ja bekannt für seinen guten Geschmack. Dann wandte sie ihre Aufmerksamkeit der Gästeliste zu.

Er hatte die richtige Wahl getroffen, und er hatte sogar an alte Freunde gedacht, die sie jetzt nur noch selten sah.

Auf seiner ursprünglichen Liste standen ungefähr neunzig Namen, aber bisher hatte Nicky erst fünfundsiebzig Einladungen verschickt.

Er ist auf Nummer Sicher gegangen, dachte sie, als sie die Namen noch einmal durchging. Sie war mit den Familienmitgliedern und Freunden, die er bereits eingeladen hatte, einverstanden, und ebenso mit ihren ehemaligen Schülern. Immer die Besten und Klügsten eines Jahrgangs.

Sie freute sich besonders, als sie entdeckte, dass er auch an vier Mädchen gedacht hatte, die 1994 ihren Abschluss gemacht hatten. Jessica Pierce, Kay Lenox, Maria Franconi und Alexandra Gordon. Vor allem Alexandra war in den neunziger Jahren ihre Lieblingsschülerin gewesen, vielleicht sogar überhaupt ihr Liebling. Mein besonderes Mädchen, dachte sie.

Anja lehnte sich in ihrem Stuhl zurück und dachte voller Zuneigung an Alexandra, dabei fiel ihr auch deren Liebesgeschichte mit dem unglücklichen Tom Conners ein. Das war Nickys Schuld gewesen, schließlich hatte er die beiden miteinander bekannt gemacht. Na ja, wenn sie ehrlich war, stimmte das nicht ganz. Tom war ins Studio gekommen, um sich mit einem Klienten zu treffen, wenn sie sich recht erinnerte. Also hatte ihre Neffe da wohl doch nicht seine Hände im Spiel gehabt.

Und war es überhaupt jemandes Schuld, wenn das Leben schief ging? Es hatte doch auch etwas mit Schicksal zu tun ... Sie dachte an ihr eigenes Leben und an die Rolle, die das Schicksal darin spielte. Sie war sich absolut sicher, dass es ihre Bestimmung war, ihr Leben hier in diesem Haus zu beschließen. Sie machte sich keine Gedanken darüber, was hätte sein können. Das hatte sie noch nie getan.

12

Obwohl sie das mildere Klima in der Provence in den Wintermonaten genoss und häufig dorthin fuhr, war Anja froh, wieder in Paris und in ihrem Haus zu sein.

Dieses Zimmer enthielt ihre ganze Geschichte. Hier standen die Erinnerungsstücke, die sie mit den Jahren zusammengetragen hatte. Manche hatte sie gekauft, andere waren Geschenke, wieder andere hatte sie geerbt, und manche hatte sie auch selbst geschaffen.

Die Einrichtung des Salons zeugte von Geschmack und Talent, von einer Frau mit exotischem Hintergrund, die sich von Jugend an energisch ihren Weg gebahnt hatte.

Sie war ihrem Herzen und ihren Träumen gefolgt und hatte ihrer Kreativität freien Lauf gelassen, da sie immer an ihr Schicksal als Frau und Künstlerin geglaubt hatte. Sie hatte ihr Leben voll ausgekostet und bedauerte nichts, außer der Tatsache, dass sie manches aus Zeitmangel nicht hatte tun können.

Sie fügte ein paar Anmerkungen und die Namen weiterer Personen auf der Gästeliste hinzu und legte sie dann beiseite. Dann machte sie sich daran, die Dinge zu erledigen, die während ihres Aufenthaltes in der Provence liegen geblieben waren. Nach einer Weile jedoch ließ sie erschöpft den Füller sinken und blickte sich im Zimmer um.

Lächelnd stellte sie fest, dass ein goldener Schein über dem Raum lag, obwohl es draußen so trüb und grau war. Aber dieses Zimmer hatte immer eine sonnige Ausstrahlung.

Obwohl sie eigentlich bildende Künstlerin war, war Anja vielfältig begabt, und vor allem hatte sie ein wunderbares Gespür für Räume und deren Gestaltung. Um dem großen Wohnzimmer mit seinen hohen Decken eine Sommerstimmung zu geben, hatte sie vor Jahren die Wände mit einem weiß-gelb gestreiften Stoff bespannt. Mittlerweile war er verblichen, verbreitete jedoch immer noch ein weiches, warmes Licht.

Die roten Taftvorhänge an den Fenstern, die mit Ringen an Holzstangen befestigt waren, standen in lebhaftem Kontrast zu der Wandbespannung. Anja liebte diese Vorhänge, und wenn die Stoffe ausgebleicht waren, ersetzte sie sie durch neue.

Ständig zupfte sie an ihnen herum, bauschte sie auf oder stopfte sie sogar mit Seidenpapier aus, um den gewünschten Effekt zu erreichen. Sie waren ihr ganzer Stolz, und sie konnte sich täglich an ihnen freuen. Nicky neckte sie zwar immer damit, bewunderte aber insgeheim die kühne Stilsicherheit, mit der sie dieses gewagte Farbspiel inszeniert hatte.

Anja machte sich nichts aus seinen Neckereien, weil sie ihrem Geschmack vertraute. Das Zimmer basierte auf den Farben Rot und Gelb mit weißen Akzenten und einem blassen Apfelgrün, das die starken Farben ein wenig dämpfte.

Vor dem Kamin stand ein großes Chesterfield-Sofa, das mit scharlachrotem Samt bezogen war; der gleiche Stoff war für die beiden mächtigen Armsessel verwendet worden, die so typisch für Anja Sedgwicks Geschmack waren: Ihr ging es sowohl um Bequemlichkeit als auch um Stil. Auch den rechteckigen Couchtisch hatte sie selbst entworfen. Ursprünglich war er ein altes schmiedeeisernes Gartentor gewesen, das sie auf dem Flohmarkt erstanden hatte. Sie hatte einen Kunstschmied damit beauftragt, vier kurze Eisenfüße darunter anzubringen, und dann hatte sie eine dicke Glasplatte darauf gelegt. Sie war stolz auf ihr Einzelstück und nickte auch jetzt zustimmend, als sie den Tisch betrachtete.

Das prasselnde Kaminfeuer trug zur warmen Atmosphäre im Zimmer bei, und Anja dachte, wie glücklich sie sich doch schätzen konnte, einen solchen Zufluchtsort zu besitzen. Sie war erst seit zwei Tagen wieder aus der Provence zurück, aber schon machte ihr die Kälte zu schaffen. Sie spürte sie in den Knochen.

Alte Knochen, murmelte sie, während sie aufstand. Sie ging zum Kamin, blieb jedoch stehen, um ihre Schätze zu bewundern.

Manchmal kam es ihr so vor, als vergäße sie während ihres Aufenthaltes im Süden, wie schön ihre Besitztümer waren, und dann musste sie sie immer wieder betrachten und in die Hand nehmen, um sich zu vergegenwärtigen, wie viel sie ihr bedeuteten.

Er steht nicht richtig, dachte sie, als ihr Blick auf den silbernen Samowar fiel. Sie beugte sich vor, um ihn genau in die Mitte des runden Tisches zu stellen. Dann trat sie zurück und betrachtete ihn liebevoll.

Als sie Russland für immer verließen, hatte ihre Mutter die wertvollsten Familienerbstücke nicht zurücklassen wollen.

Anja war bei der Flucht zu klein gewesen, um sich zu erinnern, aber ihre Mutter hatte ihr und ihren Geschwistern die Geschichte unzählige Male erzählt.

An einem Konsoltisch blieb sie stehen, um die Ikonensammlung ihrer Mutter zu bewundern. Manche waren uralt, und alle waren sehr wertvoll. Auch sie waren in ihrem Gepäck gewesen, als sie vor den Bolschewiken geflohen waren.

Am anderen Ende der Konsole standen die Familienfotos aus Russland in goldenen Fabergé-Rahmen, die mit grünem Malachit und blauem Lapislazuli verziert waren. Ihre Eltern hatten ihre Familien, die sie in Russland zurückgelassen hatten, schrecklich vermisst; sie hatten auch Mütterchen Russland vermisst, trotz des Elends im Land, trotz Aufruhr und Blutvergießen.

Diese Fotografien von gut aussehenden Männern und elegant gekleideten, schönen Frauen waren Erinnerungen an das verlorene Zarenreich, an eine untergegangene Welt voller Geld und Macht, an eine privilegierte Gesellschaft, der sie einst angehört hatten.

Von den Familienfotos wandte Anja sich zu den Bücherregalen am anderen Ende des Zimmers. Dort standen nicht nur die Bücher von Freunden, sondern auch die, die sie selber geschrieben hatte. Bald, so hoffte sie, würde ein weiteres hinzukommen, ihr Buch über das Art déco, das sie im Moment gerade fertig stellte. In einem Monat würde sie das Manuskript an den Verleger schicken.

Unwillkürlich richtete sie ihren Blick auf ein kraftvolles Gemälde, das an der Wand neben den Bücherregalen hing. Es war eine Landschaft, ein modernes Bild mit grünen, gelben und dunkelroten Farbflächen, die von einem tiefen Braun und herbstlichen Kupfertönen gemildert wurden. Ihr Vater, Valentin Kossikowskij, der große russische Künstler, hatte es gemalt. Es faszinierte sie immer wieder aufs Neue, und sie war voller Bewunderung für das Talent ihres Vaters.

Schließlich wandte sie den Blick ab und trat an den Kamin. Dort hing ein Bild, das sie selber vor über sechzig Jahren gemalt hatte, das lebensgroße Porträt einer jungen Frau.

Es zog sofort die Aufmerksamkeit auf sich, wenn man den Raum betrat. Jetzt stand Anja vor dem Kamin und betrachtete es kritisch. Aber obwohl es ihr eigenes Werk war, konnte sie keinen Fehler daran entdecken.

Es war das Porträt ihrer Schwester Ekaterina oder Katti, wie sie gerufen wurde. Sie war damals gerade zwanzig und ungewöhnlich schön.

Sie selbst war fünfundzwanzig gewesen, als sie Katti gebeten hatte, ihr Modell zu sitzen, und ihre Schwester hatte nur zögernd eingewilligt. Sie war bemerkenswert uneitel und bescheiden.

Ihr Vater hatte erstaunt und sprachlos auf das Porträt reagiert. Und als er schließlich seine Stimme wiedergefunden hatte, hatte er Anja in den höchsten Tönen gelobt und das Bild als wahren Schatz bezeichnet. Er hatte sofort die angesehene Londoner Kunstgalerie, mit der er zusammenarbeitete, gebeten, ihr Bild auszustellen, und sie hatten nicht nur seinem Wunsch entsprochen, sondern sogar eine eigene Ausstellung für Anjas Bilder arrangiert. Zu ihrer Überraschung und ihrer Freude wurden fast alle Bilder sofort verkauft.

Viele Leute hatten versucht, ihr das Porträt ihrer Schwester, das sie *Porträt von Ekaterina* genannt hatte, abzukaufen, aber sie hatte sich nicht dazu entschließen können, weil es in gewisser Weise ein Teil von ihr geworden war. Und im Lauf der Jahre war ihre Antwort immer die gleiche geblieben. Das Bild war unverkäuflich.

Zärtlich musterte Anja das Gemälde. Das war ihre geliebte Katti, blond, wunderschön, mit hohen Wangenknochen, hoher Stirn, großen Augen und einer schmalen, aristokratischen Nase. In dem Licht, das sie auf der Leinwand eingefangen hatte, schien ihre Schwester förmlich zu leuchten.

Kattis Augen waren blau wie der Himmel, und die Farbe wiederholte sich in dem blauen Taftkleid, das sie trug. Wenn sie die Hand ausstreckte, dachte Anja, würde sie Seide berühren und nicht die Leinwand, so echt wirkte der Stoff mit seinen Falten und Schatten. Sie konnte ihn fast rascheln hören.

Wieder einmal fiel ihr auf, wie englisch das Bild wirkte. Aber das lag auch daran, dass das Bild an einem sonnigen Nachmittag im Hochsommer im Park eines Herrenhauses in Kent entstanden war. Der Hintergrund erinnerte ein wenig an Gainsborough. Natürlich wollte sie sich nicht mit dem großen Meister vergleichen, aber sie war von seiner Technik stark beeinflusst gewesen. Er hatte Personen und Landschaft auf meisterhafte Art miteinander verbunden, eine äußerst seltene Fähigkeit, und sie hatte danach gestrebt, es ihm gleichzutun.

Ob das Bild wohl so viel Beachtung findet, weil das Mädchen so schön ist?, fragte sie sich. Oder liegt es eher daran, dass es so englisch ist? Oder vielleicht an der friedlichen Landschaft im Hintergrund? Sie hatte keine Ahnung. Sie wusste nicht, was andere Menschen daran anzog und welche Emotionen es in ihnen wachrief. Aber dass es so war, war unbestreitbar.

Sie wandte sich ab, blieb in Gedanken jedoch bei ihrer Schwester. Katti war zwar in England zur Welt gekommen, besaß jedoch eine russische Seele. Sie sah ihrer Mutter, Natascha, unglaublich ähnlich. Ihr Bruder Wladimir war ebenfalls in London geboren, er war durch und durch englisch und trug keine Spur seines russischen Erbes in sich. Er war drei Jahre jünger als Katti und acht Jahre jünger als sie.

Ihre Geschwister lebten beide noch, und dafür war sie unendlich dankbar. Sie wusste, dass sie gerne auf ihr Geburtstagsfest kommen würden; sie hatten sich immer nahe gestanden und waren immer füreinander da gewesen. Sie lebten nicht allzu weit weg in England, ihrem geliebten Geburtsland.

Nicky hatte sie an die Spitze der Gästeliste gesetzt, gemeinsam mit den übrigen Mitgliedern ihrer weit verzweigten Familie.

Katti und ihr Mann, Sascha Lebedew, auch ein in England geborener Russe, ihre Söhne, Charles und Anthony, und ihre Tochter Serena. Serenas Mann und die Frauen der Jungen. Ihr Bruder Wladimir, seine Frau Lili und ihre drei Söhne Michael, Paul und Peter mit ihren Ehefrauen.

Und dann kamen die, die ihr am nächsten standen, ihre Kinder von ihrem ersten Mann, Michel Lacoste. Ihre Tochter Olga und ihr Sohn Dimitri. Auch Olgas Töchter, ihre Enkelinnen Anna und Natalie von Olgas früherem Mann, Adam Mattison, mit dem sie immer noch einen freundschaftlichen Umgang pflegte, würden kommen. Anja hatte auch seinen Namen weiter unten auf der Liste gesehen, und sie war froh darüber. Sie hatte Adam immer gemocht. Dimitri würde mit seiner Frau Celestine, ihrer Tochter Solange und deren Mann Jean-Claude anreisen.

Oh, und dann kamen alle Sedgwicks, die sie von Hugo, ihrem zweiten Mann, geerbt hatte und die sie liebte wie ihre eigenen Kinder. Larry und seine Frau Stephanie, Nicky, ihr Liebling, mit seiner Frau Constance. Aber nein, Constance würde vermutlich gar nicht kommen, da sie und Nicky zur Zeit getrennt lebten. Und dann kam natürlich noch die Schwester von Larry und Nicky, Rosamund. Sie hatte nie geheiratet, obwohl sie häufig verlobt gewesen war. Sie wurde mit ihrem derzeitigen Partner Henry Lester erwartet.

Das war in der Tat eine wilde Mischung, aber sie gehörten alle zu ihrer Familie, und sie liebte jeden einzelnen von ihnen. Das Fest wird wunderbar werden, dachte sie und setzte sich auf das scharlachrote Samtsofa. Sie lehnte sich in die Kissen zurück, genoss die Wärme des Feuers und den blumigen Duft der Kerzen.

Das Porträt ihrer Schwester weckte so viele Erinnerungen … Erinnerungen an die Vergangenheit, an Menschen, die sie geliebt hatte und die nun schon lange tot waren … an andere, die glücklicherweise noch lebten.

Fünfundachtzig, dachte sie. Ich kann es kaum glauben. In nur drei Monaten werde ich fünfundachtzig. Und dabei fühle ich mich viel jünger.

Lächelnd blickte Anja zu dem Porträt von Katti. Sie fühlte sich so jung wie das Mädchen auf dem Bild, das sie aus unschuldigen blauen Augen anblickte.

Sie war 1916 in St. Petersburg geboren, am Vorabend der Russischen Revolution. Allerdings hatte sie keine Erinnerung mehr daran, wie die Stadt damals ausgesehen hatte, und sie wusste auch nichts von den stürmischen Ereignissen von 1917 und 1918, die ihre Eltern veranlasst hatten, aus dem Land zu fliehen.

Allerdings hatte ihr Vater, Prinz Valentin Kossikowskij, ihr immer und immer wieder von dieser Zeit erzählt, als sie alt genug gewesen war, um es zu verstehen. Die Politik dieser chaotischen Zeit war sein Lieblingsthema gewesen, und sie hatte seinen fesselnden Erzählungen stets wie gebannt gelauscht.

Ihre Eltern gehörten zur obersten Gesellschaftsschicht in Russland. Ihr Vater blickte auf einen langen Stammbaum zurück, und seine Familie, die riesige Ländereien auf der Krim, zahlreiche Fabriken in Moskau und Vermögen im Ausland besaß, war unermesslich reich. Ihre Mutter Natalia, die von allen nur Natascha genannt wurde, war die Tochter des Grafen Ilja Dewenarskoj, eines reichen Landbesitzers.

Als Anja zur Welt kam, machte sich ihr Vater gerade einen Namen als Künstler. Seine Mutter und seine Geschwister betrachteten seine Malerei als Hobby und nicht als Beruf, geschweige denn als Berufung.

Es stellte sich jedoch heraus, dass sie Unrecht hatten. Valentin Kossikowskij hatte tatsächlich seine Berufung gefunden, als er ernsthaft zu malen begann, und mit der Zeit wurde er mit seinem Werk genauso berühmt wie sein Zeitgenosse Marc Chagall.

Fünfzehn Jahre nach ihrer Flucht aus Russland galt Valentin als einer der großen russischen Maler des zwanzigsten Jahrhunderts, und sein Name wurde in einem Atemzug mit Kandinsky, Chagall, Rodschenko, Ender und Popowa genannt.

1917 dachte Valentin jedoch noch nicht an Ruhm, sondern nur an Flucht. Anja war mittlerweile ein Jahr alt, und er fürchtete um die Sicherheit seines Kindes und seiner jungen Frau. In gewissem Maße war er, wie die meisten seiner Standesgenossen, in politische Zusammenhänge eingeweiht, und er war sich sehr wohl bewusst, dass sich Unheil zusammenbraute. Er war überzeugt davon, dass sich Russland von der bevorstehenden Katastrophe nie wieder erholen würde, und da er die Revolution schon lange vorausgesehen hatte, hatte er Geld ins Ausland geschafft.

Wie Anja später erfuhr, glaubte ihr Vater damals, die deutsche Frau des Zaren, eine geborene Prinzessin Alice von Hessen, habe Russland ins Unglück gestürzt. Bis zu seinem Tod gab er der Zarin Alexandra die Schuld an der Revolution, wie so viele seiner Zeitgenossen. Er bezeichnete sie als falsch, herrschsüchtig und manipulativ. Zar Nikolaus II. hielt er für schwach und schwankend in seinen Entschlüssen.

Aber Prinz Valentin Kossikowskij wusste auch, dass der Zar eigentlich ein guter Mann war und nicht der Tyrann, als den die Bolschewiken ihn hinstellten. Die Geschichte gab ihm später recht; mit der Zeit wurde Nikolaus II. zu einem Märtyrer.

Als sich Anfang 1917 die Dinge in der Duma, der gewählten Volksversammlung, zuspitzten, hielt Valentin buchstäblich den Atem an und überlegte, wie er sich verhalten sollte.

Im März desselben Jahres dankte Zar Nikolaus II. unerwartet ab und überließ den Thron seinem Bruder, dem Großfürsten Michail Alexandrowitsch.

Für kurze Zeit glaubte Valentin, das Unheil sei abgewendet, und Michail würde, wie sein Cousin, George V. von England, ein konstitutioneller Monarch werden.

Wie die meisten russischen Adeligen bewunderte Valentin den Großfürsten. Michail wurde als Held gefeiert, als aufrechter, ehrenhafter Mann, der immer schon die konstitutionelle Monarchie vertreten hatte.

Valentin erzählte Anja oft, dass er den Großfürsten sogar einmal kennen gelernt hatte. Sergej, Valentins Bruder, diente in der Armee und war in Gatschina stationiert, wo auch der Großfürst war. »Wir sind uns oft an der Reitschule der Blauen Kürassiere begegnet. Er wäre ein guter Herrscher geworden.«

Obwohl sie die Geschichte auswendig kannte, bat Anja ihren Vater immer wieder, sie ihr zu erzählen. »Was ist mit Michail passiert, Papa? Erzähl mir die Geschichte! Bitte, bitte.«

Und ihr Vater erzählte: »Michail war nur einen Tag lang Zar. Er dankte ab, als die Bolschewiken es von ihm verlangten, denn er wollte Blutvergießen verhindern. Aber dafür war es schon zu spät. Michail war der letzte russische Zar und der erste Romanow, der ermordet wurde, noch bevor wenige Wochen später sein Bruder Nikolaus und dessen Familie kaltblütig in ihrem Kerker in Jekaterinenburg hingerichtet wurden.«

Großfürst Michail wurde um zwei Uhr morgens am 13. Juni 1918 umgebracht. Der Mord an Michail und seinem Sekretär Nicholas Johnson fand in einem Wald bei Perm statt, der Stadt, wo sie unter Arrest gehalten worden waren. Man kannte die Täter jedoch nicht, und die Nachricht vom Tod Michails drang erst viel später an die Öffentlichkeit. Zuerst hatte man angenommen, es sei dem Großfürsten gelungen, mit Johnson aus Russland zu fliehen.

Valentin und Natascha hatten die Geschichte nicht geglaubt. Sie waren überzeugt davon, dass die Bolschewiken ihm etwas angetan hatten. Fünf Wochen nachdem der Zar und seine Familie ermordet wurden, handelte Valentin. Er fuhr zu seinem Onkel Sandro, einem Vetter seines Vaters, der ein enger Freund von Admiral Koltschak war, damals Oberbefehlshaber der Weißen Armee.

Sechs Monate später schließlich, im Januar 1919, konnten Valentin, Natascha und die kleine Anja Russland über Finnland verlassen. Von Helsinki aus fuhren sie nach Schweden und von dort nach Norwegen. Nach einigen Monaten nahm ein britisches Handelsschiff sie nach Schottland mit.

Dort erwartete sie Valentins Schwester Olga, die 1910 den reichen englischen Bankier Adrian Hamilton geheiratet hatte, und sie zogen nach London.

Anjas erste bewusste Erinnerungen an ihre Kindheit spielten sich in England ab, vor allem im wunderschönen Herrenhaus ihrer Tante in Kent, wo sie später das Porträt von Katti malte.

In diesem Haus, Haverlea Chase, lebten die Kossikowskijs, bis sie in ein eigenes Haus übersiedelten. Valentin und Natascha sprachen mehrere Sprachen, darunter auch Englisch, und so gewöhnten sie sich rasch ein in das friedliche englische Landleben. Und zum ersten Mal seit Jahren fühlten sie sich sicher.

Nach einem halben Jahr in Kent fand Valentin in Chelsea ein kleines, reizendes Haus mit einem hübschen Wintergarten, der ihm als Atelier diente.

Glücklicherweise hatte Valentin schon 1912 Geld aus Russland herausgeschafft und es bei seinem Schwager in England angelegt. So waren sie nicht wie andere russische Emigranten vollkommen verarmt.

In diesem Haus in Chelsea wuchs Anja auf, umgeben von den Dingen, die ihre Mutter aus Russland gerettet hatte, dem silbernen Samowar, in dem sie jeden Tag Tee zubereitete, den Ikonen und den Familienfotografien auf dem Tisch im Wohnzimmer.

Anja aß russisches Essen, lernte die russische Geschichte von ihrem Vater und die Sprache von ihren Eltern, die, wenn sie allein waren, nur in ihrer Muttersprache miteinander redeten.

Im Wesentlichen wurde Anja so erzogen wie eine russische Aristokratin in St. Petersburg. Und doch war sie auch ein englisches Mädchen. Als Kind ging sie in einen privaten Kindergarten, dann auf eins der besten Internate, und später studierte sie am Royal College of Art.

»Ich bin eine komische Mischung«, sagte sie zu Michel Lacoste, als sie ihn in Paris kennen lernte. »Aber meine Seele ist russisch.« Davon war sie ihr ganzes Leben lang überzeugt.

13

Der Regen beeinträchtigte Nicholas Sedgwicks gute Laune nicht. Das war nur ein Aprilschauer, der jeden Moment aufhören würde. Und genau das passierte.

Er schloss seinen Regenschirm und schritt rasch auf die Rue de l'Université zu. Dabei summte er leise. Er hatte gerade die Skizzen für die Ausstattung eines neuen Films fertig gestellt, der in den Studios von Billancourt gedreht werden sollte, und er freute sich darüber, dass dem Produzenten und dem Regisseur seine Entwürfe gefallen hatten. Sie waren beide überwältigt gewesen.

Nichts macht einen Mann so glücklich wie Erfolg, dachte er, als er sich Anjas Schule näherte.

Dann jedoch flog ein Schatten über sein Gesicht, und seine blaugrünen Augen wurden nachdenklich. Beruflich mochte er ja den Höhepunkt erreicht haben, aber privat war er schon lange nicht mehr glücklich, und das bereitete ihm großen Kummer.

Was ihn betraf, so war seine Ehe mit Constance Aykroyd, der englischen Bühnenschauspielerin, vorüber. Er hatte versucht, sie zu retten, aber mit der Zeit lebten sie sich immer mehr auseinander, und jetzt wollte er nur noch, dass sie endlich zu einem Ende kamen. Und zwar so friedlich wie möglich.

Connie wollte sich jedoch nicht scheiden lassen; sie klammerte sich an ihn und an die Ehe. Er ging den Weg des geringsten Widerstandes und unternahm keine rechtlichen Schritte, weil im Moment keine Veranlassung dazu bestand. Es gab keine andere Frau in seinem Leben; er war so mit seiner Arbeit beschäftigt, dass er gar keine Zeit hatte, sich um Anwälte und Gerichtstermine zu kümmern. Tief im Innern wusste er jedoch, dass dies unvermeidlich sein würde, wenn er seine Freiheit wiederhaben wollte, denn von sich aus würde Connie ihn nie gehen lassen, auch wenn er schon vor einigen Monaten von zu Hause ausgezogen war.

Seufzend dachte Nicky daran, wie schwierig und launisch Connie geworden war. Und sie war magersüchtig. Er machte sich große Sorgen um sie. Sie war so schrecklich dünn, als wolle sie sich zu Tode hungern. Unwillkürlich erschauerte er bei dem Gedanken. Sie sah aus wie ein wandelndes Skelett.

Er war dankbar dafür, dass sie keine Kinder hatten. So würde es eine klare, einfache Scheidung werden.

Und er war erst achtunddreißig.

Er konnte noch einmal neu anfangen. Er lächelte leise. Die Hoffnung stirbt nie ... Das war der Lieblingsausspruch seines Onkels Hugh Sedgwick. Hugo, wie er allgemein genannt wurde, war Anjas zweiter Ehemann. Er war ein ganz besonderer Mann gewesen, geschäftlich ein Genie und der Dreh- und Angelpunkt der Familie. Charismatisch, zuverlässig und stark, ein Fels in der Brandung. Er hatte Nicky sehr geprägt.

Zumindest geht es mir beruflich gut, dachte Nicky. Er und sein Bruder hatten mehr zu tun denn je, und ihre Firma für Set-, Produktions- und Bühnenbilddesign, mit Sitz in Paris und London, florierte.

Außerdem genoss er dieses Studienjahr ganz besonders. Er unterrichtete zwei Mal die Woche an Anjas Schule Bühnenbild und Dekoration, und er hatte dieses Mal einige wirklich hervorragende Schüler in seinen Kursen. Ihre Arbeiten gaben Anlass zu den größten Hoffnungen.

Auch Larry, der ihn in der Schule vertrat, wenn er wegen eines Films unterwegs war, war voll des Lobes über sie. Es gefiel Nicky, viel versprechende junge Leute zu unterrichten und ihnen zu zeigen, wie sie sich weiter entwickeln konnten.

Jetzt war er an dem großen Holztor angelangt, das auf den Hof der Schule führte. Er trat durch die kleine Tür für Fußgänger. In Gedanken war er bei den Entwürfen für Anjas Geburtstagsfest. Er wollte sie ihr später zeigen und hoffte, dass sie ihr gefallen würden.

Der altmodische Lift brachte ihn zu seinem Büro im vierten Stock. Es lag in dem Gebäude, in dem die Schule in den zwanziger Jahren gegründet worden war, bevor dann in den vierziger Jahren die angrenzenden Häuser dazugekauft worden waren.

Als er aus dem Aufzug trat und den Flur entlang ging, dachte er über die Geschichte der Schule nach. Sie feierten dieses Jahr fünfundsiebzigjähriges Jubiläum.

Wenn Wände reden könnten!, dachte er. In seinem Büro stellte er den Schirm in den Schrank und setzte sich an seinen großen Schreibtisch, um noch einmal einen Blick auf die Skizzen zu werfen, doch schon nach kurzer Zeit schweiften seine Gedanken ab. Wieder ging ihm durch den Kopf, was Anja Sedgwick aus der Schule gemacht hatte.

Ursprünglich war es eine kleine, bescheidene Kunstschule gewesen, die Catherine Lacoste, Anjas Schwiegermutter, geleitet hatte.

Die junge Witwe des bekannten französischen Bildhauers Laurent Lacoste, der die Schule 1926 gegründet hatte, hatte sie nach Laurents Tod Anfang der dreißiger Jahre weitergeführt.

Die Schule war zwar klein, hatte jedoch wegen der ausgezeichneten Lehrer, meistens selber Künstler, die sich etwas dazuverdienen mussten, einen guten Ruf.

Unglaublicherweise war es Catherine sogar während der Kriegsjahre und der deutschen Besatzung in Paris gelungen, die Schule weiterzuführen, und nach dem Ende des Zweiten Weltkrieges erlebte sie eine neue Blütezeit. 1948 jedoch konnte Catherine ihren Beruf nicht mehr ausüben, weil ihre Arthritis immer schlimmer wurde und sie sich kaum noch bewegen konnte. Schließlich bat sie ihre junge Schwiegertochter darum, die Leitung der Schule zu übernehmen. Da Anja sich der Unterstützung ihrer Schwiegermutter sicher sein konnte, stimmte sie ohne Zögern zu.

Anja und Catherine hatten sich schon immer ungewöhnlich nahe gestanden. Sie waren sich auf Anhieb sympathisch gewesen, als Michel sie 1936 seiner Mutter vorgestellt hatte. An jenem Tag hatte Anja ihren zwanzigsten Geburtstag gefeiert, und wie sie Nicky einmal erzählt hatte, hatten sie im Garten gesessen, Champagner getrunken und wie Schulmädchen gekichert. Catherine war sofort klar gewesen, dass ihr Sohn Anja eines Tages heiraten würde.

Im Krieg war Michel Lacoste als Journalist in London stationiert, wo er zur Umgebung von Charles de Gaulle gehörte.

1941 heirateten Anja und Michel. Die Hochzeit fand im Haus der Kossikowskijs in Chelsea statt. Anja war fünfundzwanzig und Michel einunddreißig.

1946 verließen Michel und Anja mit ihren beiden Kindern, der dreijährigen Olga und dem zweijährigen Dimitri, London wieder und kehrten zurück nach Paris.

Das Leben in dieser Zeit war nicht einfach. Lebensmittel und Wohnraum waren knapp, und deshalb zogen

Michel und Anja zu seiner Mutter. Catherine war begeistert und nahm sie herzlich auf. Die Kriegsjahre waren für sie schwer und einsam gewesen, und sie war selig, dass endlich wieder Leben ins Haus kam.

Das Fachwerkhaus, in dem Anja noch immer lebte, war geräumig und groß genug für sie alle, und die Kinder konnten zu jeder Jahreszeit im Garten spielen.

Auf Catherines Bitte hin begann Anja, Kurse in der Schule abzuhalten, wobei sie entdeckte, dass sie eine natürliche Begabung fürs Unterrichten besaß. Und als dann Catherine sie zwei Jahre später fragte, ob sie die Leitung der Schule übernehmen wolle, war Anja sich sicher, dass sie der Aufgabe gewachsen war.

Anja war organisatorisch begabt und geschäftstüchtig, und bald begann die Schule zu florieren. Wie schon Catherine vor ihr sorgte sie dafür, dass Künstler zum Lehrkörper gehörten, Leute, die ihren Unterhalt verdienen mussten und gleichzeitig in der kreativen Atmosphäre der Schule ihre eigene Entwicklung im Auge behalten konnten. Aber was noch viel wichtiger war, Anja hatte eine Vision. Sie hatte Ideen, wie man den Unterricht interessanter gestalten und das Angebot erweitern konnte, vor allem im Bereich der dekorativen Künste.

Aus Respekt vor ihrer Schwiegermutter jedoch ging Anja erst 1951, nach Catherines Tod, daran, die Schule strukturell zu verändern. Sie führte neue Kurse ein, in denen Mode und Textildesign, Theaterentwürfe und Bühnenbild gelehrt wurde. Malerei und Skulptur blieben zwar unverändert die Hauptfächer, aber nach und nach schrieben sich immer mehr Studenten auch für die neuen Kurse ein.

Anjas Neuerungen kamen gut an, und sie und ihr Mann waren überrascht, wie beliebt die neuen Fächer wurden. Sie hatten so viele Schüler, dass sie das angrenzende Gebäude erwerben mussten, und ein Jahr darauf sogar noch ein weiteres.

Und dann geschah 1955 die Tragödie.

Michel starb plötzlich und unerwartet an einem Herzinfarkt. Er war erst fünfundvierzig Jahre alt. Er und Anja waren vierzehn glückliche Jahre lang verheiratet gewesen, und sie brach unter dem entsetzlichen Schock beinahe zusammen.

Trotz ihrer Trauer um Michel jedoch führte sie die Schule weiter. Die Arbeit half ihr dabei, die traurige Zeit nach seinem Tod zu überstehen. Als Nicky sie einmal fragte, wie sie das geschafft habe, antwortete sie: »Ich habe einfach weitergemacht. Mein Herz war gebrochen, aber ich wusste, ich konnte nicht einfach aufgeben. Ich war ja verantwortlich für die Schule, und so viele Menschen, vor allem die Lehrer, hingen von mir ab. Außerdem hatte ich zwei Kinder ... und ich musste Geld verdienen. Also machte ich einfach weiter, zumal ich auch das Gefühl hatte, es Catherine schuldig zu sein.«

Zwei Jahre nach Michels Tod lernte Anja Hugh Sedgwick kennen, einen englischen Geschäftsmann, der in Paris lebte und arbeitete. Er war verwitwet und hatte keine Kinder. Gemeinsame Freunde machten sie miteinander bekannt, weil sie fanden, dass die beiden gut zusammenpassten. Hugo kam aus einer Theaterfamilie; sein Bruder Martin und seine Schwester Clarice waren Schauspieler und auch Hugo malte ein wenig in seiner Freizeit. Es sah so aus, als hätten er und Anja viel gemeinsam.

Sie aßen ein paar Mal miteinander zu Abend, aber dann verloren sie den Kontakt. Anja hatte viel zu viel mit ihren Kindern und der Schule zu tun, um sich auch noch mit einer Beziehung auseinanderzusetzen, und außerdem, wie sie später einmal sagte, war die Zeit noch nicht reif für sie.

Ein Jahr später begegneten sie sich zufällig bei einer Ausstellung, stellten fest, wie sehr sie sich beide darüber freuten, und begannen, einander wieder häufiger zu sehen. Danach wurden sie rasch ein Paar, und 1960 heirateten sie in Paris.

Hugo war ein ungewöhnlich umsichtiger Geschäftsmann, und er willigte sofort ein, als Anja ihn im ersten Jahr ihrer Ehe darum bat, sich um die Finanzen der Schule zu kümmern. Innerhalb eines Jahres hatte er aus der Institution ein hoch profitables Unternehmen gemacht.

Der Ruf der Schule wurde immer besser, und der Zulauf der Studenten, vor allem aus dem Ausland, war groß. Viele Absolventen waren später sehr erfolgreich, was das Renommee der Schule noch steigerte.

Mitte der sechziger Jahre wurde sie in Anja Sedgwick School of Decorative Arts umbenannt. Ein paar Jahre später kamen noch die Begriffe Design und Couture dazu. Die Schule wurde immer größer, brachte immer mehr Berühmtheiten hervor, und Anjas Ruhm wuchs. Sie war eine lebende Legende geworden.

Nicky zuckte zusammen, als das Telefon klingelte. Er war so in Gedanken versunken gewesen, dass er einen Moment brauchte, bis er den Hörer abnehmen konnte.

»Nicholas Sedgwick.«

»Ich bin es, Anja.«

»Hallo! Ich habe gerade an dich gedacht, oder vielmehr an die Schule.«

»Und was hast du gedacht?«

»Um ehrlich zu sein, ich habe mich gefragt, ob du dieses Jahr auch noch einen Empfang geben willst. Schließlich feiert die Schule im November ihr fünfundsiebzigjähriges Bestehen.«

Sie begann zu lachen. »Findest du nicht, dass eine große Feier erst mal genug ist?«

Lachend erwiderte er: »Das eine hat doch nichts mit dem anderen zu tun. Nur ein ganz kleiner Empfang, Anja.«

»Ich weiß nicht, Nicky. Ich werde darüber nachdenken.«

»Ja, tu das. Wir können ja später noch einmal darüber reden. Wann soll ich denn zu dir ins Büro kommen, um dir die Skizzen für dein Fest zu zeigen?«

»Ich will sie gar nicht sehen, Nicky, deshalb rufe ich auch an. Ehrlich gesagt, ich möchte lieber überrascht werden ... in jeder Hinsicht. Ich überlasse alle Entscheidungen dir.«

»Aber ...«

»Nein, nein«, unterbrach sie ihn. »Ich vertraue dir voll und ganz, mein lieber Junge.«

»Das ist sehr schmeichelhaft, aber ich glaube, mir wäre es wohler, wenn du sie dir ansiehst«, wandte er ein.

»Ich möchte mich überraschen lassen. Weißt du, es gibt ja nicht mehr so viele Überraschungen für mich. Ich weiß, dass mir alles großartig gefallen wird.«

»Das hoffe ich«, murmelte er. Dann fügte er hinzu: »Ich würde dich aber trotzdem gerne sehen.«

»Du kannst mich ja zum Tee einladen. Das wäre doch nett, Nicky. Wir könnten ein wenig plaudern – das haben wir lange nicht mehr gemacht.«

»Mit Vergnügen! Wann soll ich dich abholen?«

»Ich bin nicht in der Schule. Wir treffen uns am besten im Hotel Meurice; seit der Renovierung ist es sehr schön dort. Warst du in der letzten Zeit mal da?«

»Nein.«

»Dann treffen wir uns dort. Um vier Uhr, und, oh, Nicky, der Haupteingang ist jetzt an der Rue de Rivoli.«

»Alles klar, also dann, Punkt vier.«

14

Sie saßen zusammen im Jardin d'Hiver – dem Wintergarten – hinter der Lobby des Hotels Meurice an der Rue de Rivoli, gegenüber von den Tuilerien.

Palmen und andere exotische Pflanzen vermittelten das Gefühl, in einem Garten zu sitzen, was noch verstärkt wurde durch die gläserne Kuppel, die sich über den Köpfen der Gäste wölbte. Die milchigen Scheiben filterten das Tageslicht und verliehen dem Raum eine einzigartige Atmosphäre.

»Sie haben das Glasdach erst entdeckt, als sie mit den Renovierungsarbeiten begonnen haben«, erklärte Anja. »Es war jahrelang verputzt und angestrichen. Niemand hatte eine Ahnung, dass die Kuppel eigentlich aus Glas war.«

»Erstaunlich! Und dabei ist sie so gut erhalten«, erwiderte Nicky. »Das kann doch unmöglich das Originalglas sein, oder?«

»Nein, natürlich nicht. Das Glas ist neu, eigentlich ist die ganze Kuppel neu. Wie du siehst, ist sie im Stil des Art nouveau nachgebaut worden«, belehrte ihn Anja. »Die Architekten haben einfach die alte Kuppel kopiert. Das ursprüngliche Glas war natürlich durch den Putz und die Farbe beschädigt und gesprungen. Aber jetzt sieht es doch wieder wunderschön aus, nicht wahr? Ich hatte schon immer eine Schwäche für Art nouveau.«

Nicky nickte und warf ihr einen neugierigen Blick zu. »Woher weißt du das von dem Dach eigentlich?«

Anja lächelte verschmitzt. »Einer der Direktoren ist ein Freund von mir. Er hat mir kürzlich das Hotel gezeigt und mich danach zum Abendessen eingeladen.«

Lachend schüttelte Nicky den Kopf. »Warum frage ich eigentlich? Ich hätte mir denken können, dass du deine Informationen aus erster Hand hast.«

Sie erwiderte nichts, sondern lehnte sich in ihrem Stuhl zurück und blickte sich um. »Catherine Lacoste hat dieses Hotel geliebt«, sagte sie nach einer Weile. »Wir sind immer zum Tee hierher gekommen. Oder auf einen Champagner. Und so ist es auch mein Lieblingshotel geworden. Im Krieg hat sie allerdings keinen Fuß hier reingesetzt, schließlich war es während der Besatzung das Hauptquartier des deutschen Oberkommandos. Catherine hat *les boches* gehasst.«

»Wie die meisten Franzosen.«

»Nun, wenigstens haben die Deutschen Paris nicht zerstört … obwohl sie es hätten tun können. Hitler befahl 1944, historische Gebäude zu zerstören, als die Alliierten näher rückten. Aber General Dietrich von Choltitz, der Besatzungsgouverneur, brachte ein solches Sakrileg nicht übers Herz, und so übergab er General Leclerc, dem Befreier von Paris, eine unversehrte Stadt.«

»Hugh hat mir mal davon erzählt.« Nicholas ergriff seine Teetasse und trank einen Schluck, wobei er Anja über den Rand seiner Tasse beobachtete. Sie trug ein blassblaues Schneiderkostüm und ihre geliebte Kette aus Südseeperlen mit passenden Ohrringen dazu. Dieser Schmuck war in gewisser Weise ihr Markenzeichen geworden.

Ihre leicht gewellten, kurzen, dunkelblonden Haare waren elegant frisiert, und Nicky fand, dass sie bezaubernd aussah. Sie sang beständig das Loblied ihrer Schwester Katti, weil sie fand, sie sei viel schöner, aber Nicky war anderer Meinung. Die Schwestern sahen sich sehr ähnlich, aber Anja war die attraktivere. Ihre strahlend blauen Augen waren größer, ihre Nase hübscher geformt, und ihre hohen Wangenknochen waren sensationell. Sie sah zwanzig Jahre jünger aus, als sie wirklich war. Einer ihrer Vorteile war ihre robuste Gesundheit, die sie ihren russischen Genen zuschrieb.

Anja unterbrach seine Gedanken, als sie fragte: »Haben schon viele Leute zu meinem Fest zugesagt, Nicky?«

»Ja, eine ganze Menge, und ich rechne damit, dass diese Woche noch mehr kommen. Ich habe den ersten April als Termin angegeben, aber es gibt immer Leute, die später antworten.«

»Hast du schon von Alexa gehört? Hat sie zugesagt?«

»Nein, noch nicht.«

»Vielleicht will sie nicht kommen. Seit der Trennung von Tom Conners vor drei Jahren war sie nicht mehr in Paris. Damals hat sie ja auch aufgehört, für dich und Larry zu arbeiten. Als ich letztes Jahr zu dieser Preisverleihung in New York war, habe ich sie gesehen, und ich hatte den Eindruck, dass sie Frankreich meidet ... vor allem Paris. Wegen ihm.«

»Du glaubst, sie geht ihm aus dem Weg?«

»Ja, das glaube ich.«

Nicky seufzte. »Ich habe sie immer gewarnt und Larry auch. Tom schleppt viel zu viel emotionalen Ballast mit sich herum. Das kann keine Frau verkraften, Anja.«

»Vielleicht hat sich in der Zwischenzeit einiges geändert?« Fragend hob sie eine Augenbraue.

»Das sollte man eigentlich meinen ... aber ich weiß es nicht.« Er warf ihr einen hilflosen Blick zu. »Tom war schon immer ein seltsamer Kerl.«

»In welcher Hinsicht?«

»Er ist ein Einzelgänger. Behält seine Gedanken für sich. Eigenbrötlerisch. Er ist sehr unabhängig und zurückhaltend.«

»Siehst du ihn nicht ab und zu?« Anja blickte ihn forschend an. »Er vertritt doch einige Leute aus der Filmbranche.«

»Ja, das stimmt. Aber ich habe ihn seit mindestens einem Jahr nicht mehr gesehen. Vielleicht ist es sogar schon länger her. Worauf willst du hinaus?«

»Ich möchte so schrecklich gerne, dass Alexa zu meinem Fest kommt, und ich habe mich gefragt, womit wir ihr die Entscheidung leichter machen können.«

»Indem wir ihn auch einladen?«

»Nein, nein, sei nicht albern, Nicholas. Das würde genau das Gegenteil bewirken. Aber vielleicht wohnt er ja mittlerweile gar nicht mehr in Paris.«

»Das bezweifle ich.«

»Aber wenn er nicht mehr hier wohnen würde, könnten wir ihr das sagen, verstehst du denn nicht?«, drängte Anja.

»Doch, schon. Aber ich bin mir ziemlich sicher, dass er immer noch hier lebt.«

»Leute setzen sich zur Ruhe, ziehen um, lassen sich in der Provence nieder.«

»Tom nicht, da bin ich mir sicher. Ach übrigens, die Zusage von diesem netten italienischen Mädchen, das in Alexas Klasse war, habe ich schon bekommen. Maria Franconi.«

Ein Lächeln breitete sich auf Anjas Gesicht aus. »Das freut mich aber. Sie ist so reizend. Und sie besitzt so viel Talent, was sie möglicherweise zur Zeit vergeudet.«

»Wie meinst du das?«, fragte Nicky stirnrunzelnd.

»Sie kann viel mehr, als Stoffe für dieses antiquierte Familienunternehmen zu entwerfen. Das kann ich dir sagen, mein lieber Junge. Das Mädchen ist eine Künstlerin – ein wahres Genie.« Ohne seine Antwort abzuwarten, fuhr sie fort: »Kay Lenox kommt sicher, aber Jessica wahrscheinlich nicht. Sie kann es bestimmt nicht ertragen, Paris wiederzusehen.«

»Du meinst, wegen Luciens Verschwinden?«

»Ja. Das war doch furchtbar für sie, ein schreckliches Rätsel, das wahrscheinlich nie gelöst werden wird. *C'est dommage.*«

»Da gebe ich dir Recht. Du glaubst also, Jessica wird absagen, weil Paris zu viele schmerzliche Erinnerungen für sie birgt?«

Anja nickte und lehnte sich auf ihrem Stuhl zurück. »Ja, das glaube ich, Nicky. Ich sehe es vor mir, als wäre es erst gestern geschehen. In der einen Minute sprühte sie noch vor Leben, war glücklich verliebt und voller Zukunftspläne mit ihm, und in der nächsten war sie außer sich vor Angst und Verzweiflung.« Sie schüttelte den Kopf. »Ich dachte damals schon, sie würde sich nie wieder von dem Schlag erholen. Wenn die Person, die du liebst, stirbt, ist es etwas anderes. Tod ist endgültig. Es gibt die Beerdigung, die Familie kommt zusammen, man trauert, all die notwendigen Rituale, die helfen. Anfangs lebst du nur mechanisch weiter, aber nach einer Weile wird alles ein bisschen besser. Das Leben gehört den Lebenden, weißt du. Ich glaube an dieses Klischee. Aber wenn der Mann, den du liebst, einfach verschwindet, sich in Luft auflöst, dann hast du keine Möglichkeit, mit dem Schmerz und der Trauer umzugehen.«

»Weil es keinen Abschluss gibt«, warf Nicky ein.

»Genau. Keine Leiche, keine Beerdigung, keine Trauer. Also keinen Abschluss. Der Schmerz nimmt kein Ende, weil du nicht weißt, was ihm zugestoßen ist. Für Jessica war es ein Albtraum. Ich habe mir große Sorgen um sie gemacht. Eine Weile war sie völlig außer sich und kam mit dem Verlust überhaupt nicht zurecht. Da Lucien Girard auch keine Familie hatte, konnte sie mit niemandem trauern, und es konnte sie auch niemand trösten. Alain Bonnal hat sich wundervoll verhalten, aber er war genauso verwirrt und fassungslos wie sie. Na ja, wenigstens haben sie einander eine Zeit lang beigestanden.«

»Und man hat nie etwas herausgefunden? Hat die Polizei denn nichts in Erfahrung bringen können?«

»Nein, das hätte ich dir erzählt. Es war so, als hätte es Lucien nie gegeben, Nicky.«

Nicky schwieg einen Moment lang. Er hatte Lucien gekannt, und Larry hatte den jungen Schauspieler Jessica vorgestellt. Was für eine seltsame Geschichte! Schließlich sagte er: »Ich weiß noch, wie ihre Eltern nach Paris kamen, um sie wieder nach Hause zu holen. Wie ist es denn dann mit Jessica weitergegangen, Anja? Hat sie jemals geheiratet?«

»Nein, soweit ich weiß, nicht. Sie schreibt mir ab und zu oder schickt mir Ausschnitte aus dem *Architectural Digest*, wenn dort über ein Haus berichtet wird, das sie eingerichtet hat. Sie ist sehr begabt, eine der großen Innenarchitektinnen unserer Zeit. Sie lebt in Bel Air und arbeitet hauptsächlich für die Reichen und Berühmten. Aber zu Weihnachten schickt sie mir immer eine Karte. Von Kay und Maria bekomme ich auch Weihnachtspost.«

»Und Alexa?«

»Oh, von ihr höre ich regelmäßig. Sie schreibt mir Briefe, schickt Fotos und ruft an. Alexa und ich haben uns immer sehr nahe gestanden.«

»Wie geht es ihr denn so?«

»Gut. Du weißt ja, wie erfolgreich sie als Bühnenbildnerin ist, Nicky. Ich dachte, dass ihr auch in Verbindung seid.«

»Ja, schon, aber über ihr Privatleben redet sie nie mit mir.«

»Und du hast auch nie Tom Conners erwähnt?«

»Doch, einmal. Sie hat mir fast den Kopf abgerissen, und seitdem habe ich mich gehütet, etwas zu sagen. Es gibt nichts Schlimmeres als eine Frau, die den Mann, den sie liebt, nicht bekommen kann, weil er nicht das nötige Format hat.«

»Du denkst, Tom hat nicht das nötige Format?« Sie zog die Augenbrauen zusammen und blickte ihn fragend an.

»Ja.« Dann jedoch schüttelte er den Kopf. »Nein, nicht wirklich. Er ist ein netter Kerl, aber er lässt sich von der Tragödie, die er erlebt hat, sein Lebensglück ruinieren.«

»Ja, da hast du nicht ganz Unrecht. Ich kann mir auch nicht vorstellen, wie ein Mann eine Frau wie Alexa einfach laufen lassen kann.« Anja trank einen Schluck Tee, dann fuhr sie fort: »Es ist doch komisch, wie wichtig einem eine bestimmte Person werden kann, nicht wahr? Ich hatte in all den Jahren wirklich wunderbare Schüler, aber niemand ist so wie sie. Zumindest für mich nicht. Sie ist einfach ... das perfekte Mädchen. Nein, nicht perfekt, das ist nicht das richtige Wort, weil sie natürlich auch Fehler hat. Aber sie ist die Verkörperung all dessen, was eine junge Frau sein sollte. Verstehst du, was ich meine, Nicky?«

»Ja, das verstehe ich nur zu gut. Ich glaube, ich war selber immer ein bisschen in Alexa verliebt.« Er lächelte wehmütig und ergriff ihre Hand. »Vielleicht bin ich es sogar immer noch. Weißt du, warum?«

»Nein.«

»Weil Alexandra Gordon dir in vieler Hinsicht so ähnlich ist, Anja. Deshalb liebst du sie auch. Sie könnte deine Tochter sein, fast noch mehr als Olga. Auf jeden Fall hat sie viele deiner besonderen Begabungen.«

»Ich glaube, du hast Recht.«

Er lachte. »Ganz bestimmt sogar. Sie ist kreativ, und sie weiß viel. Das hat man gemerkt, als sie für uns gearbeitet hat. Sie kann viel mehr als nur Bühnenbilder und Filmsets entwerfen. Wenn du ihr die Leitung der Schule übertragen würdest, könnte sie auch das. Ja, in dieser Hinsicht ist sie wie du.«

»Du bist vielleicht ein bisschen voreingenommen, Nicky«, antwortete Anja lächelnd. »Weißt du was, ich glaube, wir sollten uns nicht in ihr Leben einmischen. Ich hätte es gar nicht erst vorschlagen sollen.« Sie tätschelte ihm die Hand und blickte ihn streng an. »Es ist gefährlich, sich einzumischen. Wir sollten nicht Gott spielen, Nicky.«

»So wie ich manchmal?«

»Genau. Hugo pflegte immer zu sagen, es kommt, wie es kommt. Und er hatte Recht. Das Leben hat seine eigenen Wege, deshalb sollten wir den Dingen ihren Lauf lassen. Wenn wir in einer Woche oder so noch nichts von Alexa gehört haben, rufe ich sie an und bitte sie, zu meinem Geburtstagsfest zu kommen.« Sie warf ihm einen liebevollen Blick zu. »Es ist schön, mit dir zusammenzusitzen, Nicky. Ich habe mir in der letzten Zeit Sorgen um dich gemacht. Wie läuft es zwischen Constance und dir?«

»Nicht gut. Unsere Ehe ist vorbei, aber sie will es noch nicht einsehen. Ich muss jetzt endlich anfangen, wieder mein eigenes Leben zu leben.«

»Gibt es eine andere?«, fragte Anja leise. Er sah sehr gut aus, und sie wusste, dass die meisten Frauen Nicky unwiderstehlich fanden.

»Nein, es gibt keine andere – das hätte ich dir erzählt.« Er seufzte. »Wir haben uns auseinander gelebt, und außerdem stößt es mich ab, dass sie nichts mehr isst. Sie ist mittlerweile wirklich magersüchtig. Connie sieht krank aus, wie ein Skelett.«

»Anorexie ist eine Krankheit, genau wie Bulimie. Sie braucht Hilfe. Kannst du sie nicht zu einem Arzt bringen?«

»Ich habe es versucht, genau wie ihre Schwester. Aber sie wehrt sich dagegen, sie will die Notwendigkeit nicht einsehen.«

»Das gehört wohl zur Krankheit dazu.« Anja lehnte sich zurück. »Du brauchst es mir nur zu sagen, wenn ich etwas für dich tun kann.«

»Danke, Anja.«

Sie schwiegen. Schließlich murmelte Anja nachdenklich: »Das Leben ist so seltsam und unvorhersehbar. Jetzt sitzen wir hier so entspannt im Meurice und trinken Tee, Nicky. Und vor sechzig Jahren haben die Nazis in diesem Hotel gewohnt. Das Schicksal Frankreichs lag in ihren Händen. Wir haben sie so gefürchtet und gehasst. Und dann plötzlich war alles vorüber. Die Résistance ist in Paris einmarschiert und hat die Stadt befreit. Ständig wandelt sich alles.«

»Onkel Hugo hat immer gesagt, das einzig Beständige ist der Wandel.«

Teil 3 *Die Suche*

15

Anja hatte sie überredet, und so war sie jetzt in Paris. Es war Mai, drei Wochen vor dem Geburtstagsfest am zweiten Juni. Viel zu früh also. Andererseits hatte Alexandra Gordon viel zu erledigen.

Sie wollte Zeit mit Anja verbringen und ausgiebig einkaufen; das hatte sie nach der harten Arbeit der letzten Monate verdient. Außerdem hatte sie eingewilligt, mit Nicky an einem neuen Film zu arbeiten. Die Dreharbeiten würden im Oktober beginnen.

Und dann hatte sie noch geheime Pläne.

Tom Conners.

Sie war fest entschlossen, ihn zu besuchen, um herauszufinden, wo sie jetzt standen und was sie überhaupt noch für ihn empfand. Schließlich hatten sie sich drei Jahre lang nicht gesehen, und vielleicht erwiesen sich ihre Gefühle als völlig anders, wenn sie ihm gegenüberstand.

Ihrer Meinung nach war es eigentlich vorbei.

Er hatte es beendet, hatte ihr gesagt, es gäbe keine Zukunft für sie, er könne und wolle sie nicht heiraten – und auch keine andere. Offensichtlich beherrschte doch die Vergangenheit seine Zukunft.

Andererseits war es irgendwie auch nicht vorbei. Sie sehnte sich immer noch nach ihm – und er beherrschte einen großen Teil ihrer Gedanken. Aber das war nicht gesund, und sie konnte so nicht mehr weiterleben.

Jack Wilton würde sie jedenfalls erst heiraten können, wenn sie emotional frei war, und dazu musste sie sich den

Dämonen ihrer Vergangenheit stellen. Alles andere wäre verlogen. Jack war so ein anständiger Mann, und sie wollte sich fair ihm gegenüber verhalten.

Sie musste dieses Kapitel erst beenden, um ihr Leben weiterführen zu können. Schließlich war sie fast einunddreißig, und es kam ihr so vor, als ob die Zeit immer schneller verging.

Alexa gestand sich ein, dass sie sich besser fühlte, seitdem sie beschlossen hatte, Tom aufzusuchen. So, als ob ihr ein Stein vom Herzen gefallen sei.

Am Donnerstagmorgen war Alexa in Paris angekommen. Sie hatte ausgepackt, war ein wenig spazieren gegangen und hatte sich den Rest des Tages hauptsächlich ausgeruht.

Jetzt war es elf Uhr früh am Freitagmorgen, und sie war voller Tatendrang. Außerdem hatte sie große Lust, Tom Conners anzurufen. Aber sie widerstand der Versuchung. Eigentlich war sie noch nicht bereit, ihn wiederzusehen.

Sie packte ihre Sonnenbrille, ihr Adressbuch, einen Notizblock und ihr Handy in die Tasche und verließ ihr Hotelzimmer.

Kurz darauf ging sie über den eleganten Marmorboden in der Lobby des Hotels Meurice, das Anja ihr empfohlen hatte. Sie war froh, dass sie auf Anja gehört hatte: Ihr Zimmer war behaglich und komfortabel, und die Lage des Hotels war ideal für sie.

Sie trat durch die Drehtür nach draußen und blieb unentschlossen vor dem Hotel stehen. Um eins war sie bei Anja zum Mittagessen eingeladen, also hatte sie noch zwei Stunden Zeit.

Paris war ihre absolute Lieblingsstadt, und da sie drei Jahre lang nicht da gewesen war, war sie voller Aufregung und Nostalgie.

Wenn sie die Straße links herunterginge, käme sie zum Louvre, wo eins ihrer Lieblingsbilder hing. Es wäre ein Vergnügen, es wieder einmal zu betrachten.

Oder sie konnte nach rechts die Rue de Rivoli entlang gehen und einen Schaufensterbummel machen, bis sie an der Place de la Concorde anlangte. Dahinter lagen die Champs-Élysées mit dem Arc de Triomphe, ein Anblick, der ihr immer wieder den Atem raubte.

Die Place Vendôme lag direkt hinter dem Hotel, ebenso wie die Rue du Faubourg St. Honoré, in der sich einige ihrer Lieblingsgeschäfte befanden. Aber eigentlich war sie nicht in der richtigen Stimmung, um einzukaufen und Kleider anzuprobieren. Das würde sie ein anderes Mal machen. Kurz entschlossen ging sie auf den Louvre zu.

Was für ein prachtvoller Tag es doch war! Strahlend blauer Himmel wölbte sich über der Stadt. Kein Wölkchen war zu sehen. Es war weder windig noch schwül, einfach nur perfektes Wetter.

Während sie rasch ausschritt, machte sie sich im Geiste eine Notiz, unbedingt in den Louvre des Antiquaires auf der Place du Palais-Royal ganz in der Nähe zu gehen. Sie hoffte, dort etwas wirklich Besonderes und Originelles für Anja zum Geburtstag zu finden. Vielleicht etwas Russisches oder Englisches, das Erinnerungen in Anja wach rief.

Alexas Herz wurde schwer, als ihre eigenen Erinnerungen in ihr aufstiegen. Erinnerungen an Tom und die zwei Jahre, die sie miteinander verbracht hatten ... wie sehr sie sich geliebt hatten, wie viel Freude sie aneinander gehabt hatten. Ihre Zeit mit Nicky und Larry. Aufregende Tage waren das gewesen, sie hatte so viel von den beiden gelernt. Und ihre Nächte hatten Tom gehört. Auch von ihm hatte sie viel gelernt.

Plötzlich hing der Duft nach Kaffee in der Luft. Sie war an einem Straßencafé angekommen. Sie widerstand der Verlockung nicht und setzte sich an einen der Tische.

»*Café au lait, s'il vous plaît*«, sagte sie zu dem lächelnden Kellner, der augenblicklich vor ihr stand.

»*Mais oui*«, antwortete er und eilte davon.

Alexa lehnte sich auf ihrem Stuhl zurück und dachte, wie wundervoll es doch war, wieder hier zu sein. Es war dumm von ihr gewesen, so lange weg zu bleiben.

»*Merci*«, sagte sie zu dem Kellner, der ihr schwarzen Kaffee und ein Kännchen mit geschäumter Milch brachte. Sie mischte Kaffee und Milch in einer großen Tasse und trank einen Schluck.

Er schmeckte köstlich. Wie durch ein Wunder waren auch ein Korb mit frischen, duftenden Croissants, Butter und Himbeermarmelade vor ihr aufgetaucht.

Na ja, warum nicht?, dachte sie und bestrich eins der Croissants mit Butter und Marmelade. Es schien in ihrem Mund zu schmelzen, und sie dachte daran, wie oft sie als Studentin in Cafés gefrühstückt hatte.

Neun Jahre war das jetzt her. Sie war gerade erst einundzwanzig gewesen, als sie an Anjas Schule gekommen war. Und sie hatte jeden einzelnen Tag genossen, war nie enttäuscht gewesen.

In der Schule herrschte eine außergewöhnliche Atmosphäre. Die Gebäude strahlten ... *Glück* aus. Anders konnte sie die Stimmung dort nicht beschreiben. Alle, die dort studierten, empfanden es so. Das lag natürlich an Anja. Aber auch die anderen Lehrer hatten Begeisterung für ihre Arbeit vermittelt, und das hatte sich auf alle Schüler übertragen.

Wie wundervoll diese Jahre doch waren, dachte sie. Voller Staunen, Freude, Erwartung und auch Abenteuer.

Alles lag noch vor ihr, das ganze Leben. Und es war voller Versprechen.

Und Anja und die anderen Lehrer hatten sie in ihren Hoffnungen und Plänen unterstützt und ermutigt. Dank Anja waren so viele ihrer Träume wahr geworden ... zumindest, was ihre Arbeit betraf. Nur in ihrem Privatleben war einiges schief gegangen. Aber jetzt war sie hier in Paris, um dieses Kapitel ihres Lebens in Ordnung zu bringen und abzuschließen.

16

Die Frau war so auffallend schön, dass ihr alle Blicke folgten.

Sie war groß, ungefähr einsfünfundsiebzig, gut gebaut, jedoch nicht zu füllig, und sie bewegte sich mit königlicher Grazie.

Vor allem ihr Gesicht zog alle Blicke auf sich. Mit den perfekt geschwungenen Augenbrauen über großen, weit auseinander stehenden dunklen Augen, einem vollen, sinnlichen Mund und gerahmt von schulterlangen pechschwarzen Haaren war es atemberaubend schön.

Die Kleidung der Frau war einfach, jedoch elegant. Sie trug einen schwarzen Hosenanzug aus leichter Wolle, ein weißes Männerhemd aus Seide und hochhackige schwarze Sandaletten. Über ihrer Schulter hing eine schwarze Ledertasche, und in einer Hand trug sie eine Sonnenbrille.

Ihr Schmuck betonte ihre schlichte Eleganz noch. Uhr und Goldarmband waren genauso unauffällig wie ihre kleinen Diamantenstecker.

Langsam schlenderte sie durch die stillen Hallen des Louvre und blieb ab und zu vor einem Gemälde stehen, um es zu betrachten. Sie hatte keine Eile, zu dem Bild zu gelangen, das sie sich eigentlich anschauen wollte. Ihr blieb noch viel Zeit bis zu ihrer Verabredung im Hotel Ritz an der Place Vendôme, nicht weit vom Museum entfernt.

Die Frau bemerkte, dass ihr viele Blicke folgten. Insgeheim staunte sie darüber. Vor drei Monaten hätte sie es noch nicht für möglich gehalten, dass sie einmal solches Aufsehen erregen würde.

Aber Maria Franconi hatte sich so radikal verändert, dass sogar ihr Bruder Fabrizio es nur als unglaublich und fast schon wundersam bezeichnen konnte. Allerdings war das Wunder nicht von selbst eingetreten, sondern mit harter Arbeit, strenger Disziplin und vielen Opfern erreicht worden. Maria hatte nur ein Ziel vor Augen gehabt: in kürzester Zeit so schlank wie möglich zu werden.

In nicht ganz drei Monaten hatte sie mit Hilfe eines Arztes, eines Ernährungsspezialisten, eines persönlichen Fitnesstrainers und ihres Bruders achtundvierzig Pfund abgenommen.

Abgesehen davon, dass sie jeden Tag trainiert hatte, hatte sie eine strenge Diät eingehalten, auf Fett, Zucker und Kohlehydrate verzichtet. Alkohol, sogar Wein, war ebenso tabu wie Schokolade, Süßigkeiten und die meisten Desserts.

Sie hatte zwar ständig Hunger, aber der rasch sichtbare Erfolg spornte sie an. Fast den ganzen Februar, März und April über motivierte sie sich mit der Aussicht auf Anjas Fest, dieser Gedanke und ihre Willenskraft ließen sie durchhalten. Manchmal war sie über sich selber überrascht.

Im Laufe der Diät veränderte sich ihr Gesicht. Sie hatte immer gut ausgesehen, aber jetzt wurde sie auf einmal dramatisch schön. Sie hatte kein Gramm Fett mehr im Gesicht, und ihre hohen Wangenknochen traten deutlich hervor. Auch ihr Hals wurde schmaler und wirkte dadurch länger und eleganter.

Bald stellte Maria fest, dass sie hauptsächlich am Oberkörper Gewicht verlor. Ihre Schultern, Arme und ihr Rücken wurden mit jedem Tag schlanker und geschmeidiger, und auch ihre Brüste waren nicht mehr so groß. Enttäuschend fand sie jedoch, dass die Gewichtsabnahme an ihren Hüften wesentlich langsamer voranging. Ihr Trainer versicherte ihr jedoch, dass sie auch dort irgendwann abnehmen würde, wahrscheinlich jedoch erst zu einem Zeitpunkt, wenn sie überhaupt nicht mehr damit rechnete. Sie musste nur weiterhin strikt Diät halten. Und das tat sie auch. Eitelkeit war ein großartiger Antrieb. Maria Franconi begann, sich selbst zu mögen, sie wurde geradezu süchtig danach, schön zu sein.

Bei ihrem Ernährungsberater lernte sie alles über gesunde Ernährung, damit sie auch in Zukunft schlank bliebe. Es gab keine gemütlichen Abendessen mehr mit ihrem Bruder oder mit Freunden. Im wahrsten Sinne des Wortes verriegelte sie die Türen ihrer Küche und traf sich mit ihren Freunden im Restaurant, wo sie nur wenig aß und keinen Wein trank.

Rechtzeitig vor ihrer Abreise nach Paris ging Maria zu einer bekannten Schneiderin, die ihr Bruder Sergio ihr empfohlen hatte. Viele seiner Freundinnen waren Kundinnen von ihr. Die Schneiderin verstand ihre Probleme sofort und nähte ihr anschließend einige gut sitzende Hosenanzüge und Kostüme und ein paar schlichte, elegante Kleider.

Die Sachen hoben ihre Vorzüge hervor und kaschierten andere Körperteile geschickt. Das Geheimnis bestand in längeren Jacketts, die kurz vor dem Oberschenkel endeten, schmalen Hosen und engen Röcken.

Dadurch wirkte ihr Unterkörper schlanker, und ihre ganze Silhouette streckte sich. Den gleichen Effekt hatten die dunklen Farben, die sie aussuchte, hauptsächlich Schwarz und verschiedene Grautöne, die zudem gut zu ihren dunklen Haaren und ihrem olivfarbenen Teint passten. In kürzester Zeit war aus ihr eine elegante Frau geworden, nach der sich alle umschauten. Sie war dankbar dafür. Ihre Mühen hatten sich ausgezahlt.

Auch in Paris hielt sich Maria an ihre Diät. Sie wusste, dass sie für den Rest ihres Lebens sehr diszipliniert würde essen müssen, wenn sie schlank bleiben wollte. Selbst das verführerische französische Essen änderte nichts an ihrer Einstellung.

Außerdem ging sie jeden Tag in das Spa ihres Hotels, schwamm, trainierte und ging auf den Stepper.

Fabrizio hatte Maria in den vergangenen Monaten sehr unterstützt, war aber dagegen gewesen, dass sie den Juni in Paris verbrachte, was sie ursprünglich vorgehabt hatte.

Die gesamte Familie Franconi fuhr Anfang Juni immer in ihre prächtige Villa auf Capri, um dort den Sommer zu verbringen. Fabrizio hatte darauf bestanden, dass auch sie mitfuhr, und nach endlosen hitzigen Debatten hatte sie schließlich nachgegeben.

Einige Wochen wollte sie jedoch unbedingt in Paris verbringen, und so war sie schon am dritten Mai angereist und plante, bis zum fünften Juni zu bleiben.

Seit ihrer Ankunft war Maria pausenlos beschäftigt gewesen. Sie hatte schon mehrere Male ihre geliebte Anja besucht, hatte bei ihr zu Hause zu Mittag gegessen und sie zum Abendessen ins Chez Benoît ausgeführt. Sie war einkaufen gewesen, hatte Kunstgalerien besucht und war nach Versailles gefahren, einem ihrer Lieblingsschlösser.

Und sie hatte jede Minute ihrer Freiheit, weit weg von ihrer Arbeit und ihrer dominanten Familie, genossen.

Ich bin ihnen entkommen, dachte sie, während sie langsam auf das Gemälde zutrat, weswegen sie in den Louvre gegangen war. Wenn ich nur nicht zurückfahren müsste ... wenn ich nur für immer in Paris bleiben könnte. Schnell verdrängte sie den Gedanken. Sie wollte jetzt nicht an unerfreuliche Dinge denken.

Das Gemälde war unvergleichlich.

Lange stand Maria davor und betrachtete es wie in Trance. Es hatte immer die gleiche Wirkung auf sie ... hielt sie wie in einem Zauber gefangen.

Die *Mona Lisa*.

Vor Hunderten von Jahren von Leonardo da Vinci gemalt, dem größten Künstler, der jemals auf diesem Planeten gelebt hatte, vielleicht mit Ausnahme von Michelangelo.

So etwas malen zu können war das größte Geschenk der Welt, dachte sie und betrachtete die weißen Züge der Frau auf der Leinwand. Das Gesicht sprach förmlich zu einem.

Leonardo da Vinci war ein Genie gewesen, er war ein unglaublich vielseitig begabter Mensch. Schon bevor sie auf Anjas Schule gekommen war, hatte sie viel über ihn gewusst. Da er wie sie aus Mailand stammte, war ihr natürlich die Kirche Santa Maria delle Grazie ein Begriff, in deren Refektorium Leonardo *Das letzte Abendmahl* gemalt hatte.

Aber Anja Sedgwick hatte Maria in ihrem Kurs für klassische Malerei – in der Meisterklasse – noch viel mehr über da Vinci beigebracht. Maria hörte nie auf, über seine außergewöhnlichen Leistungen auf anderen Gebieten zu staunen. Er war Architekt, Maler und Bildhauer gewesen, ein Fachmann für Waffen, Hydraulik, Optik, Anatomie und Mechanik.

Was er doch für ein erstaunlicher Mann war, dachte Maria. Wenn ich nur so malen könnte. Sie seufzte leise und trat noch ein wenig näher an das Bild heran, um es genauer zu betrachten.

Aus den Augenwinkeln bemerkte sie eine Frau, die in ihre Richtung kam. Ihr Herz sank. Sie warf rasch noch einen letzten Blick auf das Bild und eilte in die entgegengesetzte Richtung.

Von seinem Stuhl aus im L'Espadon hatte er die Tür im Blick, und er sah sie sofort, als sie hereinkam. Er schob seinen Stuhl zurück und stand auf. Breit lächelnd hieß er sie willkommen.

Als sie vor ihm stand, fasste er sie am Arm, küsste sie auf die Wange und betrachtete sie dann aufmerksam.

Lächelnd glitt Maria auf ihren Stuhl. »Es tut mir Leid, ich bin ein bisschen zu spät.«

Er setzte sich ihr gegenüber und schüttelte den Kopf. »Nein, überhaupt nicht, und selbst wenn, dein Anblick war das Warten wert. Du siehst wundervoll aus, Maria.«

»Danke«, murmelte sie.

»Ich habe Grapefruit-Saft für dich bestellt«, fuhr er fort. »Ich hoffe, das ist in Ordnung.«

»Ja, genau richtig, danke.«

Er hob sein Weinglas und sagte: »Santé.«

»Santé«, erwiderte sie und stieß mit ihm an.

»Und, was hast du heute früh gemacht?«

»Ich war im Louvre, vor allem wegen der *Mona Lisa*. Das Bild fasziniert mich immer wieder.«

So wie du mich faszinierst, dachte er. Laut jedoch sagte er: »Leonardo war ein Genie. Als Maler sowieso, aber er war auch noch unglaublich intelligent.«

Der Maître de service kam mit den Speisekarten, und sie studierten sie einen Moment lang. Er wusste schon, was er bestellen würde, und Maria würde sich ihm wahrscheinlich anschließen. Da er für gewöhnlich eine strenge Diät einhielt, schienen sie immer die gleichen Gerichte zu wählen. Als sie sich vor ein paar Tagen zum Abendessen getroffen hatten, hatte sie ihm von ihrer Diät und ihrem anstrengenden Trainingsprogramm erzählt, und er hatte ihr aufmerksam zugehört, beeindruckt von ihrer Aufrichtigkeit.

Sie hatten sich seit ihrer Ankunft in Paris schon häufig gesehen, was ganz nach seinem Geschmack war. Er fühlte sich mit ihr so wohl wie schon lange mit keiner Frau mehr. Aber er war sich auch klar darüber, dass er vorsichtig vorgehen musste.

»Du starrst mich an.«

»Entschuldigung«, sagte er, »ich kann nichts dagegen tun. Dein Gesicht ist ... so wunderschön. Ein besseres Wort fällt mir nicht ein.«

Lachend schüttelte Maria den Kopf. »Ich finde, das trifft eher auf die *Mona Lisa* zu ... das ist wirklich ein schönes Gesicht.«

»Ja, das stimmt, aber du solltest auch von einem großen Künstler, einem da Vinci unserer Zeit, gemalt werden.«

Der Kellner trat an ihren Tisch, bevor sie antworten konnte. Sie bestellten Austern und gedämpften Steinbutt.

Als sie wieder allein waren, sagte Maria: »Ich habe heute früh Alexandra Gordon im Louvre gesehen.«

Er kniff die Augen zusammen und warf ihr einen forschenden Blick zu. »Wie geht es ihr? Sie hat sich sicher gefreut, dich zu sehen.«

Maria seufzte. »Ich habe nicht mit ihr gesprochen. Ich wurde auf einmal völlig nervös und bin weggelaufen, bevor sie mich sehen konnte. Zumindest glaube ich, dass sie mich nicht gesehen hat.« Kopfschüttelnd fügte sie hinzu: »Vielleicht war es ja albern. Nach sieben Jahren sollte ich mich doch mit ihr und den anderen treffen können.«

»War euer Streit denn so böse?«, fragte er neugierig.

»Damals kam es uns allen so vor, aber mittlerweile kommt es mir eher kindisch vor ...« Sie schwieg.

Da er merkte, dass sie nicht darüber sprechen wollte, wechselte er das Thema. »Dir gefällt es gut in Paris, nicht wahr, Maria?«

»Ja. Dank dir – du warst einfach wundervoll zu mir. Ich habe mich vor allem auf Paris gefreut, weil ich hier endlich einmal allein, ohne meine Familie sein konnte. Aber wahrscheinlich wäre ich doch ganz schön einsam, wenn du nicht so viel Zeit für mich hättest.«

»Dann hätte dich Anja unter ihre Fittiche genommen.«

»Mir gefällt es aber unter deinen Fittichen, du ...« Verlegen brach sie ab.

Er bemerkte, dass sie errötete, und sagte leise: »Das braucht dir doch nicht peinlich zu sein.« Er griff nach ihrer Hand und drückte sie. Dann räusperte er sich ein paar Mal und sagte: »Ich bin völlig von dir verzaubert, Maria. Und ich habe gehofft, dass es dir ähnlich geht.«

»Das tut es. Oh, Nicky ...«

Er verstärkte den Druck seiner Hand. »Ich bin froh, dass es keine einseitige Geschichte ist.«

Glücklich strahlte sie ihn mit ihren dunklen Augen an.

Händchen haltend saßen sie am Tisch und blickten einander tief in die Augen, bis die Austern serviert wurden.

Er ließ ihre Hand los und konzentrierte sich auf seine Vorspeise. Was geschah mit ihm? Er war achtunddreißig, ein erfahrener, weltläufiger Mann, und jetzt fühlte er sich wie ein Schuljunge. Ich bin übergeschnappt, dachte er. Aber eigentlich wusste er ganz genau, was mit ihm geschehen war, und er freute sich darüber.

Nach einer Weile beugte sich Maria leicht über den Tisch. »Als ich vor einer Woche nach Paris kam, hatte ich eigentlich vor, für ein paar Tage mit dem Zug nach London zu fahren, um Riccardo zu besuchen. Ich habe dir ja erzählt, dass er dort arbeitet. Aber jetzt will ich es nicht mehr, Nicky.«

»Wegen mir?«, fragte er zögernd.

»Ja.« Sie blickte ihn unverwandt an.

Nicky sah Verlangen in ihrem Blick, und sein Brustkorb wurde eng. Langsam, mahnte er sich. Du musst diese Sache ganz langsam angehen. Verschreck sie nicht. Er wollte sie besitzen, wollte mit ihr schlafen, aber er wusste, dass er den richtigen Zeitpunkt abwarten musste.

17

Es war doch ein Fehler, nach Paris zurückzukehren, dachte Jessica, während sie die schmale Straße entlang ging, an der das Plaza-Athénée lag, das Hotel, in dem sie wohnte. Sie hatte doch gewusst, dass hier zu viele Erinnerungen an Lucien lauerten. Der Gedanke an das Leben, das sie mit dem Mann, den sie liebte, nie hatte führen können, machte sie traurig.

Jetzt wünschte sie, sie hätte Alain Bonnal nicht von Los Angeles aus angerufen und sich für heute mit ihm zum Mittagessen verabredet. Der Gedanke daran, nach sieben Jahren allein in Paris zu sein, hatte sie nervös gemacht. Sie hatte Angst gehabt, mit all den Erinnerungen allein dazustehen.

Alain Bonnal und sie waren über Lucien miteinander befreundet, aber sie standen sich nicht mehr besonders nahe. In den letzten Jahren hatte sie ihn nur zwei Mal gesehen, als er geschäftlich nach Kalifornien gekommen war. Andererseits war er immer nett und hilfsbereit gewesen, und sie hatte nie vergessen, wie viel Mitgefühl und Verständnis er ihr in der schweren Zeit entgegengebracht hatte.

Er war eine Verbindung zur Vergangenheit, einer Vergangenheit, die sie immer noch nicht losgelassen hatte, wenn sie ehrlich war. Die intensive Liebesgeschichte zwischen Lucien und ihr hatte alle anderen Beziehungen überschattet. In gewisser Weise war sogar Gary Stennis ein Opfer ihrer Vergangenheit, obwohl er ihr allein schon durch sein Verhalten genug

Gründe geboten hatte, sich von ihm zu trennen. Und ich habe es nicht bedauert, dachte sie, nicht einen einzigen Moment lang, mich von Gary zu verabschieden.

Lucien war nach wie vor der wichtigste Mann in ihrem Leben. Und das hat mit unerfüllter Liebe nichts zu tun, sagte sie sich, eher mit einem unerfüllten Leben. Lucien und ich hatten noch so viel vor, wir wussten ja sogar schon, wie unsere Kinder heißen sollten. Jede Nacht haben wir unsere Träume geträumt und an unserer Zukunft gebastelt ...

Aber es sollte nicht sein, dachte sie, während sie zu Chez André ging, dem Restaurant, wo sie mit Alain verabredet war. Früher hatten sie sich häufig zu dritt hier getroffen.

Sie hatte noch keine Gelegenheit gehabt, Anja zu besuchen, hatte aber schon ein paar Mal mit ihr telefoniert. Vielleicht würde sie morgen zum Tee oder auf einen Drink bei ihr vorbeigehen, wie Anja vorgeschlagen hatte. Jessica freute sich sehr darauf, ihre alte Lehrerin und Mentorin wiederzusehen – schließlich war sie der Hauptgrund, warum sie nach Paris gekommen war.

Jessica war bereits seit drei Tagen in der Stadt, aber ihre Arbeit hatte sie bisher voll und ganz in Anspruch genommen. Sie hatte ein paar Wochen zuvor einen Auftrag von einem wichtigen Kunden erhalten, dieser wollte sein Haus in Bel Air neu einrichten. Jessica hatte für eine Ausstattung mit provenzalischen Antiquitäten und Stoffen plädiert, und der Kunde hatte eingewilligt. Deshalb hatte sie in den letzten Tagen die besten französischen Antiquitätenhändler und führenden Teppichgeschäfte in Paris aufgesucht. An diesem Morgen erst hatte sie sich in eine Stoffkollektion verliebt und sie sofort gekauft, zusammen mit einer außergewöhnlichen Tapete, die hervorragend in die Eingangshalle des Hauses passen würde.

Zufrieden mit ihrem Erfolg war sie ins Hotel zurückgekehrt, um ihre Aktentasche abzustellen, ihr Make-up zu erneuern und sich die Haare zu bürsten. Danach war sie rasch in einen leichteren marineblauen Hosenanzug geschlüpft und zum Lokal gelaufen, denn sie war bereits spät dran.

Innerhalb weniger Minuten war sie am Chez André angelangt und trat in das gut besuchte, laute Lokal mit seinem typischen Pariser Charme. Um diese Uhrzeit waren viele Geschäftsleute hier, aber als sie sich umblickte, entdeckte sie Alain sofort.

Er winkte ihr zu, sprang auf und kam ihr entgegen, um sie zu begrüßen. Er machte großes Aufhebens um sie, und nachdem sie sich liebevoll geküsst und umarmt hatten, setzten sie sich nebeneinander auf die Bank.

»Du wirst immer schöner, Jessica!« Alain schüttelte staunend den Kopf. »Du wirst gar nicht älter, im Gegensatz zu mir.«

»Das ist sehr schmeichelhaft, Alain, aber du bist einfach nicht unvoreingenommen. Ich finde jedenfalls, du siehst sehr gut aus.«

»Meine Haare werden grau, *chérie*.«

»Aber du hast trotzdem noch ein junges Gesicht«, erwiderte sie lächelnd, wobei sie dachte, dass er immer noch attraktiv war.

»Möchtest du einen Aperitif?«

»Danke, das wäre schön. Ich nehme das Gleiche wie du«, fuhr sie mit einem Blick auf seinen Kir Royal fort.

Alain bestellte ihr Getränk und sagte dann: »Ich weiß,

dass du zu dem Geburtstagsfest deiner Lehrerin gekommen bist, aber du sagtest auch etwas darüber, dass du Antiquitäten, Teppiche und Kunstwerke für das Haus eines Kunden kaufen wolltest. Kann ich dir dabei irgendwie behilflich sein?« Fragend zog er seine dunklen Augenbrauen hoch. Alain Bonnal hatte Jessica immer bewundert, er war aufrichtig an ihrem Leben interessiert.

»Es handelt sich um ein Haus in Bel Air«, erwiderte Jessica. »Ein wunderschönes Haus, Alain, und ich finde, französische Landmöbel würden hervorragend hineinpassen. Der Besitzer hat mir freie Hand gelassen.« Sie lachte. »Manchmal, wenn ich ein Haus neu einrichten soll, wollen die Kunden im Grunde genau das, was sie schon haben, nur eben neuer. Da habe ich dann überhaupt keinen Spielraum zum Gestalten.«

»Ich weiß, was du meinst. Die meisten Menschen hassen Veränderungen.«

Der Kellner brachte Jessicas Aperitif, und sie hob ihr Glas. »Cheers, Alain, es ist schön, dich endlich wiederzusehen.«

»Ja, wir haben uns zwei Jahre lang nicht mehr gesehen. *À votre santé*, Jessica. Willkommen in Paris!«

»Du bist also immer noch nicht verheiratet«, bemerkte sie, nachdem sie einen Schluck getrunken hatte.

Er schmunzelte. »Ich bin ein eingefleischter Junggeselle. Aber vermutlich habe ich nur nie die richtige Frau gefunden.«

»Ich könnte dir jede Menge schöne Frauen vorstellen, wenn du das nächste Mal nach Los Angeles kommst«, neckte sie ihn.

Verhalten lächelnd trank er einen Schluck. Nach einer Weile fuhr er fort: »Du hast mich gefragt, ob ich interessante Bilder hätte, zufällig habe ich gerade einige hereinbekommen. Sie stammen aus einem Landhaus, das verkauft werden soll, weil der Besitzer gestorben ist. Sein Sohn möchte einige Bilder verkaufen. Ich glaube, du solltest sie dir einmal anschauen – sie sind wirklich ungewöhnlich, und du könntest sie günstig bekommen.«

»Ja, gerne.«

»Sollen wir nach dem Essen in die Galerie gehen?«

Jessica dachte einen Moment lang nach. »Nein, heute nicht, Alain. Ich kann einfach nicht mehr. Jetlag, vermutlich.«

»Dann musst du jetzt sofort etwas zu essen bekommen.« Er winkte dem Kellner, der ihnen die Speisekarten reichte und ihnen vortrug, was es an Tagesempfehlungen gab.

»Oh, du meine Güte, mein Lieblingsessen!«, rief Jessica nach einem Blick auf die Speisekarte aus. »*Cervelle au beurre*. Das nehme ich.«

»Du und Lucien, ihr habt immer Hirn gegessen. Also ich nehme lieber ein Steak. Was möchtest du als Vorspeise? Es gibt weißen Spargel.«

»Oh ja, wunderbar, Alain. Danke.«

Nach einem Blick in die Weinkarte bestellte Alain einen trockenen Weißwein, einen Pouilly-Fumé.

Danach fragte Jessica: »Bist du denn morgen da, Alain? Oder ist die Galerie samstags geschlossen?«

»Nein, wir haben geöffnet. Ich würde mich freuen, wenn du morgen kommst. Ein paar der Bilder werden dich sicher beeindrucken.«

Während sie auf den ersten Gang warteten, unterhielt sich Jessica mit Alain über Kunst, was ihm Spaß machte, weil sie so viel davon verstand. Madame Sedgwicks Kunstschule hat sich ausgezahlt, dachte er, während er ihren Ausführungen lauschte.

Alain Bonnal arbeitete mit seinem Vater und seinem Bruder in der Galerie, die sein Großvater, Pierre Bonnal, schon vor dem Zweiten Weltkrieg gegründet hatte. Sie war eine der besten in Paris und besonders angesehen wegen einer großen Sammlung von Impressionisten und Postimpressionisten.

Während sie sich unterhielten, hatte Alain immer wieder das Gefühl, die Zeit sei stehen geblieben. Jessica war wirklich kaum älter geworden. Natürlich wirkte sie reifer, aber ihre Haut war faltenlos, und ihre langen, hellblonden Haare fielen ihr noch genauso wie früher bis auf die Schultern. Und sie war noch genauso schlank, hatte ihre hübsche Figur behalten.

Als der Spargel serviert wurde, murmelte Alain: »Haben wir nicht Glück! Es ist genau die richtige Jahreszeit.«

Jessica nickte und begann zu essen. Zwischen zwei Bissen erwiderte sie: »Ich habe gar nicht gemerkt, wie hungrig ich bin.«

Als der Kellner den Wein brachte, genehmigte Jessica sich auch ein Glas, und nachdem die leeren Teller abgeräumt worden waren, lehnte sie sich auf der Bank zurück.

»Du siehst nachdenklich aus«, meinte Alain.

»Ach ja? Nun, um ehrlich zu sein, ich möchte dir etwas erzählen. Es hat mit Lucien zu tun.«

Er nickte und schaute sie fragend an.

»Kürzlich habe ich einem Freund von Luciens Verschwinden erzählt«, fuhr sie fort, »und er hat mich auf eine ganz neue Idee gebracht.«

»Was meinst du damit?«, fragte er verwirrt.

»Wir haben damals jede Möglichkeit durchgesprochen, nur eins haben wir nie bedacht ... dass Lucien vielleicht freiwillig verschwunden ist. Du weißt schon, absichtlich.«

Alain blickte sie verwundert an. »*Mais non, non, ce n'est pas possible!*«, rief er dann aus, unwillkürlich in seine Muttersprache verfallend. Er schüttelte heftig den Kopf. »So ein Mann war er nicht, Jessica. Er wäre nie absichtlich verschwunden. Was für einen Grund sollte er denn dazu gehabt haben?«

»Vielleicht wollte er ein neues Leben beginnen.«

»Ah, *non, non*! Das ist doch lächerlich! Ihr beiden hatte so wundervolle Pläne. Und du weißt doch, wie er war, so ... aufrichtig. Er war immer ein ehrlicher Mann. Nein, nein, so etwas hätte er nie gemacht.«

Jessica schaute Alain nur stumm an.

Es war ihm deutlich anzusehen, dass ihn der Gedanke genauso verstörte wie sie, als Mark Sylvester ihn geäußert hatte.

Seit Luciens Verschwinden hatte sie sich mehr als einmal gefragt, ob Alain Bonnal wohl mehr darüber wusste, als er zugeben wollte. Aber an seiner Reaktion merkte sie, dass das sicher nicht der Fall war. Er hatte sich noch nie besonders gut verstellen können. Lucien war der Schauspieler gewesen.

»Was ist los, Jessica?«, fragte Alain. »Du machst so ein seltsames Gesicht ...« Er beendete seinen Satz nicht.

Langsam antwortete sie: »Weißt du, Alain, ich hatte immer tief in mir das Gefühl ... aus dem Bauch heraus ... dass Lucien noch lebt. Irgendwo da draußen. Und ich werde dieses Gefühl nicht los.«

Alain Bonnal war ganz blass geworden und starrte sie mit aufgerissenen Augen an.

Als sie später wieder in ihrem Hotel war und sich die Stoffmuster durchsah, die sie von den Händlern mitgenommen hatte, dachte Jessica noch einmal an Alains ungläubige Reaktion auf ihre Vermutung.

Wieder kamen ihr Zweifel. Schauspielerte er doch? Wusste Alain mehr, als er sagte? Er war so blass geworden, kreideweiß, als ob er Angst hätte. Ja, genau, plötzlich hatte er so erschreckt ausgesehen. Hatte sie den Nagel auf den Kopf getroffen? Wusste er, dass Lucien sein eigenes Verschwinden inszeniert hatte? Wenn jemand spurlos verschwinden wollte, brauchte er dann nicht Hilfe? Vielleicht, aber vielleicht auch nicht.

»Oh, um Gottes willen, er ist tot!«, schrie sie ins leere Zimmer. Bestimmt war Lucien in Monte Carlo etwas Schreckliches zugestoßen. Auf einmal war sie es leid, dieses tragische Ereignis in ihrem Leben mit sich herumzuschleppen. Sie musste endlich aufhören zu grübeln.

Leb dein Leben, befahl sie sich. Du kannst nicht immer nur in der Vergangenheit wühlen ...

Das schrille Klingeln des Telefons riss sie aus ihren Gedanken. »Hallo?«, sagte sie.

»Hi, Jess, ich bin's. Mark Sylvester.«

»Mark, hallo! Wie geht es Ihnen?«

»Hervorragend. Und Ihnen?«

»Ich habe ein bisschen Jetlag, aber sonst ist alles in Ordnung. Es ist schön, Ihre Stimme zu hören. Sind Sie in L.A.? Oder in London?«

Er lachte. »Ich bin in Paris.«

Überrascht schwieg sie. Dann fragte sie: »Wo wohnen Sie?«

»Nebenan. Nun, nicht direkt nebenan, aber auf dem gleichen Flur. Ich bin im Plaza-Athénée«, erwiderte er lachend. »Was halten Sie davon, wenn wir heute Abend essen gehen? Haben Sie Zeit?«

»Ja, eigentlich habe ich Zeit.«

»Dann sind wir also verabredet. Haben Sie Lust aufs Tour d'Argent?«

»Ja, wunderbar.«

»Ich klopfe um acht an Ihre Tür. Ist Ihnen das recht, Jess?«

»Ja. Ich kann es kaum erwarten, Sie zu sehen.«

18

Sie saßen zusammen im Garten unter dem alten Kirschbaum, die alte Frau und ihr junger Gast. Die angesehene Lehrerin und ihre ehemalige Lieblingsschülerin. Anja und Alexandra.

Wie aus einem Holz, sagte Nicky Sedgwick von ihnen, weil sie sich so ähnlich waren. Zwei Frauen unterschiedlicher Herkunft, die man doch für blutsverwandt hätte halten können. Aber die meisten Leute dachten ja auch, er sei mit Anja verwandt und nicht nur ihr angeheirateter Neffe.

Das war allerdings verständlich; immerhin hatte sie vom Tag seiner Geburt an großen Einfluss auf ihn gehabt. Er war ebenso ihr Geschöpf wie Alexandra.

Nicky stand im Haus und blickte durch das Fenster auf die beiden Frauen. Sie tranken ihren Kaffee nach dem Mittagessen und unterhielten sich lebhaft. Sie fühlen sich so wohl miteinander, dachte er. Alexa wirkt wie eine junge Frau, die sich ihrer Großmutter anvertraut.

Seine frühere Assistentin sah so reizend aus wie eh und je, stellte er fest, auch wenn sie ihre dunklen Haare jetzt kürzer trug. Aber es sah chic aus, und sie betonte es auch noch geschickt durch ihr graues Nadelstreifenkostüm mit dem kurzen Rock. Tolle Beine, dachte er. Ihm gefielen die kurzen Haare auch, weil sie ihren langen Hals und die hübschen Ohren frei ließen. Sie trug goldene Ohrringe und eine Goldkette um den Hals. Alexa hatte immer schon Stil gehabt.

Neben Alexandra Gordon wirkte Anja wie die Personifizierung der Grande Dame. Ihre Haltung war königlich, und sie sah blendend aus mit ihren sorgfältig frisierten blonden Haaren und ihrem perfekten Make-up. Anja trug ihre Arbeitsuniform, wie sie es immer nannte: graue Flanellhose, weiße Seidenbluse und marineblauen Blazer. Damit wirkt sie immer so englisch, dachte Nicky, aber schließlich ist sie das ja auch in vielen Dingen, auch wenn sie seit sechzig Jahren in Frankreich lebt. Ihr Englisch klang nach Oberschicht; wenn sie Französisch redete, konnte man sie ohne weiteres für eine Pariserin halten, und Russisch sprach sie natürlich auch fließend. Das war ein besonderes Talent.

Nun trat Nicky in den Garten und rief: »Guten Tag, meine Damen!«

Die beiden unterbrachen ihr Gespräch und blickten auf. Als Alexandra ihn erkannte, sprang sie auf und fiel ihm um den Hals. Sie umarmten sich, dann hielt er sie auf Armlänge von sich entfernt. »Na, du siehst ja toll aus, mein Mädchen!«, sagte er mit seinem besten Cockney-Akzent.

Alexa lachte. Er hatte sich gerade genau wie Jack angehört.

»Tut mir Leid, Alexa, ich bin ein wenig zu früh. Ich wollte eure Unterhaltung nicht stören«, entschuldigte er sich.

»Das ist schon in Ordnung, mein Lieber, nicht wahr, Alexa?«, erklärte Anja.

»Ja, natürlich, obwohl ich dir noch stundenlang zuhören könnte«, erwiderte Alexa und setzte sich wieder.

Anja lächelte. »Hören wir statt dessen Nicky zu. Setz dich doch, Nicholas, mein Lieber. Ich kann es nicht ertragen, wenn du da stehst wie ein nervöser Kellner in einem halb leeren Bistro.«

Lachend trat Nicky zu einem der schmiedeeisernen Stühle und setzte sich hin.

Liebevoll streichelte er Alexandras Arm. An die junge Frau gewandt, erklärte Anja: »Ich habe Nicky letzte Woche um einen Gefallen gebeten, der etwas mit dir zu tun hat, Alexa. Aber ich übernehme die volle Verantwortung. Du musst wissen, dass es nicht Nickys Idee war, sondern meine. Er ist jetzt hier, um mir zu berichten.«

Alexa blickte verwirrt von einem zum anderen, erwiderte aber nichts.

»Vor ein paar Wochen hatte Anja das Gefühl, du wolltest vielleicht nicht zu ihrem Fest kommen wegen Tom Conners«, begann Nicky. »Sie dachte, du fühlst dich seit eurer Trennung in Paris nicht mehr so wohl. Also schlug sie vor, ich solle ein paar Erkundigungen über Tom einholen.«

»Ich verstehe«, murmelte Alexa. Ihre Stimme klang neutral, aber sie spürte, wie sie sich anspannte.

»Aber ich habe die Idee wieder verworfen«, erklärte Anja, »weil ich das Gefühl hatte, es sei nicht recht, wenn Nicky in Toms Leben herumstocherte.«

»Also unternahm ich nichts«, fuhr Nicky fort. »Bis letzte Woche, als Anja wieder einmal ihre Meinung änderte.«

»Er ist noch in Paris, das weiß ich«, verkündete Alexa.

Überrascht blickten die beiden sie an.

»Als deine Einladung kam, habe ich in seinem Büro angerufen – er hat selbst abgehoben, und ich hab den Mut verloren und schnell wieder aufgelegt.«

»Also hast du ihn immer noch nicht vergessen«, murmelte Anja. »Das hatte ich mir gedacht.«

»Ja. Weißt du, Anja, ich möchte dieses Kapitel endlich abschließen, damit ich ein normales Leben führen kann.«

»Braves Mädchen!«, rief Anja aus und strahlte sie an. »Nun, dann haben wir dir vermutlich Arbeit abgenommen. Oder besser Nicky.«

Alexa nickte. Sie wartete ungeduldig auf das, was er zu berichten hatte.

»Ich habe mit einigen Leuten geredet, von denen ich wusste, dass sie ihn kennen«, begann Nicky. »Im Großen und Ganzen hat sich in Toms Leben nichts geändert, Alexa. Er ist nicht verheiratet, und soweit ich es beurteilen kann, gibt es auch keine Frau in seinem Leben. Ich höre allerdings, dass ihn die Frauen umschwärmen, aber das ist ja nichts Neues. Er ist begehrt, erfolgreich und Junggeselle. Er arbeitet immer noch in der gleichen Anwaltskanzlei, aber das wusstest du ja bereits. Es sieht so aus, als sei alles beim Alten.« Nicky lehnte sich auf seinem Stuhl zurück und warf Anja einen Blick zu.

»Mehr hast du nicht herausgefunden?«, fragte Anja stirnrunzelnd.

Er schüttelte den Kopf. »Nein. Tom wohnt sogar noch in derselben Wohnung. Aber ich kenne einen Typen bei Clee Donovan's Fotoagentur, der ein alter Kumpel von Tom ist, und ...«

»Das ist bestimmt Charles Dugdale«, warf Alexa rasch ein. »Sie sind gute Freunde.«

»Ja, genau.« Nicky lächelte ihr zu und fuhr fort: »Charlie hat mir erzählt, dass Tom kürzlich Geld geerbt und ein Haus in der Provence gekauft hat. Einen Bauernhof oder ein Landhaus – ich weiß es nicht genau.«

Anjas Gesicht hellte sich auf. »Oh, tatsächlich? Wie interessant! Ob er wohl bei mir in der Nähe wohnt?«

Nicky brach in Lachen aus. »Anja, du bist unverbesserlich! Immer auf der Suche nach Leuten, die du zum Essen einladen kannst, was? Immer willst du interessante Gesellschaft!«

»Warum denn nicht? Interessante Menschen sind doch viel angenehmer als Langweiler.«

Nicky lächelte sie liebevoll an. »Dann freut es dich sicher zu erfahren, dass Toms Haus ganz in der Nähe von deinem ist. Es liegt etwas außerhalb von Aix-en-Provence.«

»Reizend«, erwiderte Anja. Ihre Augen funkelten vor Vergnügen.

»Soll das heißen, dass Tom aus Paris weggeht und die Kanzlei verlässt?«, fragte Alexa.

»Ich weiß nicht«, erwiderte Nicky. »Charlie war sich auch nicht so sicher. Das ist alles, was ich herausgefunden habe, Alexa, abgesehen davon, dass es ihm gut geht und dass er, laut meiner Freundin Angélique, immer noch so gut aussieht wie eh und je.« Er grinste sie an. »Eine große Ausgabe des anderen Tom.«

Stirnrunzelnd warf Anja ein: »Des anderen Tom? Wen meinst du damit, Nicky?«

»Cruise. Tom Cruise.«

»Oh, Nicky, du bist wirklich eine Pest«, schimpfte Anja. »Manchmal weiß ich wirklich nicht, wovon du eigentlich redest. Immer diese Anspielungen auf die Filmwelt.« Sie ergriff Alexas Hand und fuhr sanfter fort: »Nun, Liebling, jetzt weißt du, wo es lang geht. Warum rufst du Tom dieses Wochenende nicht einfach mal an? Wenn der Anrufbeantworter läuft, hinterlass aber bitte eine Nachricht, sonst kommen wir ja überhaupt nicht weiter.«

Alexa lachte. Sie fühlte sich auf einmal ganz leicht. »Danke für deine Nachforschungen, Nicky. Ich bin dir was schuldig. Wann reden wir eigentlich über den Film? Heute noch?«

»Leider nicht«, erwiderte Nicky mit einem Blick auf seine Armbanduhr. »Tut mir Leid, Alexa, aber ich muss gehen. Ich hoffe, du verzeihst mir, Anja, dass ich hier einfach so hereingeschneit bin und gleich wieder abhaue, aber ich muss mich umziehen. Ich habe eine Verabredung heute Abend.« Er stand auf und küsste seine Tante auf die Wange. »Ich gehe mit Maria essen, das freut dich sicher.«

»Das freut mich sogar sehr! Sie ist eine reizende junge Frau«, erwiderte Anja und tätschelte ihm die Schulter.

Er trat um den Tisch herum und küsste auch Alexandra zum Abschied. »Wenn du morgen Zeit hast, können wir miteinander zu Mittag essen«, sagte er.

»Ja, wo sollen wir uns treffen?«

»Ich lade dich ins Relais im Plaza-Athénée ein. Um eins. Okay?«

»Ich bin da«, antwortete Alexa.

Anja erhob sich, hakte ihn unter und brachte ihn zur Tür. »Ich bin dir wirklich sehr dankbar, Nicky, dass du dir so viel Mühe gemacht hast wegen Tom.«

»Alexa wahrscheinlich auch«, murmelte er. »Sie sah richtig erleichtert aus, als sie erfuhr, dass er nie geheiratet hat, fandest du nicht?«

»Möglich«, erwiderte Anja. Sie war sich nicht ganz sicher. In ihren langen Jahren als Lehrerin hatte sie eins gelernt: Junge Frauen konnten sehr kompliziert sein.

19

»Ich bin froh, dass du mich nicht für eine aufdringliche alte Frau hältst, die sich in Dinge einmischt, die sie nichts angehen«, sagte Anja, als sie wieder auf ihrem Stuhl unter dem Kirschbaum saß. Leise seufzend fuhr sie fort: »Manche Leute halten mich dafür, mein Liebes, aber bei dir würde es mir wirklich etwas ausmachen.«

»Für mich bist du nicht alt, und eingemischt hast du dich doch nur, um mir zu helfen«, beruhigte Alexa sie. »Vorwarnung ist die beste Warnung. Ich höre förmlich, wie du das gedacht hast. Habe ich Recht?«

»Ganz genau!«

»Es überrascht mich, dass Nicky mir keinen Vortrag gehalten hat«, meinte Alexa. »Früher haben er und Larry mich ständig vor Tom gewarnt. Sie meinten, er würde mir nur Kummer machen.«

»Nicky kann einen manchmal auf die Palme bringen, aber er ist ein lieber Kerl und er mag dich sehr. Und damals hat er nicht so Unrecht gehabt, Alexa, oder?«

»Wie gewöhnlich hast du Recht.« Alexa warf Anja einen fragenden Blick zu. »Hat Nicky eben Maria Franconi gemeint?«

»Ich glaube schon.« Anja lehnte sich auf ihrem Stuhl zurück und wandte ihren Kopf ab, um ihr Lachen zu verbergen. Alexa wirkte völlig entsetzt bei der Aussicht, dass Nicky sich ausgerechnet mit Maria einlassen könnte.

»Ich fasse es nicht! Und ich verstehe es auch nicht. Er ist doch mit Connie Aykroyd verheiratet.« Verwirrt und verärgert schüttelte Alexa den Kopf.

»Nicht mehr. Anscheinend ist seine Ehe am Ende, sie sind nur noch nicht im juristischen Sinn getrennt. Nicky ist schon vor einiger Zeit aus dem gemeinsamen Hause ausgezogen, und mittlerweile fühlt er sich wohl wieder in der Lage, auf andere Frauen zuzugehen.«

»Und offensichtlich hat sich bei Maria Franconi ... Oh, mein Gott, Anja, sie passen doch gar nicht zusammen!«

»Das sehe ich nicht so, Liebling. Nicky mag sie sehr gern.«

»*Wirklich*? Wie erstaunlich. Wie geht es ihr denn überhaupt?«

»Anscheinend sehr gut. Sie hat achtundvierzig Pfund abgenommen.«

»Hatte sie so viel zugenommen?«, rief Alexa lachend aus. Sie kniff die Augen zusammen. »Mann, o Mann, das hat bestimmt an all der Pasta gelegen.«

Anja unterdrückte ein Lächeln. So bissig kannte sie ihre Alexa gar nicht. »Menschen werden aus allen möglichen Gründen dick, aber Maria hat wenigstens etwas dagegen unternommen. Und die paar Pfunde, die sie jetzt noch zu viel hat, trägt sie mit Würde. Außerdem hat sie ja ein bemerkenswert schönes Gesicht.«

»Ja, das stimmt, das muss ich zugeben.«

Anja runzelte die Stirn. »Ich höre an deinem Tonfall, dass du immer noch böse auf Maria und ihren *Verrat* bist. So hast du es doch damals genannt, oder nicht?«

»Sie war eine Verräterin«, erwiderte Alexa mit harter Stimme.

»Willst du mir nicht doch erzählen, worum es eigentlich ging?«

»Nein, Anja. Es war alles grässlich, sehr unangenehm, und sie hat sich extrem unfair verhalten.«

Anja hütete sich, Alexa zu bedrängen. Stattdessen sagte sie: »Jessica ist übrigens auch schon hier, und gestern habe ich eine Nachricht von Kay Lenox erhalten. Sie müsste jeden Moment ankommen, wenn sie nicht schon da ist. Ich hoffe wirklich, dass ihr vier euch wieder vertragt.«

Alexa blickte auf, weil ihr Anjas leicht vorwurfsvoller Ton nicht entgangen war. Sie tätschelte ihr die Hand. »Natürlich werden wir das … Ich werde sie schon dazu bringen, dass sie sich auf deinem Fest mustergültig benehmen! Darauf kannst du dich verlassen.«

Anja schmunzelte. »Du bringst mich doch immer wieder zum Lachen, Alexa, vor allem wenn du versuchst, so tough zu sein.«

»Ich bin tough.«

»Du doch nicht, mein Liebling.«

»Ich hoffe aber doch! Ich bin stark und widerstandsfähig – das ist für mich die eigentliche Bedeutung von tough.«

»Ja, du hast natürlich Recht. Lass uns jetzt nicht um Worte streiten.«

Anja schwieg, dann sagte sie plötzlich: »Ich habe auch einmal einen Mann wie deinen Tom Conners gekannt, und es war eine sehr schwierige Zeit für mich.«

»Wann war das?«, fragte Alexa leise. Anjas Stimme klang zornig, und sie hatte einen bitteren Zug um den Mund.

»Oh, das ist lange her. Ein paar Jahre nachdem mein geliebter Hugo gestorben war. Ich lernte einen anderen Mann kennen, wie das eben so geschieht, wenn man sich nicht zu Hause vergräbt. Er war Witwer. Seine Frau sehr jung an Krebs gestorben. Es muss eine Tragödie gewesen sein, weil sie offenbar erst in den Zwanzigern war. Aber er nahm ihren Tod ständig als Vorwand, um einer echten Beziehung aus dem Weg zu gehen. Er hatte Schuldgefühle, weil er noch lebte.«

»Was ist dann passiert?«

»Eines Tages habe ich ihn verlassen. Ich konnte es nicht mehr ertragen, und ich war auch nicht bereit zu leiden, nur weil eine andere Frau zu früh gestorben war. Außerdem hatte ich es satt, ständig mit einer Toten verglichen zu werden, die in seiner Erinnerung zu einer Heiligen geworden war.«

»Hat er ... hat er jemals wieder geheiratet, Anja?«

»Soweit ich weiß, nicht.«

»Und wo ist er jetzt?«

»Ach du meine Güte, woher soll ich das wissen? Wahrscheinlich ist er tot. Oder er trägt immer noch sein Kreuz und bemitleidet sich selber.« Anja erschauerte und stand auf. »Es wird kühler, Alexa. Lass uns hineingehen.«

Sie traten ins Haus und gingen in die kleine Bibliothek. Anja schaltete die Lampen ein und sagte zu Alexa: »Liebling, tu mir einen Gefallen und zünde das Feuer an. Mir ist auf einmal so kalt.«

Alexa kniete sich vor den Kamin, hielt ein Streichholz an die Holzspäne und die zusammengeknüllte Zeitung auf dem Rost, und als sie Feuer gefangen hatten, legte sie Holzscheite darauf. Dann stand sie wieder auf und setzte sich. Anja saß bereits in ihrem Lieblingssessel. »Danke, Alexa.«

Sie nahm den Gesprächsfaden wieder auf. »Diese Männer haben eine Frau wie mich oder dich nicht verdient. Also tu mir einen Gefallen und zieh die Geschichte mit Tom Conners nicht unnötig in die Länge. Wenn du gehen musst, dann geh und leb dein Leben ohne ihn. Eines Tages wirst du einen anderen Mann kennen lernen.« Sie warf Alexa einen scharfen Blick zu. »Eigentlich überrascht es mich, dass es noch keinen anderen gibt.«

»Oh doch, Anja, es gibt einen. Er heißt Jack ... Jack Wilton. Er ist Künstler, sehr begabt und erfolgreich. Er möchte mich heiraten.«

»Und du, Alexa? Was empfindest du für ihn?«

»Ich mag Jack sehr, eigentlich liebe ich ihn sogar, aber ...« Sie schüttelte den Kopf. »Es ist nicht das Gleiche wie mit Tom. Aber wir sind so gut wie verlobt.«

Sie biss sich auf die Lippe und blickte Anja bekümmert an. »Ich kann einfach keinen Mann heiraten, während ich mich nach einem anderen sehne.«

»Das ist sehr anständig von dir. Aber Anstand allein reicht nicht – sei mutig Alexa. Du brauchst keine Angst zu haben ... Stell dich Tom und auch Jack, wenn es sein muss ..., nimm dein Herz in beide Hände, und sei aufrichtig.«

»Ja, du hast Recht, Anja. Letztendlich kommt man sowieso nur mit Aufrichtigkeit weiter.«

»Es ist gar nicht so schwer, wie du denkst.« Anja lächelte sie ermutigend an. Mit dem Kopf wies sie auf ihren kleinen Schreibtisch in der Ecke. »Da steht das Telefon. Na los, ruf Tom an. Zögere es nicht länger hinaus.«

Einen Moment lang geriet Alexandra völlig aus dem Gleichgewicht und schrumpfte förmlich in ihrem Sessel. Aber dann stand sie entschlossen auf und trat zum Telefon. Als sie den Hörer ergriff, sagte sie zu Anja: »Was habe ich schon zu verlieren?«

»Nichts. Überhaupt nichts. Du kannst nur etwas gewinnen.«

Mit zitternden Fingern wählte Alexandra Toms Durchwahl im Büro.

»Tom Conners«, meldete er sich schon nach dem zweiten Läuten.

Sie bekam kaum Luft. Schon allein seine Stimme lähmte sie. Sie lehnte sich an den Schreibtisch und schluckte. Ihr Mund war ganz trocken.

»Tom Conners *ici*«, sagte er noch einmal.

»Hallo, Tom, ich ...«

Er schnitt ihr jedes weitere Wort ab. »Alexa – wo bist du?«

Im ersten Moment versagte ihr die Stimme, weil er sie sofort wiedererkannt hatte. Und dann sprudelte sie hervor: »Ich bin in Paris, und es geht mir gut, Tom. Wie geht es dir?«

»Okay, es ist alles okay. Bist du geschäftlich in Paris?«

»So in etwa«, antwortete sie. »Eigentlich bin ich wegen Anjas fünfundachtzigstem Geburtstag hier.« Sie warf Anja einen Blick zu und sah, dass sie ihr etwas zuflüsterte, konnte sie jedoch nicht verstehen.

»Lad ihn ein, wenn er dich nicht einlädt«, sagte Anja schließlich wie eine Souffleuse im Theater.

»Schwer vorstellbar, dass Anja schon fünfundachtzig wird.« Tom lachte. »Können wir uns sehen, Alexa? Hast du Zeit?«

Vor Erleichterung wurden ihr die Knie weich. »Ja, gerne. Wann passt es dir?«

»Wie wäre es mit morgen Mittag?«

»Da kann ich leider nicht. Ich bin mit Nicky Sedgwick verabredet. Wir machen dieses Jahr einen Film zusammen und müssen einiges besprechen. Ich kann den Termin einfach nicht verschieben.«

»Das ist schon okay. Wie wäre es dann mit morgen Abend?«

»Ja.«

»Sollen wir dann zusammen essen?«

»Das wäre schön, Tom.«

»Wo wohnst du?«

»Im Meurice.«

»Ich komme dich gegen halb sieben abholen. Passt dir das?«

»Ja, gut. Bis dann also.«

»Wunderbar«, erwiderte er und legte auf.

Alexa hielt den Telefonhörer umklammert und starrte Anja staunend an.

Die begann zu lachen. »Du siehst so aus, als könntest du es nicht fassen, Alexa.«

»Das kann ich auch nicht«, erwiderte sie und legte den Hörer auf.

»So schwer war es doch gar nicht, oder?«, fragte Anja.

»Eigentlich nicht, aber ich habe am ganzen Leib gezittert.«

»Ich weiß. Manche Männer haben diese Wirkung auf Frauen.«

»Vermutlich liebe ich ihn immer noch«, begann Alexa, aber ihre Stimme schwankte.

»Vielleicht. Morgen Abend wirst du es wissen.«

Alexa sank in ihren Sessel und nickte.

20

Wieso war sie nur so lange nicht in diese Stadt gekommen?, fragte sich Kay, während sie die Champs-Élysées entlang ging. Obwohl es nur eine Flugstunde von London und nicht viel weiter von Edinburgh entfernt war, »hüpfte« sie nie einfach herüber, wie es so viele Leute taten. Ian reiste nicht gerne, und sie wollte die Wochenenden mit ihm verbringen.

Aber immerhin war Paris in jeder Hinsicht eine Modestadt, und sie war in der Modebranche, deshalb hätte sie eigentlich viel öfter hierher kommen müssen. Es gab so viel zu sehen und zu lernen, schalt Kay sich im Stillen aus.

Sie musste an die glücklichen Jahre auf Anjas Schule denken. Auch wegen Anja hätte sie häufiger hierher kommen sollen, schließlich war sie ihre Mentorin und aufrichtige Freundin gewesen.

»Immer kommt etwas dazwischen«, murmelte sie vor sich hin, »aber das ist keine Entschuldigung.« Wie oft hatte sie schon die Absicht gehabt, sich Anja anzuvertrauen, sie um Rat zu fragen, und nie hatte sie es getan. Das erstaunte sie selbst. Aber jetzt war nicht der richtige Zeitpunkt, um ihr Verhalten zu analysieren. Energisch verdrängte sie ihre Gedanken. Es gab andere Probleme zu lösen.

Kay holte tief Luft und blickte sich um. Paris war die schönste Stadt auf der Welt, und heute früh war es ganz besonders schön. Am blauen Himmel trieben weiße Schäfchenwolken, und die Sonne strahlte auf die alten Gebäude. Viele von ihnen waren für die Jahrhundertfeier gereinigt worden, und die Fassaden schimmerten im hellen Licht.

Kays Blick fiel auf den Arc de Triomphe. Darunter flatterte die Trikolore – der Anblick war bewegend. Die Flagge symbolisiert so viel, den ganzen Mut und den Triumph des Landes, dachte sie.

Anja hatte ihnen die Geschichte Frankreichs nahe gebracht, obwohl das eigentlich nicht Bestandteil des Lehrplans war. Sie wusste unglaublich viel über den Zweiten Weltkrieg, da sie ihn miterlebt hatte, und sie hatte ihnen erzählt, was in dieser schrecklichen Zeit auf beiden Seiten des Kanals vorgefallen war. Und von der drohenden Zerstörung der Stadt durch die Besatzer, wie Hitler es befohlen hatte, als sich 1944 die Alliierten der Stadt näherten. General von Choltitz hatte bereits Dynamit unter dem Triumphbogen, dem Invalidendom und dem Eiffelturm legen lassen, es jedoch in der letzten Minute dann nicht übers Herz gebracht, die Ladungen zu zünden.

Sie hatte mittlerweile die Place Charles de Gaulle erreicht, auf der der Arc de Triomphe stand. Wie ein Zwerg kam sie sich neben dem riesigen Bauwerk vor, das Napoleon hatte errichten lassen, um seinen Sieg bei Austerlitz zu feiern. Damals hatte er seinen Männern verkündet, er würde durch einen Triumphbogen in die Stadt einziehen, und noch heute war es der Ausgangspunkt für alle großen nationalen Ereignisse und Paraden.

Einmal war sie mit Anja, Alexa, Jessica und Maria auf die Spitze gestiegen, und sie hatten von dort über die Stadt geblickt. Erst da hatte sie verstanden, warum man den Triumphbogen auch l'Étoile, den Stern, nannte. Er stand genau im Mittelpunkt von zwölf Straßen, die wie die Strahlen eines Sterns auf ihn zuliefen. Viele dieser Straßen waren nach berühmten Generälen benannt, und von hier war auch die Modernisierung von Paris durch Baron Haussmann im Jahr 1852 ausgegangen.

Auf einmal musste Kay an Josephine denken. Die Kaiserin war nicht in der Lage gewesen, Napoleon einen Erben zu schenken, und schließlich hatte er sich von ihr scheiden lassen müssen, um einen Sohn zu bekommen. Er war mit Marie-Louise, der Tochter des österreichischen Kaisers, nicht besonders glücklich gewesen, obwohl sie ihm endlich den ersehnten Erben geschenkt hatte. Aber es war immer nur eine Vernunftehe gewesen, und Napoleon hatte sich zeit seines Lebens nach Josephine verzehrt. Zumindest hatte Anja ihnen das im Geschichtsunterricht erzählt: »Von dem Tag an, als er Josephine verließ, verließ ihn auch sein Glück, und bis zu seinem Tod wurde er von Missschlägen und Katastrophen heimgesucht.«

Seufzend dachte Kay an Dr. François Boujon. Sie war gestern in seiner Praxis in der Avenue Montaigne gewesen. Er hatte sie untersucht und verschiedene Tests gemacht; je nachdem, was dabei herauskam, würde sie vielleicht ein paar Tage in seiner Klinik in Barbizon in der Nähe von Fontainebleau verbringen müssen. Er hatte einen guten Ruf, und nachdem er einige Jahre in Kalifornien gearbeitet hatte, war er vor einiger Zeit in sein Heimatland zurückgekehrt.

Kay hatte den Termin bei ihm schon vor Wochen gemacht. Nervös hatte sie in seinem Wartezimmer gesessen, aber als sie ihm gegenübersaß, entspannte sie sich schnell. Sie hatte das Gefühl, bei ihm gut aufgehoben zu sein.

Vor der Untersuchung hatte Dr. Boujon ihr einige Fragen gestellt. Die meisten hatte sie wahrheitsgemäß beantwortet, aber bei einigen hatte sie gelogen. Jetzt bedrückten diese Lügen sie, deshalb war sie auch viel zu früh zu ihrer Verabredung mit Anja aufgebrochen; sie hoffte, der kleine Spaziergang würde sie ablenken.

Sie ging mittlerweile die Avenue George V. entlang, in Richtung der Place de l'Alma. In der Ferne konnte sie den Eiffelturm sehen, und ihr fiel ein, dass Nicholas Sedgwick ihr einmal gesagt hatte, man könne überall in Paris entweder den Eiffelturm oder die weiße Kuppel von Sacré-Cœur erblicken.

Wie mochte es wohl Nicky gehen? Und den anderen Mädchen, die drei Jahre lang ihre Freundinnen gewesen waren? Würden sie Anjas Fest überhaupt genießen können, wenn sie sich bis dahin noch nicht wieder versöhnt hätten? Das Leben war viel zu kurz, und es gab wichtigere Dinge als Streit unter Frauen, vor allem ein Streit, der schon sieben Jahre her war.

Das hatte Anja gestern Abend am Telefon auch zu ihr gesagt. Sie hatte gemeint, sie sollten sich wie Erwachsene benehmen. Und sie hatte Recht.

Kay fand einen Tisch in einem kleinen Straßencafé hinter der Place de l'Alma. Auf einmal verspürte sie schrecklichen Hunger. Sie hatte zum Frühstück nur eine Tasse Tee getrunken, und jetzt war es fast eins.

Als der Kellner kam, bestellte sie ein Tomatenomelett, einen grünen Salat und eine Flasche Mineralwasser. Dann lehnte sie sich zurück und beobachtete die Passanten. Dabei dachte sie über ihr Leben nach und vor allem über ihren Mann Ian, den sie so sehr liebte.

Er hatte vor ein paar Tagen aus geschäftlichen Gründen nach New York fliegen müssen, weil sein Partner sich bei einem Autounfall einen Arm und ein Bein gebrochen hatte. Ian hasste es zu reisen, und er hatte sich bitter beklagt, dass er jetzt so überstürzt den Flieger besteigen musste.

Armer Ian, dachte sie, jetzt sitzt er in einem Hotel in Manhattan. Dabei ist er mit Leib und Seele ein Landmensch, der sich in den meisten Städten unwohl fühlt.

Er würde zehn Tage weg sein, und in dieser Zeit hoffte Kay, alle Untersuchungen bei Dr. Boujon hinter sich zu bringen. Außerdem wollte sie sich nach einem guten Standort für ein neues Geschäft umschauen. Ihre Assistentin, Sophie McPherson, würde in der kommenden Woche eintreffen. Gemeinsam wollten sie dann einen Makler aufsuchen, der ihnen empfohlen worden war.

Anfangs hatte Kay die Idee, einen Laden in der Modemetropole zu eröffnen, nicht gefallen, aber Sophie hatte sie mit ihrer jugendlichen Begeisterung mitgerissen und sie letztlich überredet. Sie hatte Kay daran erinnert, wie gut sich ihre Kleider in Großbritannien und den Vereinigten Staaten verkauften, und sie war überzeugt davon, dass sie auch in Paris großen Absatz finden würden.

Na gut, dachte Kay seufzend. Sie konnte es ja versuchen – vielleicht würde es ja klappen. Im Allgemeinen hörte sie auf Sophie, weil die junge Frau einen guten Geschäftssinn hatte.

Kay trank einen Schluck Mineralwasser und dachte an ihre Zeit in Paris. Sie hatte in einem kleinen, gemütlichen Hotel am linken Seineufer gewohnt, und sie hatte ihr winziges Zimmer und das Viertel um die Place Saint-Michel geliebt.

Vielleicht sollte sie später zur Rue de la Huchette spazieren und auf einen Sprung beim Hotel Mont Blanc, wo sie drei Jahre lang gewohnt hatte, hereinschauen. Ob wohl Henri, der reizende alte Portier, noch dort arbeitete? Er war immer so freundlich gewesen und hatte sich so liebevoll um sie gekümmert.

Die Jahre in Paris waren ihre glücklichste Zeit gewesen. Sie war weit weg von den Slums in Glasgow; sie war in Sicherheit, und sie besuchte die Schule, von der sie schon seit Jahren geträumt hatte, ohne jemals zu glauben, dass sie dort mit neunzehn Jahren tatsächlich studieren würde.

Die Schule hatte ihren Horizont erweitert, sie beflügelt und in ihren Träumen und Hoffnungen bestärkt. Zum ersten Mal in ihrem Leben war sie sich besonders vorgekommen, dank Anjas liebevoller Ermutigung und ihrem Glauben an sie. Auch die anderen Lehrer hatten ihr ein völlig neues Selbstwertgefühl vermittelt, indem sie ihr zeigten, dass sie an ihre Fähigkeiten glaubten.

Das erste Mal war sie von Schottland weg gewesen, als ihre Mutter Alice sie im Harrogate College, einer altehrwürdigen, angesehenen Schule in Yorkshire, angemeldet hatte. Während ihrer Internatszeit dort hatte sie viele Freundinnen gefunden, und das Lernen hatte ihr Spaß gemacht.

Es hatte sie erleichtert, ihrer tristen schottischen Umgebung entkommen zu sein; endlich fühlte sie sich sicher. Bald schon hatte sich gezeigt, wie begabt sie war, und sie hatte alle ihre Talente entfalten können.

Sie vermisste ihre Mutter sehr und auch Sandy, aber sie durfte nicht nach Hause kommen. Alice jedoch besuchte sie in Yorkshire, wann immer es ihr möglich war, und diese Tage bedeuteten ihnen beiden viel. »Denk immer daran, mein Mädchen«, sagte Alice Smith dann zu ihr. »Jean Smith gibt es nicht mehr. Du bist jetzt Kay Lenox. Neuer Name. Neues Leben. Neue Zukunft. Du kannst nie mehr zurück.«

Immer hatte ihre Mutter sie ermutigt, ihr das neue Leben und die Zukunft in den schönsten Farben ausgemalt. In gewisser Weise hatte Alice sich geopfert, um ihrer Tochter ein besseres Leben zu ermöglichen.

Sie hat mir alles gegeben, dachte Kay. Und jetzt habe ich so viel. Aber ich kann mich nicht daran freuen, weil ich ständig Angst habe, es zu verlieren. Das ist das Problem.

Aber es wird schon alles in Ordnung kommen, sagte sie sich. Es konnte gar nicht anders sein.

21

Wie schön sie geworden ist, dachte Anja, als sie Kay Lenox erblickte.

Weil es so ein warmer Tag war, hatte Honorine, die Haushälterin, Kay in den Garten geführt, wo der Teetisch bereits gedeckt war. Aber Kay setzte sich gar nicht erst hin, sondern schlenderte über den gepflasterten Hof.

Jetzt wartete sie unter dem Kirschbaum, eine Hand auf den Stamm gelegt. Sie wusste nicht, dass sie beobachtet wurde, und ihr Gesicht wirkte verträumt.

Kay ist so groß und schlank, sie sieht fast ätherisch aus, dachte Anja und wünschte sich, sie hätte ihre Kamera dabei, weil es so ein bezauberndes Bild war.

Sonnenstrahlen glitten durch die Blütenäste und ließen Kays Haare wie einen rotgoldenen Heiligenschein aufleuchten. Sie trug ihre Haare immer noch lang, so wie damals, und aus dieser Entfernung sah sie nicht einen Tag älter aus. Ihr leuchtend blauer Anzug mit schmaler Hose und dreiviertellangem Jackett, zu dem sie hochhackige Pumps trug, war geschnitten wie die Tunika eines Maharadschas. Der Stehkragen stand ihr gut.

Der Anzug war völlig schlicht, wirkte aber ungeheuer elegant. Nun, sie war ja schon damals eine kleine Modeschöpferin, dachte Anja.

Sie trat in den Hof und rief: »Kay, meine Liebe, hier bin ich! Tut mir Leid, dass du warten musstest.« Strahlend lief sie auf sie zu, und die Freude darüber, Kay nach so langer Zeit endlich wiederzusehen, leuchtete in ihren Augen.

Kay drehte sich um und stürzte auf Anja zu, wobei sie auf ihren hohen Absätzen fast stolperte. Sie umarmten sich zärtlich. »Es ist so wundervoll, dich zu sehen!«

»Das finde ich auch, Kay. Komm, mein Liebes, setzen wir uns und trinken eine Tasse Tee, genau wie in alten Zeiten. Du musst mir alles erzählen.«

Die beiden Frauen traten zu dem schmiedeeisernen Tisch. Alles für den Nachmittagstee stand bereit. Die große silberne Teekanne mit dem dazugehörigen Milchkännchen und der Zuckerdose, ein Teller mit Zitronenscheiben. Auf einer silbernen Etagere hatte Honorine ein paar kleine Tee-Sandwiches und Kekse angeordnet. Auch eine Biskuitrolle, mit Marmelade und Sahne gefüllt, stand dort und ein englischer Früchtekuchen, der mit geschälten Mandeln verziert war.

Anja ergriff die Silberkanne und schenkte ihnen Tee ein. Dann lehnte sie sich zurück und betrachtete Kay liebevoll aus der Nähe.

»Kay, du siehst großartig aus!«, rief Anja bewundernd aus. »Und so erwachsen! Äußerst elegant!« Sie strahlte sie an. »Es ist wunderbar, dich so zu sehen.«

Kay erwiderte ihr Lächeln. »Damals war ich vermutlich noch ein bisschen ungelenk und linkisch, oder?«

»Nein, das warst du nie«, protestierte Anja und gab eine Zitronenscheibe in ihren Tee. »Herzlichen Glückwunsch übrigens zu deinem außergewöhnlichen Erfolg. Du bist der Stolz der Schule. Aber wir wussten ja alle, dass du deinen Weg machst.«

»Ich verdanke es dir und den anderen Lehrern, dass ich das erreicht habe. Und natürlich meiner Mutter. Ohne sie wäre ich ... *nichts* gewesen.«

Anja fiel auf, dass ein Schatten über Kays Gesicht glitt, als sie ihre Mutter Alice erwähnte, die vor einigen Jahren gestorben war. Mutter und Tochter hatten sich sehr nahe gestanden und sich sehr geliebt. Anja wusste, dass Alice viel für Kay geopfert hatte.

»Wir konnten dir nur den Weg zeigen«, erwiderte sie nach kurzem Schweigen. »Deinen Erfolg kannst du ganz alleine dir selbst zuschreiben, Kay.«

»Ich weiß noch, wie du uns immer gesagt hast, wir seien verantwortlich für unser Leben, und Erfolge wie auch Niederlagen dürften wir nur uns selbst zuschreiben.«

»Das war doch schon deine Philosophie, bevor du an die Schule gekommen bist, Kay. Ich habe es nur in Worte gefasst.«

Kay nickte und trank einen Schluck Tee. Ein paar Sekunden lang verweilte sie in Gedanken an die Vergangenheit.

Es war etwas ... *Königliches* an Kay, dachte Anja. Ja, das war das richtige Wort dafür. Ihre Eleganz war angeboren. Sie war wirklich in jeder Hinsicht eine Lady – sowohl dem Titel als auch ihrer Haltung nach. Erstaunlich, was das Leben aus manchen Menschen machte. Die schüchterne kleine Kay, die damals auf der Schule immer so unterernährt ausgesehen hatte und still wie ein Mäuschen gewesen war, war jetzt eine weltberühmte, erfolgreiche Modedesignerin und die Frau eines reichen Aristokraten.

Nun, man kann nur über sie staunen, dachte Anja. Als Kay vor zehn Jahren nach Paris gekommen war, hatte sie nicht viel von ihr gewusst. Ihre persönliche Geschichte und ihr Hintergrund waren ein wenig mysteriös, aber ihre Zeugnisse vom Harrogate College sprachen eine deutliche Sprache. Das Mädchen war brillant, daran konnte es keinen Zweifel geben.

Anja hatte instinktiv gewusst, dass Kay aus armen Verhältnissen kam. Das hatte sie ihrer Mutter angesehen.

Alice war zwar hübsch, wirkte jedoch ein wenig verhärmt und sah müde aus. Sie war so dünn, als habe sie nie in ihrem Leben eine ordentliche Mahlzeit bekommen. Und sie strahlte eine Traurigkeit aus, die Anja tief berührte.

Schließlich durchbrach Anja das Schweigen und sagte: »Ich freue mich, dass du schon so früh nach Paris gekommen bist. So haben wir vor dem Fest noch Zeit, um uns ein paar Mal zu sehen.« Schmunzelnd fügte sie hinzu: »Die anderen hatten den gleichen Gedanken wie du, Kay. Alexa, Jessica und Maria sind auch schon hier.«

»Oh«, stieß Kay hervor. Wie mochte es wohl sein, die ehemaligen Freundinnen nach so langer Zeit wiederzusehen?

Anja dachte an Alexa und Jessica, die beide in Paris noch etwas zu erledigen hatten, und als sie Kay anschaute, fragte sie sich, ob sie nicht auch ein geheimes Problem hatte.

Sie beugte sich leicht vor und blickte die junge Frau aufmerksam an. »Bist du aus einem besonderen Grund so früh gekommen, Kay?«

»Ja, eigentlich schon.« Kay wandte sich Anja zu. »Ich denke daran, in Paris ein Geschäft zu eröffnen. Meine anderen Läden sind sehr erfolgreich, und wir denken, dass sich meine Kleider hier auch gut verkaufen würden.«

»Da bin ich mir sogar ganz sicher. Das ist ja eine großartige Idee.«

»Außerdem muss ich nach Lyon und mich mit dem Textilfabrikanten treffen, der meine Seiden- und Brokatstoffe produziert. Ich möchte für meine nächste Kollektion ein paar besondere Farben haben.«

»Du konntest schon immer gut mit Farbe umgehen. Dieses leuchtende Blau gefällt mir sehr gut, dadurch wirken deine Augen noch strahlender. Und wie geht es deinem Mann?«

Kay setzte sich aufrechter hin. »Es geht ihm gut.« Sie schüttelte den Kopf. »Das hoffe ich zumindest. Er ist geschäftlich in New York, aber Ian kann mit Städten nichts anfangen. Wahrscheinlich ist er völlig deprimiert und sehnt sich nach Schottland zurück.«

»Ah ja, der typische Landedelmann.«

»Ja.« Kay schwieg, dann fragte sie: »Die anderen sind also auch hier? Hast du sie schon gesehen?«

»Maria schon ein paar Mal, und Alexa hat mich gestern besucht.«

»Sind die beiden mittlerweile verheiratet?«

»Nein.«

»Und was ist mit Jessica?«

»Ich habe sie bis jetzt noch nicht gesehen. Aber sie ist auch noch nicht verheiratet. Anscheinend bist du die Einzige aus eurem Quartett, die den Mann ihrer Träume gefunden hat.«

Kay sank in ihrem Stuhl zurück und warf Anja einen bekümmerten Blick zu. Auf einmal traten ihr Tränen in die Augen.

»Was ist denn los?«, fragte Anja besorgt.

Kay antwortete nicht, sondern begann stattdessen zu weinen.

»Liebling, um Himmels willen, was ist los?« Anja beugte sich über den Tisch und legte Kay tröstend die Hand auf den Arm.

Kay wischte sich die Tränen von den Wangen und sagte zögernd: »Ich mache mir solche Sorgen ... um meine Ehe.«

»Möchtest du darüber reden?«

Kay nickte. Sie holte tief Luft und begann mit leiser Stimme: »Ich werde einfach nicht schwanger.«

»Oh, ich verstehe, Liebes. Ian möchte einen Sohn und Erben. Der Titel ... der Besitz ... natürlich. Ja, ich verstehe.«

Kay schluckte und räusperte sich. »Ian ist lieb, und er redet gar nicht darüber. Er hat noch nie etwas gesagt. Aber ich weiß einfach, dass er den Gedanken ständig im Hinterkopf hat. Und ich empfinde es als schrecklichen ... Druck. Ich kann an gar nichts anderes mehr denken.«

»Ich weiß, was du meinst.«

»Ich bin aus einem anderen Grund nach Paris gekommen«, gestand Kay. »Ich habe einen Termin bei einem Spezialisten gemacht, François Boujon. Du hast sicher schon von ihm gehört.«

Anja nickte. »Ja, er soll hervorragend sein. Er ist einer der angesehensten Fertilitätsexperten auf der Welt, er kann dir sicher helfen.«

»Oh, Anja, ich hoffe es so sehr.«

»Warst du schon bei ihm?«

»Gestern. Er hat mich untersucht und Tests ...« Kay brach ab und biss sich auf die Unterlippe.

Anja blickte sie aufmerksam an.

Wieder wischte Kay sich die Tränen ab.

»Geht es dir wieder besser?«

»Ich habe Dr. Boujon angelogen«, sprudelte Kay gequält hervor.

Erstaunt erwiderte Anja: »Was meinst du damit ...«

»Er hat mir ein paar Fragen gestellt, und ich habe ihm keine ehrlichen Antworten gegeben. Ich habe gelogen.«

»Warum denn?« Anja runzelte die Stirn. »Das sieht dir doch gar nicht ähnlich.«

Kay schwieg eine Weile. Dann erklärte sie langsam: »Ich wollte nicht, dass er meine Geheimnisse kennt. Bestimmte Dinge über mich sollen die Leute einfach nicht wissen.«

»Was für Geheimnisse?«

»Vor langer Zeit hast du einmal Alexa und mir erzählt, dass du immer nach einer Regel gelebt hast ...«

»An den Tag kann ich mich noch gut erinnern«, warf Anja ein. »Ich sagte, ich hätte nie Schwäche gezeigt, niemanden hinter meine Fassade blicken lassen, und das hätte vor allem im Beruf gut funktioniert, und manchmal sogar in meinem Privatleben.«

»Nun, diese Regel habe ich mir zu Eigen gemacht. Deshalb habe ich gelogen.«

»Ich verstehe.« Anja lehnte sich zurück, blickte sie aber weiter unverwandt an. »Und was sind das für Geheimnisse?«

»Als er mich fragte, ob ich schon einmal schwanger gewesen sei, sagte ich nein. Aber das stimmt nicht. Ich war schon einmal schwanger. Glaubst du, er hat es gemerkt, als er mich untersucht hat?«

»Ich weiß nicht ...« Anja schwieg bekümmert. Dann fragte sie: »Hast du das Baby verloren?«

Kay holte tief Luft. »Ich habe es abgetrieben.«

»Oh, Kay.«

»Sieh mich nicht so an, Anja. Bitte. Ich wurde missbraucht, als ich noch ganz jung war. Ich war erst ... *zwölf*.«

Anja schloss entsetzt die Augen. Eine Weile saß sie ganz still da. Als sie die Augen wieder öffnete, kam ihr der Garten auf einmal nicht mehr so sonnig vor. Es war, als ob das Licht irgendwie schwächer geworden sei. In was für einer Welt leben wir nur, dachte sie, was für Ungeheuer manche Männer doch sind. Ernst und mitleidig blickte sie Kay an.

Kay rief aus: »Es war nicht meine Schuld, wirklich nicht!« Ihre Stimme klang hoch und erregt.

»Kay, Liebes, natürlich war es nicht deine Schuld. Das brauchst du mir doch nicht zu sagen.« Anja legte ihre Hand über Kays und streichelte sie liebevoll.

»Meinst du, es hilft dir, darüber zu sprechen?«, fragte sie besorgt mit einem Blick auf Kays blasses Gesicht.

»Ich habe es noch nie jemandem erzählt … nur Mam wusste es«, flüsterte Kay.

Anja drückte ihre Hand. Dann schenkte sie ihnen beiden noch eine Tasse Tee ein. Schweigend wartete sie, bis Kay in der Lage war, ihr von den schmerzlichsten Ereignissen in ihrem Leben zu erzählen.

22

Es dauerte eine Zeit lang, bis Kay sich gefasst hatte.

Sie trank den Tee, den Anja ihr gerade eingeschenkt hatte, und versuchte, sich zu entspannen. Langsam ließ ihre Erregung nach.

Ihre Stimme klang nicht mehr so aufgewühlt, als sie sagte: »Am besten fange ich wohl von vorne an. Meine Mutter arbeitete für eine Modedesignerin in Glasgow namens Allison Rawley. Ich war ungefähr sieben, als sie als Verkäuferin dort anfing. Nach ein paar Jahren jedoch leitete Mam das Geschäft. Sie konnte hervorragend organisieren und managen. Allison hatte eine gute Freundin, eine englische Adelige. Sie waren zusammen im Internat gewesen, und manchmal kam sie Allison besuchen und kaufte natürlich auch im Laden ein. Diese Frau, die reizend war, bot meiner Mutter eine Stelle als Haushälterin bei sich an, mit Allisons Einwilligung natürlich. Ich war damals zehn.«

»Und deine Mutter nahm den Job an?«

»Ja. Wie hätte sie ihn ablehnen können? Es klang fantastisch. Das Haus lag am Firth of Forth, in der Nähe eines Ortes namens Gullane, ungefähr eine halbe Stunde mit dem Auto von Edinburgh entfernt. Ihre Ladyschaft sagte Mam, sie könne uns – Sandy und mich – ohne weiteres mitnehmen, da wir eine eigene Wohnung im Haus hätten. Meine Mutter sah dies als Chance, ihre Stellung zu verbessern, mehr Geld zu verdienen und uns ein Leben auf dem Land zu ermöglichen. Im Ort war eine Schule, und alles klang sehr gut.«

Kay schwieg. »Ich glaube, ich werde dieses Haus niemals vergessen, Anja ... es war wunderschön. Der Park war prachtvoll und auch die Aussicht auf die Hügel von Lammermuir und den Firth of Forth. Es war zauberhaft. Es gab jedoch ein Problem für mich dort ... Seine Lordschaft.«

»Hat er dich belästigt?«, fragte Anja leise.

Kay nickte. »Erst nach einiger Zeit. Und er ging sehr vorsichtig vor. Aber seine Frau war viel unterwegs. Sie hatten eine Wohnung in London und ein Landhaus in Gloucestershire, daher war sie oft weg. Es begann alles nach einem Jahr. Damals war ich zehneinhalb. Zuerst wirkte es wie zufällig, er streifte mich, berührte mich an der Schulter, strich mir väterlich über den Kopf. Aber dann begann er, mir im Park und im Wald aufzulauern. Er ... berührte mich ... an den intimen Stellen.«

Anja nickte stumm.

»Nach ein paar wirklich schlimmen Zwischenfällen begann ich, mich gegen ihn zu wehren, und protestierte. Er schwor, er würde meine Mutter entlassen und uns alle fortschicken, wenn ich nicht tat, was er wollte. Er sagte, er würde uns ins Armenhaus bringen. Ich wusste nicht, was das bedeutete, und war außer mir vor Angst. Mir war klar, wie wichtig die Stelle für meine Mutter war. Wo sollten wir denn hin, wenn sie entlassen würde?«

»Und du hast es nie deiner Mutter oder jemand anders erzählt?«, warf Anja ein.

»Ich hatte zu viel Angst ... Angst vor ihm oder dem, was er uns antun würde. Er hatte so viel Macht, und wir waren arm und allein. Dad war schon seit Jahren tot, und wir hatten nur noch Grandma in Glasgow, und sie war auch arm.«

»Oh, Kay, mein Liebes«, murmelte Anja. »Wie schrecklich das für dich gewesen sein muss.«

»Es war grauenhaft und Angst einflößend. Mit der Zeit wurde er immer zudringlicher. Ich versuchte, ihn aufzuhalten, und schrie und wehrte mich, aber er hielt mir einfach den Mund zu. Er war stark und hartnäckig und drohte mir schreckliche Dinge an. Ruhe vor ihm hatte ich nur, wenn seine Frau zu Hause war.«

»Hast du nie daran gedacht, es ihr zu erzählen?«

»Hätte sie mir denn geglaubt? Der Tochter der Haushälterin? Sie hätte mich sicher für eine Lügnerin gehalten. Vielleicht hätte sie mir auch vorgeworfen, mich ihm an den Hals zu werfen, Anja. Meine Mutter wäre entlassen worden. Also ertrug ich seine Attacken, und jedes Mal, wenn er nach London fuhr, betete ich darum, dass er nie wieder zurückkommen möge. Aber er kam immer wieder. Als ich fast zwölf war, ging er schließlich aufs Ganze. Eines Samstagnachmittags, als meine Mutter mit Sandy in Edinburgh war, vergewaltigte er mich.«

Kay schwieg und trank einen Schluck Tee. Nach einer Weile murmelte sie: »Das geschah mehrmals, und ich war voller Panik. Rückblickend denke ich, dass ich traumatisiert war. Und dann blieb eines Tages meine Regel aus, und ich wusste, dass das, was ich gefürchtet hatte, nun eingetreten war. Ich war schwanger. Ich war außer mir vor Angst und Entsetzen.«

»Und da hast du es endlich deiner Mutter erzählt?«

»Ja, ich hatte ja keine andere Wahl. Sie war sehr lieb zu mir und natürlich völlig entsetzt über das Geschehene. Wütend stellte sie ihn zur Rede und sagte ihm, dass sie ihn anzeigen würde. Sie drohte damit, an die Öffentlichkeit zu gehen und sich einen Anwalt in Edinburgh zu nehmen, um ihn vor Gericht zu bringen. Zuerst stritt er alles ab, aber es gab keinen anderen Mann auf dem Besitz, und wir lebten dort sehr einsam. Na ja, es gab noch zwei Gärtner, aber die waren schon alt, und das übrige Personal bestand nur aus Frauen.«

»Also ging deine Mutter zur Polizei?«

Kay schüttelte den Kopf. »Nein. Sie war drauf und dran, aber Seine Lordschaft bot ihr einen ... eine Art Handel an. Er sagte, er würde uns zu einem Arzt in Edinburgh vermitteln, der eine Abtreibung vornehmen könnte, und er würde alles bezahlen. Außerdem versprach er meiner Mutter drei Monatsgehälter, unter der Bedingung, dass wir alle sofort das Haus verließen.«

»Und hat deine Mutter das angenommen?«

»Nein. Sie erwiderte ihm, sie würde darüber nachdenken, aber dann lehnte sie es ab. Meine Mutter war wirklich eine kluge Frau, obwohl sie keine Bildung besaß. Sie hatte verstanden, dass sie alle Trümpfe in der Hand hielt. Seine Lordschaft saß im House of Lords in London, er war Geschäftsmann und eine bekannte Persönlichkeit. Er bewegte sich in den ersten Kreisen, ebenso wie seine Frau. Meine Mutter machte ihm ein Gegenangebot.«

»Und was?« Anja beugte sich vor.

»*Er* musste den Termin bei dem Arzt in Edinburgh machen, und dann erklärte sie ihm, für das, was er mir angetan habe, habe er bei weitem nicht genug als Entschädigung angeboten ... für all die Jahre des Missbrauchs und für die Vergewaltigung, die schließlich zu meiner Schwangerschaft geführt hatten. Sie sagte ihm, sie wolle eine Million Pfund.«

Anja riss die Augen auf. Einen Moment lang war sie sprachlos. Schließlich fragte sie: »Und hat Alice das bekommen? So viel Geld?«

»Nein. Sie hatte die Summe so hoch angesetzt, weil sie Verhandlungsspielraum haben wollte. Schließlich willigte er ein, ihr vierhunderttausend Pfund zu zahlen.«

»Du meine Güte!«

Kay nickte und lächelte schwach. »Das war viel Geld, Anja. Ich glaube, selbst meine Mutter war überrascht. Sie hätte sich auch mit weitaus weniger zufrieden gegeben.«

»Wahrscheinlich hatte er ziemliche Angst.«

»Ja, das glaube ich auch. Er war zwar ein erfolgreicher Mann, aber er besaß nicht so viel Geld wie seine Frau. Sie hatte ein riesiges Vermögen geerbt. Er wollte auf keinen Fall im Mittelpunkt eines Skandals stehen. Und seine Frau durfte auf keinen Fall etwas erfahren. Ich habe dir ja gesagt, dass sie sehr nett war, und wenn meine Mutter zur Polizei gegangen wäre, dann hätte sie sich sicher von ihm scheiden lassen – letztlich hätte sie uns und nicht ihm geglaubt. Das war ihm bestimmt klar.«

»Und er hat bezahlt?«

»Ja. Meine Mutter ging erst, als seine Schecks eingelöst waren. Wir zogen nach Edinburgh, wo Mam eine kleine Wohnung für uns gefunden hatte.« Kay lehnte sich auf ihrem Stuhl zurück und seufzte. »Es war Erpressung, das wurde mir später klar. Meine Mutter hat eine Chance gesehen, mir nicht nur in diesem Moment zu helfen, sondern auch meine Zukunft zu sichern. Und deshalb hat sie ihn erpresst.«

Sie schwiegen.

Im Garten war es ganz still. Es ging kein Windhauch, und noch nicht einmal die Vögel zwitscherten.

Anja dachte darüber nach, dass Alice Smith auf so etwas Schreckliches wie Erpressung zurückgegriffen hatte, aber eigentlich fand sie das nur zu verständlich. Was dieser widerliche Mann Kay angetan hatte, war unendlich viel schlimmer, und niemand konnte Alice einen Vorwurf daraus machen, dass sie Wiedergutmachung verlangte. Auge um Auge, Zahn um Zahn, dachte sie. Der Mann war ein Ungeheuer gewesen.

»Alice hat das Geld für deine Ausbildung verwendet, nicht wahr?«

»Ja, für meine und Sandys. Sie hat die Miete für unsere kleine Wohnung davon bezahlt, die Schulgebühren für das Harrogate College und für deine Schule. Mam selber hat nie einen Pfennig davon angerührt. Sie hat immer hart gearbeitet, und sie hat gespart. Was von dem Geld übrig blieb, hat sie auf die Bank getragen, sodass ich später einen Grundstock für die Eröffnung meines Modegeschäftes hatte.«

»Alice war klug, sehr klug, Kay. Aber was war denn mit der Abtreibung? Darüber hast du noch gar nicht geredet. Ist dabei etwas schief gelaufen?«

»Das weiß ich nicht genau. Aber gerade das bereitet mir Sorgen. Der Arzt damals wirkte ein wenig schmuddelig, und er roch nach Alkohol. Danach habe ich viel Blut verloren, und ein paar Tage lang hatte ich schreckliche Schmerzen. Meine Mutter wollte mich schon ins Krankenhaus bringen, aber dann ging es mir auf einmal besser ...«

Kay brach ab, und ihre Augen waren dunkel vor Sorge. »Und wenn der Arzt nun damals wirklich etwas kaputt gemacht hat?«

»War denn seitdem immer alles in Ordnung?«

»Ja, aber das braucht ja nichts zu heißen. Meinst du, Dr. Boujon sieht, dass ich abgetrieben habe?«

»Da bin ich mir nicht sicher, Liebes. Wenn jedoch etwas nicht in Ordnung ist, dann stellt er das sicher bald fest.«

Kay traten wieder die Tränen in die Augen. Sie schlug die Hand vor den Mund und begann zu weinen.

Anja erhob sich und trat zu ihr. Liebevoll nahm sie sie in den Arm und streichelte ihr über die Haare, bis sie sich ein wenig beruhigte.

Nach einer Weile murmelte Anja: »Ian weiß nichts davon, nicht wahr? Du hast es ihm nie erzählt.«

»Das konnte ich doch nicht«, flüsterte Kay. »Er weiß gar nichts von meiner Vergangenheit. Meine Mutter hat mir eine völlig neue Identität besorgt, mit Hilfe des Geldes.

Er würde sterben, wenn er wüsste, wo ich herkomme...« Sie lachte hohl auf. »Aus den Slums von Glasgow. Er würde sich auf jeden Fall scheiden lassen, das weiß ich genau.«

»Das kannst du gar nicht wissen, Kay. Menschen können manchmal sehr verständnisvoll sein.«

»Das Risiko gehe ich lieber nicht ein, Anja.«

»Worte sind oft nur ein schwacher Trost«, begann Anja sanft und streichelte wieder über Kays Haare. »Es reicht nicht, wenn ich dir sage, wie Leid mir das alles tut. Ich kann nicht ausdrücken, wie sehr ich mit dir fühle, mein Liebling. Es muss schrecklich gewesen sein, und ich kann gut nachvollziehen, wie traumatisiert und verängstigt du gewesen sein musst. Du warst ja noch so klein.« Anjas Stimme bebte, und sie konnte nicht weitersprechen.

Nach einer Weile löste Kay sich von ihr und sah sie an. »Ich hatte ständig nur Angst. Aber ich flüchtete mich in meine Träume, weißt du... Ich lernte schon früh zu träumen, um überleben zu können. In meinen Träumen war ich an einem schöneren Ort.«

»Du hast deine Sache sehr gut gemacht... Du hast so viel mitgemacht...«

»Ich habe noch etwas gelernt, Anja.«

»Was?«

»Ich habe gelernt, mich gegen die Welt zu wappnen.«

Honorine war nach draußen gekommen, um Anja ans Telefon zu holen, und jetzt war Kay alleine im Garten.

Ihre Tränen waren versiegt, und sie musterte prüfend ihr Gesicht in ihrem kleinen Taschenspiegel. Unter den Augen waren ein paar Maskaraspuren. Sie wischte sie mit einem Taschentuch weg, legte frischen Puder auf und zog sich die Lippen nach. Dann steckte sie die Puderdose und die anderen Dinge wieder in ihre Tasche und lehnte sich auf ihrem Stuhl zurück.

Als Anja zurückkam, rief sie aus: »Du siehst so gut wie neu aus, Liebes. Geht es dir besser?«

Kay lächelte. »Ja. Danke, dass du mir zugehört hast, Anja. Es hat mir sehr geholfen.« Kopfschüttelnd fuhr sie fort: »Weißt du, ich habe außer mit meiner Mutter nie mit jemandem darüber gesprochen. Ich glaube, ich habe alles ganz tief verdrängt; niemand sollte mein Geheimnis je erfahren.«

»Ich möchte dir noch einen Rat mit auf den Weg geben. Wenn du wieder bei Dr. Boujon bist, fragt er dich vielleicht, ob du eine Abtreibung hattest. Kay, ich finde, du solltest ihm die Wahrheit sagen.«

Kay zuckte leicht zusammen. »Das fällt mir sicher sehr schwer ...«

»Du musst ihm ja nicht alle Details erzählen«, unterbrach Anja sie. »Einfach nur die Fakten. Wenn wirklich etwas nicht in Ordnung ist, muss er doch deine Geschichte kennen, um eine Diagnose stellen zu können.«

»Ja, da hast du Recht«, gab Kay widerwillig zu.

»Allerdings ist es viel wahrscheinlicher, dass er dir mitteilt, alles ist in Ordnung, und es gibt keinen Grund, warum du keine Kinder bekommen solltest.« Anja warf ihr einen forschenden Blick zu. »Dann solltest du nicht mehr so verkrampft versuchen, schwanger zu werden. Eine Adoption kommt vermutlich nicht in Frage?«

Kay schüttelte den Kopf.

Anja fuhr fort: »Wenn ein Paar ein Kind adoptiert, wird die Frau häufig kurz darauf schwanger. Der Druck ist weg, und deshalb kann sie leichter empfangen.«

»Ian möchte bestimmt nur ein leibliches Kind als Erben.«

Damit hatte Kay sicher Recht, dachte Anja, aber andererseits konnte es ja auch an ihm liegen. Vielleicht konnte er ja gar keine Kinder zeugen. Sie überlegte, ob sie etwas sagen sollte, entschied sich dann jedoch dagegen.

Stattdessen ergriff sie Kays Hand. »Du warst dein ganzes Leben lang so stark und tapfer, Kay, und ich bin so stolz auf dich. Ich werde immer für dich da sein.«

Gerührt erwiderte Kay: »Danke für deine Worte, Anja. Du bist wirklich meine Freundin, meine einzige wahre Freundin.«

Stirnrunzelnd rief Anja aus: »Ich hoffe, ich bin nicht deine einzige Freundin!«

»Nun ... mit meiner Assistentin, Sophie, und auch mit Ians Schwester Fiona verstehe ich mich sehr gut, aber eine enge Freundin bist nur du.«

Wie traurig, dachte Anja. Laut sagte sie: »Es ist so schade, dass euer Quartett zerbrochen ist. Ihr habt einander drei Jahre lang so nahe gestanden, und plötzlich hat es diesen Knall gegeben. So etwas habe ich noch nie erlebt, und ich hoffe wirklich, dass ihr euch wieder versöhnt. Lass dir von einer alten Frau sagen, das Leben ist zu kurz, um geheimen Groll zu hegen.«

»Du hast Recht«, erwiderte Kay, wobei sie dachte, dass sie sicher am wenigsten Schuld an der Situation trug. Die anderen hatten die Probleme geschaffen, nicht sie.

23

Alexa blickte auf die Uhr, als das Telefon läutete.

Es war genau halb sieben. Sie griff zum Hörer und sagte: »Hallo?« Ihre Stimme klang gepresst, und sie umklammerte den Hörer so fest, dass ihre Knöchel weiß hervortraten.

»Ich bin's, Tom. Ich bin in der Lobby.«

»Ich komme sofort«, stieß sie hervor und legte auf. Dann ergriff sie ihre Tasche und einen Schal und verließ das Zimmer.

Während sie auf den Aufzug wartete, blickte sie in den Spiegel daneben. Ihre Haare saßen gut, ihr Make-up war perfekt. Sie trug ein schlichtes schwarzes Leinenkleid, das überall passend gewesen wäre, und als einzigen Schmuck Armbanduhr und Ohrringe.

Sie holte tief Luft, als sie in den Aufzug trat. Sie war angespannt und konnte es kaum erwarten, nach unten zu kommen. Sie sah ihn sofort. Er stand neben dem Eingang zum Wintergarten, blickte aber zur Rezeption.

Sie kam sich albern vor, aber sie stand da wie gelähmt und starrte ihn an.

Er hatte ihr das Profil zugewandt, und sie erkannte sofort, dass er immer noch blendend aussah. Auch seine Kleidung war makellos. Er trug einen dunkelblauen Blazer, eine graue Hose und ein blaues Hemd. Seine Krawatte war aus Seide, blau und silbergrau gestreift; seine schwarzen Schuhe glänzten.

Sie schluckte und zuckte dann überrascht zusammen, als er sich plötzlich umwandte und sie erblickte.

Mit ernstem Gesicht trat er auf sie zu, aber dann breitete sich ein strahlendes Lächeln auf seinen Zügen aus. Seine Augen waren sehr blau. Und jetzt sah sie auch, dass seine Haare an den Schläfen grau wurden.

»Alexa«, sagte er, ergriff sie am Arm und küsste sie auf beide Wangen.

Sie wich zurück, aus Angst, er könnte hören, wie heftig ihr Herz klopfte. Mit trockenem Mund erwiderte sie: »Hallo, Tom.«

Forschend blickte er sie an. »Komm, lass uns etwas trinken gehen, ja?«, sagte er, wobei er ihren Arm nicht losließ. Er wartete gar nicht erst auf ihre Antwort, sondern zog sie einfach mit sich. Sie gingen in die Bar Fontainebleau an der Frontseite des Hotels, deren große Fenster auf die Rue Rivoli gingen.

Dort führte er sie an einen kleinen Tisch. Sofort war ein Kellner zur Stelle.

Tom blickte sie an und zog fragend die Augenbrauen hoch. »Das Übliche?«

Sie nickte.

»*Deux coupes, s'il vous plaît.*«

Als der Kellner in Richtung der langen Mahagonitheke verschwunden war, musterte Tom sie aufmerksam und nickte dann zustimmend mit dem Kopf. »Du hast dich nicht verändert. Nur deine Haare sind kürzer.«

»Ich habe sie abschneiden lassen.«

»Das sehe ich. Es steht dir gut. *Très chic.*«

Sie schwieg.

Nach einer kurzen Pause fuhr Tom fort: »Ich habe viel über dich in der Presse gelesen, Alexa. Du bist sehr erfolgreich mit deinen Bühnenbildern.«

»Ja, ich habe viel Glück gehabt.«

»Ich würde sagen, es hat eher etwas mit Begabung zu tun.«

Sie lächelte ihn mühsam an. Sie wünschte, ihr Herz würde nicht so heftig klopfen. Am liebsten hätte sie seine Hand genommen; sie musste ihre ganze Selbstbeherrschung aufbieten, um ihn nicht zu berühren.

Der Kellner brachte den Champagner.

Tom ergriff sein Glas und stieß mit ihr an. »Santé.«

»Santé«, erwiderte sie lächelnd.

»Endlich«, murmelte er. »Ich dachte schon, dein Gesichtsausdruck würde immer so grimmig bleiben.«

»Mir war nicht bewusst, dass ich grimmig aussehe.«

»Doch, das kannst du mir glauben.« Er beugte sich vor und sah sie eindringlich an. »Ich bin froh, dass du angerufen hast ... Ich freue mich so, dich zu sehen, Alexa.« Als sie schwieg, fragte er: »Freust du dich nicht?«

»Doch.«

Er lachte. »Das war aber ein armseliges kleines Ja. So furchtsam.«

»Nein, ich wollte dich unbedingt sehen, Tom. Sonst hätte ich doch nicht angerufen.«

Er ergriff ihre Hand und drückte sie. Dann warf er einen Blick auf ihre Finger. »Nicht verheiratet, verlobt oder anderweitig vergeben?«

Alexa schüttelte den Kopf – sie traute ihrer Stimme nicht.

»Es muss doch jemanden geben«, forschte er. »Oder sind da, wo du lebst, alle Männer blind?«

Sie musste lachen. »Ich habe einen Freund. Einen englischen Künstler. Er ist sehr nett.«

»Ist es etwas Ernstes?«

»Ich ... ich weiß nicht«, erwiderte sie zögernd. »Nun, ja, er meint es vielleicht ernst.«

»Und du?«

»Ich bin noch ... unsicher.«

»Ich weiß, was du meinst.«

»Gibt es in deinem Leben jemand Besonderen?«

»Nein«, erwiderte er lakonisch.

»Ich kann mir gar nicht vorstellen, dass du keine Freundin hast.«

»Na ja, es gibt schon Frauen. Aber keine von ihnen bedeutet mir etwas.«

Eine solche Woge der Erleichterung durchflutete sie, dass ihr ganz schwindlig wurde. Rasch sagte sie: »Ich habe gestern Nicky Sedgwick bei Anja getroffen. Er erwähnte, dass du dir ein Haus in der Provence gekauft hast.«

»Das stimmt. Meine französische Großmutter ist gestorben und hat mir ein bisschen Geld hinterlassen. Ich habe einen kleinen Hof in der Nähe von Aix-en-Provence gekauft, ein Olivengut.«

»Toll! Läuft es denn?«

»Es humpelt eher.« Er grinste sie an. »Aber ich werde ein wenig Geld hineinstecken und noch ein paar Leute einstellen. Allerdings ist es eher ein Hobby, nichts Ernstes, *naturellement*.«

»Du willst also die Anwaltskanzlei nicht aufgeben? Und auch nicht auf Dauer von Paris weggehen?«

»Nein, wie könnte ich! Ich bin nicht fürs Landleben geschaffen.«

»Ja, das weiß ich.«

Er trank einen Schluck Champagner und fuhr fort: »Ich habe einen Tisch im L'Ambroisie an der Place des Vosges bestellt. Aber vorher könnten wir doch noch eine kleine Rundfahrt durch Paris machen, oder? Es ist ein schöner Abend, und du warst lange nicht mehr hier. Drei Jahre.«

Sie traten auf den Bürgersteig, und er winkte seinem Fahrer, der ein Stück weiter neben einem Auto stand.

Kurz darauf half Tom ihr auf den Rücksitz seines dunkelroten Mercedes und stieg ebenfalls ein. Alexa rutschte in die Ecke und stellte, wie eine Barriere, ihre Tasche zwischen sie beide.

Sie bemerkte, dass seine Mundwinkel zuckten, als müsse er ein Lächeln unterdrücken. Plötzlich kam sie sich albern vor. Vergeblich suchte sie nach einem unverfänglichen Gesprächsthema, aber sie war verwirrt und irgendwie atemlos. Diese Wirkung hatte Tom schon immer auf sie gehabt.

In raschem Französisch redete er auf den Fahrer ein und erklärte ihm, wohin er sie bringen sollte ... um die Place de la Concorde herum, die Champs-Élysées hinauf, wieder an die Seine und hinüber ans linke Ufer. Sie wusste, dass Letzteres zu Toms Lieblingsvierteln gehörte. Früher war er oft mit ihr dort hingefahren.

Als er fertig war, lehnte er sich zurück und fragte sie: »Und wie geht es Nicky? Ich habe ihn lange nicht gesehen.«

»Er und Larry sind erfolgreicher denn je.«

»Das habe ich auch gehört. Und du willst mit ihnen arbeiten? Oder nur mit Nicky?«

»Nur mit Nicky. Wir hatten heute die erste Arbeitsbesprechung. Er möchte mich dabei haben, weil es sich um einen Kostümfilm handelt ... Er weiß, dass ich historische Recherchen nicht scheue.«

»Und worum geht es in dem Film?«

»Um Maria Stuart.«

»Soll er in Frankreich gedreht werden?«

»Ja, aber auch in England und Irland.« Alexa brach ab und rief aus: »Oh, Tom, sieh nur, wie großartig die Place de la Concorde heute Abend aussieht ... der Himmel ist wunderschön. Die blaue Stunde ist zwar schon vorbei, aber ich kann mich nicht beklagen«, erwiderte sie.

»Du und deine blaue Stunde! Das sind doch Kinderträume!«, lachte Tom.

»Erinnerst du dich noch daran?«

»Ich erinnere mich an alles.«

Er griff nach ihrer Hand, aber sie zog sie rasch zurück und blickte aus dem Fenster. Sie wusste, sie wäre verloren, wenn er sie berührte.

»Erzähl mir mehr über deinen Film«, sagte er plötzlich.

»Nun, wie du weißt, wuchs Maria am französischen Hof auf, unter der Vormundschaft ihrer Onkel …«

»Ah ja, diese ehrgeizigen Prinzen von Geblüt …«, warf er ein.

»Dann heiratete sie den Dauphin und wurde Königin von Frankreich, als sein Vater starb. Aber ihr Mann starb kurze Zeit später.«

»Und dann schickte man sie als rechtmäßige Königin nach Schottland zurück. Um welchen Teil ihres Lebens geht es denn in dem Film?«

»Um die frühen Jahre … ihre Zeit am französischen Hof, ihre Ehe und dann die Jahre in Schottland, ihre Ehe mit Lord Darnley und ihre Liebesgeschichte mit dem Earl of Bothwell. Ich glaube, das Drehbuch endet, als sie sich trennen müssen.«

»Eine romantische Geschichte.«

»Ja.« Halt dich bloß vom Thema Romantik fern, warnte sie eine leise Stimme in ihrem Innern. Rasch fuhr sie fort: »Ich jammere ja immer erst mal! Wenn Nicky mir einen Kostümfilm anbietet, ist es wahnsinnig viel Arbeit, aber im Grunde ist es dann immer sehr spannend. Eine Herausforderung eben, und außerdem suche ich gerne nach authentischen Drehplätzen.«

»Davon gibt es im Loiretal bestimmt einige; es ist ja voller Châteaux. Hast du das Drehbuch schon gelesen?«

»Nein. Nicky hofft, dass die erste Fassung in ein paar Tagen fertig ist. Ich habe das Gefühl, es wird ganz gut. Das Exposé ist angeblich hervorragend geschrieben gewesen.«

»Du klingst ja ganz aufgeregt wegen des Films.«

»Das bin ich auch, Tom. Ich entwerfe gerne Bühnenbilder, aber bei einem Film hat man viel mehr Möglichkeiten, seiner Kreativität freien Lauf zu lassen.«

»Weißt du, wann die Dreharbeiten beginnen?«

»Nicht genau. Ende des Sommers, Anfang September, glaube ich. Warum?«

»Mir gefällt die Vorstellung, dass du in Paris bist.«

»Oh«, stieß sie hervor. Etwas anderes fiel ihr nicht ein.

Kurz darauf hielt der Wagen an der Place Saint-Michel. »Komm«, forderte Tom sie auf und öffnete die Tür und half ihr aus dem Wagen. »*Cinq minutes, Hubert*«, sagte er zum Fahrer. Dann schlug er die Autotür zu und ergriff ihre Hand.

Mit raschen Schritten zog er sie durch die Rue de la Huchette zur Rue de la Bûcherie. Als sie den kleinen Platz mit seinen Cafés in Richtung Seine überquerten, rief Tom plötzlich: »Sieh nur, Alexa! Du hast doch immer gesagt, das sei dein Lieblingsblick auf Paris.«

Sie blieben stehen und blickten auf die Île de la Cité, auf der die Kathedrale Nôtre Dame stand. Alexa wandte sich zu Tom und nickte. Die imposante gotische Kirche sah prachtvoll aus in den letzten Strahlen der Sonne.

Einige Minuten lang schwieg sie, dann sagte sie: »Ja, dieser Blick hat für mich eine ganz besondere Bedeutung.«

»Für mich auch. Glaubst du, ich weiß nicht mehr, dass wir bei unserer ersten Verabredung auch hier gestanden haben?«

Sie öffnete den Mund, aber es kam kein Ton heraus. Er zog sie in die Arme und begann, sie zu küssen, immer leidenschaftlicher.

Als sie sich voneinander lösten, sah er ihr tief in die Augen. Zärtlich strich er ihr über die Wange. »Ich habe es eben schon gesagt. Ich bin sehr glücklich, dass du mich angerufen hast.«

»Warum bist du mit mir hierher gekommen, Tom?«

»Weil ich dir zeigen wollte, dass ich nichts vergessen habe.«

»Ich auch nicht«, flüsterte sie. Ihr tat das Herz weh bei dem Gedanken an all die Schmerzen, die er ihr zugefügt hatte. Aber sie waren auch so glücklich miteinander gewesen.

Schließlich sagte sie: »Ich glaube nicht, dass ich jemals nach Paris kommen könnte, ohne dich anzurufen.«

Er legte ihr den Arm um die Schultern und ging mit ihr zurück zum Auto. Leise sagte er: »Ich habe dich sehr vermisst.«

Alexa warf ihm einen Blick aus den Augenwinkeln zu. »Ich dich auch.«

Tom holte tief Luft, dann fragte er zögernd: »Dein Freund. Der Engländer. Will er dich heiraten?«

»Ja«, gab sie zu.

»Das ist doch genau das, was du willst, oder? Ehe, Kinder, eine Familie?«

»Das wollte ich mit dir.«

»Mit ihm nicht?«

Alexandra zuckte mit den Schultern und sah zum Himmel. Schließlich erwiderte sie Toms Blick. »Ich weiß es nicht. Ich möchte eigentlich nicht darüber sprechen.«

»Oh, entschuldige, ich bin viel zu neugierig...« Er ergriff ihre Hand und zog sie zu dem wartenden Mercedes.

Auf dem Weg ins Restaurant sprachen sie kaum.

In Alexa tobte ein Aufruhr. Warum stellte er ihr Fragen über ihr Liebesleben? Schließlich hatte doch Tom sich vor drei Jahren von ihr getrennt. Aber er benahm sich gar nicht so, als ob es vorbei sei. Noch vor ein paar Minuten hatte er sie in die Arme genommen und leidenschaftlich geküsst. Sie war froh darüber, dass er den ersten Schritt getan hatte und nicht sie. Er hatte plötzlich und unvermutet gehandelt, und sie war blindlings ... in seine Arme gestolpert. Allerdings nicht gegen ihren Willen – sie hatte ihn festgehalten und seine Küsse erwidert. Und sie hatte gespürt, wie ihrer beider Herzen heftig pochten. Also war es nicht vorbei, oder?

Tom Conners hingegen schalt sich im Stillen aus, weil er seinen Emotionen nachgegeben hatte. Von dem Moment an, als er sie in der Hotelhalle gesehen hatte, hatte er sie in die Arme reißen und küssen wollen. Er hatte sich so nach ihr gesehnt. Er war wirklich froh darüber, dass sie ihn angerufen hatte; sie hatte ihm so gefehlt. Das Problem war nur, dass er ihr das eigentlich nicht hatte sagen wollen, weil er nicht wieder eine Beziehung mit ihr eingehen wollte. Natürlich begehrte er sie, aber er konnte ihr ja nichts bieten ... jedenfalls nicht auf lange Sicht. Und er hatte sie schon einmal verletzt.

»Ich hatte ganz vergessen, wie reizend die Place des Vosges ist«, unterbrach Alexa seine Gedanken. Mühsam rang er sich ein Lächeln ab.

»Es ist wirklich einer der schönsten Plätze in Paris«, erwiderte er. »Reinstes siebzehntes Jahrhundert. Ich habe dir doch erzählt, dass meine Mutter in einem der alten Häuser dort drüben aufgewachsen ist, oder?«

»Wie geht es ihr und deinem Vater eigentlich?«

»Es geht ihnen gut, danke. Und deinen Eltern?«

»Ebenso, sie sind wohlauf.«

Hubert, der Fahrer, hatte die Wagentür geöffnet, und nachdem Tom ausgestiegen war, half er ihr hinaus. Sie traten ins L'Ambroisie, wo Tom herzlich empfangen wurde. Dann wurden sie zu einem Tisch in einer ruhigen Ecke geführt.

Alexa blickte sich um und betrachtete die Holzvertäfelung an den Wänden, die hohe Decke, die verblichene Tapete, die silbernen Kerzenleuchter mit weißen Kerzen und die großen Steingefäße, aus denen üppige Blumensträuße quollen.

»Es wirkt wie ein Privathaus«, murmelte sie.

»Das war es früher auch. Man bekommt nur sehr schwer einen Tisch, wenn man nicht gerade berühmt oder ein Politiker ist. Oder ein bekannter Anwalt.« Er zwinkerte ihr zu. »Der Charme des Hauses wird nur noch vom köstlichen Essen übertroffen. Das Schokoladendessert ist himmlisch, und sie haben einen der besten Weinkeller in Paris.«

»Du weißt ja, dass ich nicht viel trinke.«

»Aber ein Glas Champagner nimmst du doch, oder?«

»Ja, natürlich.«

Als sie die Getränke bestellt hatten, sagte Alexa: »Du hast noch gar nichts von dir erzählt. Wie ist es dir denn in den letzten Jahren ergangen?«

Er lehnte sich auf seinem Stuhl zurück und blickte sie nachdenklich an.

Seine Augen waren blauer denn je, dachte sie. Er sah wirklich gut aus, unwiderstehlich.

»Ich vertrete immer noch viele Leute aus der Filmbranche. Mittlerweile leite ich sogar die Abteilung Film in der Kanzlei. Sie hat in den letzten zwei Jahren einen internationalen Ruf bekommen, weil wir ein paar große Fälle gewonnen haben. Mittlerweile können wir uns vor Klienten kaum noch retten.« Er verzog das Gesicht zu einem schiefen Grinsen. »Aber eigentlich ist nichts Besonderes passiert. Ich führe ein ziemlich langweiliges Leben, Alexa.«

»Das glaube ich dir nicht.«

Der Kellner kam mit zwei extragroßen Champagnerflöten, und so blieb Tom die Antwort erspart. Er fragte sich, warum sie eigentlich hier saßen. Am liebsten hätte er sie nach Hause in sein Bett gebracht.

Der Maître de service kam an den Tisch und besprach mit Tom das Essen. Offenbar war Tom ein äußerst geschätzter Gast.

Alexa hörte den beiden Männern mit halbem Ohr zu, hatte aber nur Augen für Tom. Sie wünschte, sie könnte sein langweiliges Leben mit ihm teilen. Aber dann fiel ihr auf einmal Jack ein, und der Gedanke machte sie traurig.

Der einzige Mann, den sie wollte, war Tom Conners.

24

»Ich hoffe, es macht dir nichts aus, ich habe für uns beide bestellt«, sagte Tom lächelnd. Er trank einen Schluck Champagner, dann fügte er hinzu: »Weißen Spargel, Languste in Blätterteig, die Spezialität des Hauses, und dann ...«

»Lamm«, unterbrach ihn Alexa. »Du hast wohl vergessen, dass ich Französisch spreche.«

»Nein, das habe ich nicht.« Er lehnte sich auf seinem Stuhl zurück und musterte sie. Wenn sie wüsste, woran er sich alles erinnerte! Die Bilder aus ihrer gemeinsamen Zeit hatten sich ihm tief eingeprägt, und Alexa würde immer einen Platz in seinem Herzen haben.

Alexa sagte: »Du hast deinen Lieblingswein bestellt, einen Château Petrus. Du hast mal gesagt, dass du ihn nur bei besonderen Anlässen trinkst. Ist heute Abend ein besonderer Anlass, Tom?« Ernst blickte sie ihn an.

»Natürlich. Wir feiern deine Rückkehr nach Paris.«

»Ich bin doch nur auf Besuch hier.«

Stirnrunzelnd erwiderte er: »Red nicht vom Wegfahren, Alexa – du bist ja gerade erst angekommen. Und für den Film kommst du ja auch noch mal. Wie lange bleibst du dann überhaupt?«

»Ich weiß nicht. Nicky hat noch nichts gesagt. Ein paar Monate vermutlich. Für einen solchen Film sind viele Vorarbeiten erforderlich, was Drehplätze und Kostüme angeht. Wenn ich erst einmal das Drehbuch habe, weiß ich, wie viele Szenen hier in Paris gedreht werden.« Sie trank einen Schluck Champagner und fragte neugierig:

»Warst du in den vergangenen drei Jahren mal in New York?«

»Nein. Aber ich war vor zwei Jahren in Los Angeles, wegen eines Klienten.« Er schüttelte den Kopf. »Ich hätte dich anrufen sollen.«

»Warum hast du es nicht getan?«

Er nahm ihre Hand. »Ich hatte das Gefühl, nicht das Recht dazu zu haben ... schließlich habe ja ich unsere Beziehung beendet. Außerdem dachte ich, du hättest bestimmt jemand anders gefunden, dich verliebt und ein neues Leben angefangen.«

Alexa blickte ihn mit großen Augen an. Wie hatte er das nur annehmen können? Wusste er denn nicht, wie sehr sie ihn liebte? Sie saß ganz still da, und auf einmal traten ihr Tränen in die Augen. Sie kämpfte dagegen an.

»Jetzt habe ich dich verärgert. Was ist los?« Er ergriff ihre Hand fester und beugte sich zu ihr.

»Ich bin wahrscheinlich ... nur überrascht, dass du annimmst ... ich hätte mich so schnell getröstet.«

»Drei Jahre ... sind doch eine lange Zeit.«

»Du hast ja auch kein neues Leben angefangen, oder?«

Er schwieg, gab dann aber zu: »Nein, Alex.« Zögernd fragte er sie: »Aber was ist denn mit deinem Freund? Dem Engländer? Du musst doch eine Beziehung mit ihm haben, sonst würde er dich ja nicht heiraten wollen.«

»Ja, schon, aber ich war mir immer ... unsicher. Bevor ich nach Paris flog, habe ich mit meiner Mutter darüber gesprochen ...« Alexa brach ab und lachte ein wenig nervös. »Die meisten Leute würden mich sicher für verrückt halten, dass ich dir das alles erzähle ... Na ja, deinem Ego tut es sicher gut.« Sie holte tief Luft und fuhr dann leise fort: »Ich liebe dich, Tom, ich habe dich immer geliebt, vom ersten Moment an, und vermutlich hört es nie auf.«

Er nickte. Ihre Hand ließ er nicht los. »Ich hatte in den letzten Jahren einige bedeutungslose Affären mit Frauen, die ich nicht geliebt habe. Ich wollte immer nur dich, Alex.«

Sie kniff die Augen zusammen. »Warum hast du mich dann nicht angerufen? Warst du jemals in Versuchung, das zu tun?«

»Doch. Ich habe bestimmt hundert Mal zum Hörer gegriffen. Aber wie ich bereits sagte, ich hatte das Gefühl, nicht das Recht dazu zu haben. Außerdem ging mir so viel durch den Kopf.«

»Du hast damals zu mir gesagt, du könntest mir nichts bieten, und deshalb gäbest du mich frei. Aber das hast du nicht getan ... Ich bin auf ewig an dich gebunden, Tom.«

Sie schwiegen einen Moment lang.

Sein Blick glitt über ihr Gesicht, das Gesicht, das er so sehr liebte. Schließlich erwiderte er leise: »Ich habe lange auf den Anruf von gestern Abend gewartet. Ich konnte es kaum glauben, dass du es wirklich warst. Und ich war so schrecklich nervös, bis ich dich dann in der Lobby sah.«

»Ja, mir ist es ähnlich gegangen.«

Er lächelte. »Plötzlich warst du da, sahst so chic und wunderschön aus und nicht einen Tag älter als beim letzten Mal.«

»Ich werde bald einunddreißig, und du wirst dreiundvierzig.«

»Ende des Monats. Erinnere mich nicht daran.«

»Anja hat mich gedrängt, dich anzurufen.«

»Oh.« Nachdenklich blickte er sie an. »Hattest du denn nicht vor, dich bei mir zu melden?«

Der Kellner kam mit dem weißen Spargel. Es dauerte einen Augenblick, bis er ihn serviert und die Vinaigrette darüber geträufelt hatte.

Alexa aß ein wenig, dann schob sie den Teller weg. Sie lehnte sich im Stuhl zurück und trank einen Schluck Mineralwasser.

Tom blickte auf und runzelte die Stirn. »Ist irgendwas? Du isst ja gar nicht.«

»Ich bin nicht wirklich hungrig.«

»Ich weiß ... ich eigentlich auch nicht.«

Sehnsüchtig blickten sie sich an. Sie wussten beide, was sie eigentlich wollten.

Tom sagte: »Wir können jetzt noch nicht gehen ... wir müssen irgendwie durch dieses Menü durch. Wenn wir jetzt aufstehen, kann ich nie wieder hierher kommen.« Seufzend griff er nach ihrer Hand.

»Ich verstehe. Aber was ist schon eine Stunde nach der langen Zeit? Ich werde von jedem Gang ein bisschen essen und du solltest das auch.«

»Du hast Recht ...« Er spießte eine Spargelstange auf. »Und außerdem ist es köstlich.«

Alexa folgte seinem Beispiel und aß noch ein wenig von dem Spargel, und als die Langusten serviert wurden, hatte die Spannung zwischen ihnen etwas nachgelassen, und sie konnten sich locker miteinander unterhalten.

Zwischendurch hob Tom sein Rotweinglas und prostete ihr zu. »Auf dich, Alexa. Willkommen in Paris.«

»Ich bin froh, dass ich wieder hier bin«, sagte sie und stieß mit ihm an. Sie trank einen Schluck und meinte dann: »Dein Petrus ist weich wie Seide.«

Er lachte und warf ihr einen erfreuten Blick zu.

Alexa aß einen Bissen von ihrem Lamm, dann ließ sie die Gabel sinken und sagte: »Du hast eben gesagt, dass dir viel im Kopf rumging. Glaubst du ... nun, ich meine, bist du endlich mit dir ins Reine gekommen?«

»Ja, ich glaube schon«, erwiderte er und griff nach seinem Weinglas. Sein Gesicht veränderte sich plötzlich, und alle Fröhlichkeit war daraus verschwunden. »Ich habe lange gebraucht, um Ordnung in meine Gedanken zu bringen und mich mit allem abzufinden, aber ich glaube, ich bin jetzt so weit.«

»Das freut mich. Dann geht es dir jetzt bestimmt besser.«

»Ja. Natürlich gibt es noch Zeiten, in denen ich ... traurig bin, aber meistens geht es mir ganz gut. Ich habe die Dämonen besiegt.«

»Wie hast du das geschafft?«, fragte sie, bereute es jedoch sofort, als sie seinen Gesichtsausdruck sah. »Entschuldige«, fügte sie rasch hinzu. »Ich wollte nicht aufdringlich sein.«

»Wenn ich es dir nicht erzählen kann, wem sonst? Ich war weder bei einem Therapeuten, noch habe ich Psychopharmaka genommen. Ich habe mich einfach dem gestellt, was passiert ist, und vor allem habe ich versucht, meine Schuldgefühle zu überwinden.«

»Das war sicher sehr hart.«

»Ja, aber es hat geklappt. Ich wollte endlich wieder der Tom Conners sein, der ich war, bevor Juliette und Marie-Laure starben. Als ich dir sagte, es gäbe keine Zukunft für uns, und du aus Paris weggingst, war ich völlig am Boden. Ich begann zu trinken.« Er blickte auf sein Weinglas. »Harte Sachen, hauptsächlich Wodka, weil er nach gar nichts schmeckt. In meiner Freizeit saß ich zu Hause und trank. Sechs Monate lang. Eines Tages jedoch wurde mir klar, dass ich mich dafür selbst verabscheute, und dann hörte ich auf. Und ich habe noch etwas anderes getan.«

»Was?«

»Ich beschloss, Nachforschungen anzustellen.«

»Nachforschungen? Worüber?«

»Über Terrorismus. Meine Frau und mein Kind waren an einem warmen, sonnigen Nachmittag in Athen von Terroristen umgebracht worden. Wie alle anderen auf diesem Platz waren sie völlig unschuldig. Ich wollte wissen, wer so etwas tun konnte und warum, und deshalb las ich alles darüber, was ich in die Finger bekam, redete mit Experten und lernte alles über islamischen Fundamentalismus, über *Jihad* und *Hisbollah*. Ich war wie besessen davon, alles in Erfahrung zu bringen, was bekannt war; am Ende hatte ich sieben Notizbücher mit Informationen. Und vor vier Monaten stellte ich auf einmal fest, dass ich frei von Schuldgefühl war … Es war auf einmal weg. Ich hatte meine Frau und meine Tochter nicht umgebracht, weil ich an jenem Tag zu spät gekommen war, sondern sie waren von diesen brutalen Feiglingen in die Luft gejagt worden.«

Alexa schwieg einen Moment, dann griff sie nach seiner Hand. »Hast du jemals herausgefunden, welche Gruppe den Bus in die Luft gejagt hat?«

»Ich habe eine Ahnung, und ich bin sicher nicht der Einzige. Aber was nützt das?« Er seufzte. »Entscheidend war für mich, dass ich meine Schuldgefühle losgeworden bin. Seitdem komme ich mir endlich wieder wie ein normaler Mensch vor.«

»Ich freue mich so für dich, Tom. Ich wusste früher nie, wie ich dir helfen soll. Du hast solche Qualen gelitten …« Alexa brach ab, als der Kellner an ihren Tisch trat und begann, die Teller abzuräumen.

Als sie wieder allein waren, beugte Tom sich vor und sagte leise: »Jetzt kommt gleich dein Schokoladendessert. Schaffst du das noch?«

Sie lachte. »Einen Bissen werde ich wohl noch herunterbekommen.«

»Vielleicht isst du es sogar ganz auf.«

»Das bezweifle ich.«

»Du zweifelst meine Worte also immer noch an. Genau wie mit den Bienen.«

»Bienen?« Sie krauste verwirrt die Nase, aber dann begann sie zu lachen. »Oh, mein Gott, ja. Die *Bienen.*«

Er musste auch lachen.

»Hör mir zu, Tom Conners, niemand hätte dir das geglaubt. Welcher Mensch, der seine fünf Sinne beisammen hat, würde denn glauben, dass es auf dem Dach der Oper einen Bienenstock gibt und dass der Honig sogar verkauft wird? Kein Mensch würde das glauben.«

»Da hast du Recht.«

»Aber du warst so süß, als du mir den Honig gekauft hast, um es mir zu beweisen.«

Er blickte ihr tief in die Augen, drückte ihre Hand und fragte: »Möchtest du Kaffee? Oder sonst etwas?«

»Nein, danke, Tom.«

»Kommst du mit zu mir?«

»Wo soll ich denn sonst hingehen?«

25

Sie standen in der Diele von Toms Wohnung. In den letzten Stunden hatten sie sich nichts sehnlicher gewünscht, als endlich allein zu sein, aber jetzt sahen sie sich nur stumm an.

Im Restaurant hatten sie miteinander gelacht, aber die Spannung war wieder zurückgekehrt, kaum dass sie auf dem Rücksitz des Mercedes Platz genommen hatten.

Sie hatten wenig gesprochen, während Hubert, der Chauffeur, den Wagen durch den abendlichen Verkehr nach Faubourg Saint-Germain gelenkt hatte, wo Tom wohnte.

Jetzt stürzten sie förmlich aufeinander zu und versanken in einer innigen Umarmung.

Tom zog Alexa fest an sich und begann, sie leidenschaftlich zu küssen. Sie erwiderte seine Küsse mit der gleichen Glut.

Alexa zitterte am ganzen Körper. So lange hatte sie sich nach Tom gesehnt ... Tom streichelte ihren Rücken, ihren Po, und als er sich an sie presste, spürte sie durch ihr dünnes Leinenkleid, wie erregt er war. Wärme durchflutete ihren Körper, und sie ließ achtlos ihre Tasche und ihren Schal zu Boden fallen. Eng umschlungen taumelten sie ins Schlafzimmer.

Er zog sie mit sich aufs Bett, und wieder küssten sie sich. Seine Hand glitt über ihre Brust, spielte mit ihrer Brustwarze, die sich unter seiner Berührung aufrichtete. Sie stöhnte leise auf. Rasend vor Begehren und Leidenschaft wälzten sie sich auf dem Bett.

Schließlich löste sich Tom von ihr, stützte sich auf einen Ellbogen und blickte sie an.

Sie sah in seinen blauen Augen, wie sehr er sich nach ihr sehnte und sie begehrte, und ihr Herz flog ihm entgegen. Ihre Kehle wurde eng. Nichts hatte sich geändert. Sie liebte ihn so sehr, dass nichts sonst auf der Welt eine Rolle spielte. Es gab keinen anderen Mann für sie, würde nie einen geben.

Tom fuhr mit dem Finger über ihre Lippen und sagte leise: »Zieh dich aus, Liebling.«

Sie stand auf, schlüpfte rasch aus ihren Kleidern und kam wieder zurück zum Bett.

Auch Tom entkleidete sich, und im gedämpften Schein seiner Nachttischlampe sah sie ihm zu. Sie erbebte, als er sich wieder zu ihr legte. Er war der attraktivste Mann, dem sie je begegnet war, groß, breitschultrig mit langen Beinen und schmalen Hüften, und es war offensichtlich, dass er sie begehrte. Sie sehnte sich danach, dass er zu ihr kam.

Tom legte sich neben sie und zog sie in die Arme. Leise sagte er: »Ich habe nie aufgehört, dich, und nur *dich*, zu begehren, Alex.«

»Oh, Tom ... Tom«, flüsterte sie und strich ihm über die Wange. »Und ich will nur dich ...«

Mit zärtlichen Küssen brachte er sie zum Schweigen. Langsam glitten seine Lippen tiefer, und er bedeckte ihre Brüste, ihren Bauch, die Innenseiten ihrer Schenkel mit kleinen Küssen, die nach und nach immer inniger und leidenschaftlicher wurden, bis er schließlich am Herz ihrer Weiblichkeit angelangt war.

Alexa keuchte unter seinen sinnlichen Berührungen. Sie bog sich ihm entgegen. Zu sehen, wie viel Lust er ihr bereitete, erregte ihn noch mehr. Als sie zum Höhepunkt kam, schrie sie seinen Namen.

Tom wusste, dass er noch nie bei einer Frau so tief empfunden hatte wie bei Alexa. Seine Lust war jetzt so stark, dass er das Gefühl hatte, er müsse explodieren. Er konnte sich nicht mehr länger zurückhalten und legte sich auf sie. Mit beiden Armen stützte er sich ab und blickte auf ihr Gesicht herunter, in dem ihre Liebe und ihr Verlangen sich deutlich widerspiegelten. Auf einmal wusste er, was sie ihm bedeutete. Er war ein Narr gewesen, dass er sie hatte gehen lassen.

Als er in sie eindrang, schrie sie wieder seinen Namen, und als er kam, flüsterte er, dass er sie liebte, dass sie die Liebe seines Lebens war.

Danach lagen sie schweigend im zerwühlten Bett, und jeder hing seinen Gedanken nach.

Für Alexa waren die letzten anderthalb Stunden, die in diesem Bett stattgefunden hatten, nur eine Bestätigung dessen gewesen, was sie schon immer gewusst hatte. Sie liebte Tom, und daran würde sich nie etwas ändern.

Weil er sich nicht an sie binden wollte, hatte sie Erfolg in der Arbeit gesucht und war sogar eine Beziehung zu einem anderen Mann eingegangen ... Jack Wilton. Bei dem Gedanken an Jack sank ihr Herz. Sie würde ihm sagen müssen, dass sie ihn nicht heiraten konnte; sie hasste den Gedanken, ihm wehtun zu müssen. Aber sie konnte Jack nicht heiraten, selbst wenn sie mit Tom keine Zukunft hatte. Ihr Herz gehörte dem Mann, der sie so fest in den Armen hielt, als habe er Angst, dass sie wieder verschwinden könnte.

Er liebte sie, das hatte sie immer schon gewusst. Und er begehrte sie. Sie waren in jeder Hinsicht ein perfektes Paar, und doch konnte er den letzten Schritt nicht tun. Zumindest war das in der Vergangenheit so gewesen, aber vielleicht würde er ja jetzt dazu in der Lage sein. Immerhin hatte er ihr gesagt, dass er keine Schuldgefühle wegen des tragischen Tods seiner Frau und seiner Tochter mehr hatte.

Was sie anging, so war ihr eine Heirat jetzt nicht mehr wichtig. Sie wollte nur noch bei ihm sein. »In Sünde leben«, sagte man dazu. Aber sie sah es nicht so. Wenn man sich liebte, war es keine Sünde. Es war doch eine viel größere Sünde, jemanden zu heiraten, den man nicht liebte, und ihm dann des Rest des Lebens etwas vorzumachen.

Alexa schloss die Augen und dachte an das Kind, das sie sich wünschte. *Sein Kind*. Wenn das jedoch nicht möglich war, so würde sie auch das akzeptieren. Ihr war nur wichtig, mit Tom zusammenzubleiben.

Tom dachte über seine widersprüchliche Natur nach. Er liebte die Frau, die er in den Armen hielt, von ganzem Herzen, er begehrte sie, er wollte ständig mit ihr zusammen sein. Sie passten auch sexuell perfekt zusammen.

Und trotzdem hatte er Angst davor, eine feste Beziehung mit ihr einzugehen, Angst davor, ihr irgendwann einmal wehzutun ...

Aber was würde aus ihm, wenn er sie wieder verlor? Bei dem Gedanken stöhnte er innerlich auf. Wenn er an all die bedeutungslosen Affären dachte, die er in der Zwischenzeit gehabt hatte, ekelte er sich vor sich selbst.

Es war die Wahrheit gewesen, als er ihr gesagt hatte, er habe seine Schuldgefühle überwunden. Sechzehn Jahre lang hatte er damit gelebt, und er dankte Gott jeden Tag dafür, dass er nun endlich frei davon war.

Alexa drehte sich zu ihm und er nahm sie noch fester in die Arme, aber sie entwand sich ihm, bis sie ihm ins Gesicht blickte.

Ihre grünen Augen sahen ihn eindringlich an. »Ich möchte dir etwas sagen, Tom.« Ihr Gesicht war ernst.

Gespannt hielt er den Atem an.

»Ich möchte mit dir zusammen sein ... Heiraten ist mir nicht mehr wichtig. Es zählt nur noch, dass wir zusammen sind.«

Voller Liebe erwiderte er ihren Blick. »Ich möchte auch mit dir zusammen sein – ich empfinde das Gleiche, Alex. Aber wir sind die meiste Zeit so weit voneinander entfernt. Du bist in New York, und ich bin hier.«

»Ich weiß, aber ich komme ja schon bald wieder zurück, wegen des Films.«

»Und danach?«

»Wir schaffen das schon ... wenn wir es wollen.«

»Ja, wir werden es schaffen, Liebling.« Er küsste sie, und sie hielten sich eng umschlungen. Sie wussten beide, dass sie gerade ein Abkommen geschlossen hatten.

Nach einer Weile sagte er an ihrer Halsgrube: »Du bist meine einzige wahre Liebe, Alex.«

Wieder hob sie den Kopf, sodass sie ihn anschauen konnte. Stirnrunzelnd erwiderte sie langsam: »Als wir uns geliebt haben, hast du gesagt, ich sei deine große Liebe ... aber ...« Sie ließ den Satz unbeendet.

Er erwiderte ihren Blick fest. »Ich weiß, dass du an Juliette denkst. Natürlich habe ich sie tief geliebt, aber wir kannten uns seit unserer Kindheit. Das war eine Sandkastenliebe, Alex, und wir waren sehr jung. Zu dir bin ich als erwachsener Mann gekommen, und du warst auch kein Kind mehr, du wusstest schon ein wenig vom Leben. Ich empfinde für dich eine andere Art von Liebe ... und deshalb bist du die Liebe meines Lebens.«

Sie küsste ihn sanft auf die Wange und ließ dann ihre Lippen zu seinem Mund gleiten. »Es wird schon alles gut werden. Mit uns wird alles gut werden, Tom.«

Er lächelte sie an, und sie kuschelte sich wieder in seine Arme. Ihre Wange ruhte an seinem Gesicht, und er war glücklich.

Er schloss die Augen und merkte auf einmal, dass der Schmerz endgültig nicht mehr da war. Auf wundersame Weise war der Schmerz, mit dem er so lange gelebt hatte, verschwunden ... Er hatte endlich Frieden mit sich geschlossen.

»Was ist das für ein Foto in deinem Album?«, fragte Tom, als Alexa aus dem Bad in ihrem Hotelzimmer trat. Es war Sonntag morgen. Sie waren eine halbe Stunde zuvor ins Meurice gefahren, damit sie sich umziehen konnte. Während er wartete, hatte Tom, neugierig wie er war, ihr kleines Fotoalbum durchgeblättert.

»Welches meinst du?«, fragte sie.

»Das hier«, erwiderte er und hielt ihr das Album entgegen.

Es war eine Aufnahme von Jessica und Lucien vor der Pont des Arts, wo sie sie wenige Wochen vor ihrer Abschlussprüfung fotografiert hatte.

»Das ist Jessica Pierce«, erklärte Alexa. »Sie war mit mir zusammen auf Anjas Schule.«

»Nein, nein, ich meine den Mann. Warum hast du ein Foto von ihm in deinem Album? Ich wusste gar nicht, dass du ihn kennst. Er ist ein Nachbar meiner Eltern.«

Alexa starrte Tom fassungslos an und rief aus: »Das kann nicht sein. Lucien ist vor ...«

»Warum nennst du ihn so?«, unterbrach Tom sie.

»Weil er so heißt ... Lucien Girard.«

»Nein, nein, Alex«, widersprach Tom kopfschüttelnd. »Der Mann neben Jessica heißt Jean Beauvais-Cresse, und er lebt im Loire-Tal.«

26

Für den Bruchteil einer Sekunde war Alexa sprachlos. Sie ließ sich auf den Sessel ihm gegenüber sinken und schaute ihn verblüfft an. Schließlich stieß sie hervor: »Tom, bist du dir da sicher?«

Er lehnte sich auf dem Sofa zurück, und ein nachdenklicher Ausdruck huschte über sein Gesicht. »Nun, es heißt ja, jeder Mensch hätte irgendwo einen Doppelgänger, aber eigentlich bin ich mir ziemlich sicher, dass das Jean Beauvais-Cresse ist.« Er beugte sich vor und streckte die Hand nach dem Album aus. »Lass mich das Foto bitte noch einmal ansehen, Alexa.«

Sie reichte ihm das Album und wartete.

Sorgfältig studierte er das Bild von Jessica und Lucien, und schließlich legte er das Album auf den Tisch. »Weißt du, Alex«, sagte er, »zwischen zwanzig und dreißig verändern sich die Leute nicht so sehr, dass man sie nicht mehr wiedererkennt. Der Mann auf dem Foto scheint Mitte zwanzig zu sein. Hast du es aufgenommen?«

»Ja.«

»Wann? Vor etwa sieben oder acht Jahren?«

»Ja. Kurz vor unserem Abschlussexamen.«

»Der Mann, den ich kenne – na ja, eigentlich kenne ich ihn nicht, ich bin nur mit ihm bekannt –, ist jetzt ungefähr Mitte dreißig.« Tom legte die Hände auf die Knie und beugte sich leicht vor. »Ich weiß, dass das Jean ist.«

Alexa biss sich auf die Lippe. Kopfschüttelnd erwiderte sie: »Dann muss er eine Zeit lang ein Doppelleben geführt haben.«

»Erzähl mir von ihm und Jessica.«

»Es gibt nicht viel zu erzählen. Jessica und Lucien lernten sich kennen und verliebten sich ineinander. Bald waren sie unzertrennlich. Sie sagte mir damals, sie wollten heiraten und zusammenbleiben. Und dann löste sich Lucien eines Tages in Luft auf. Er verschwand einfach, ohne eine Spur zu hinterlassen. Sie hat ihn nie wiedergesehen.«

Verblüfft rief Tom aus: »Es verschwindet doch niemand einfach so! Er hat ihr doch bestimmt später alles erklärt, oder?«

»Nein. Sie hat ihn nie wiedergesehen. Jessica brach es das Herz. Sie und ein Freund von Lucien unternahmen alles, um ihn wiederzufinden, aber ohne Erfolg. Schließlich gab sie die Suche auf und kehrte in die Staaten zurück.«

»Und sie hat nie mehr von ihm gehört?«

»Ich ... wir ... nun, wir hatten dann keinen Kontakt mehr zueinander. Aber zumindest Anja hätte gewusst, wenn Lucien wieder aufgetaucht wäre. Und Anja oder Nicky hätten es mir bestimmt erzählt. Schließlich habe ich ja nach dem Examen noch lange genug hier gewohnt, ehe ich wieder in die USA zurückgegangen bin.«

Tom nickte nachdenklich. »Was für eine seltsame Geschichte.« Stirnrunzelnd fragte er: »Was hat dieser Lucien Girard damals eigentlich gemacht? War er auch Student?«

»Er war Schauspieler. Nicht besonders bekannt – er hatte immer nur kleine Rollen, aber nach allem, was ich gehört habe, muss er ganz gut gewesen sein.«

»Was weißt du sonst noch von ihm?« Jetzt kam der Anwalt in Tom zum Vorschein. »Die Sache reizt mich, muss ich gestehen.«

»Nichts viel. Lucien und Jessica waren oft miteinander allein, wir haben nur ein paar Mal etwas gemeinsam unternommen.« Hilflos zuckte sie mit den Schultern.

Tom schwieg. Nachdenklich rieb er sich das Kinn. »Nun, es geht mich ja nichts an«, murmelte er schließlich. »Allerdings ist es ziemlich unwahrscheinlich, dass sich zwei Männer so ähnlich sehen, es sei denn, sie sind eineiige Zwillinge.«

»Das könnte es doch sein!«, rief Alexa aus. »Vielleicht hat ja dieser Jean, der neben deinen Eltern wohnt, wirklich einen Zwillingsbruder.«

»Ja, das wäre möglich. Ich weiß nicht besonders viel über die Familie.«

Alexa stand auf und trat ans Fenster. Eine Weile blickte sie auf die Tuilerien. Dann setzte sie sich wieder und sagte zu Tom: »Und wenn nun Lucien und Jean doch ein und dieselbe Person sind? Meinst du nicht auch, dass Jessica Pierce ein Recht darauf hätte, es zu erfahren? Zu hören, dass er gesund ist, dass er lebt? Dann könnte sie das Ganze endlich abschließen.«

»Das könnte sein. Aber vielleicht würden wir damit auch nur alte Wunden aufreißen. Vielleicht ist es ihr längst völlig egal, weil sie mit jemand anders verheiratet ist.«

»Nein, das ist sie nicht. Anja hat mir erzählt, dass außer Kay Lenox keine von uns geheiratet hat. Ich glaube, ich sollte Jessica davon erzählen, auch wenn wir im Streit auseinander gegangen sind. Anja möchte sowieso, dass wir uns wieder versöhnen.«

»Das musst du dir gut überlegen«, warnte Tom sie. »Könnte es Jessica nicht sehr verletzen, wenn sie erfährt, dass ihr ehemaliger Freund wohlauf und munter ist und an der Loire lebt?«

»Ja, vermutlich. Außerdem wissen wir ja gar nicht genau, ob Jean wirklich Lucien ist. Aber wenn er es nun doch wäre? Dann hat er sich wirklich mies verhalten.«

Tom teilte ihre Meinung und erwiderte: »Könnte es nicht sein, dass Lucien mit Jessica Schluss machen wollte und einfach abgehauen ist, weil er die Auseinandersetzung scheute?«

»Das ist durchaus möglich. Ziemlich feige. Ich frage mich noch was anderes, Tom. Wenn Lucien tatsächlich Jean Beauvais-Cresse ist, warum hat er sich dann hier Lucien Girard genannt?«

»Keine Ahnung… ich kann mir auch keinen Grund dafür vorstellen…«

»Ein Rätsel«, murmelte sie und sprang auf. »Ich ziehe mich rasch an. Es dauert nur ein paar Minuten, dann können wir zu Anja fahren. Wir dürfen nicht zu spät zum Sonntagsessen kommen, das wäre ein Sakrileg.«

Während der Fahrt zu Anjas Haus schwieg Alexa, und Tom warf ihr ab und zu einen Blick von der Seite zu. Sie wirkte nachdenklich, und er wusste, dass er sie dann am besten in Ruhe ließ.

Er lehnte sich in den Sitz zurück und dachte an ihren gemeinsamen Morgen. Sie waren früh aufgewacht und hatten Frühstück gemacht. Später war Alexa durch die Wohnung gewandert und hatte staunend die Veränderungen der letzten drei Jahre betrachtet. Dann hatte sie in ihrem Hotel angerufen, um sich nach Nachrichten zu erkundigen; es gab nur eine einzige von Anja, die sie zum Mittagessen einlud. Alexa hatte zurückgerufen, um zu fragen, ob sie Tom mitbringen könne, und als sie aufgelegt hatte, hatte sie einen Jubelschrei ausgestoßen. »Sie kann es nicht erwarten, dich wiederzusehen, Tom! Du bist auch eingeladen.«

Auf dem Weg zu Anja hatten sie am Hotel Halt gemacht, damit Alexa sich umziehen und schminken konnte. Während er sie jetzt betrachtete, dachte er, dass man an ihrer Kleidung deutlich ihre Nationalität erkannte. In ihrer Blue Jeans, der weißen Seidenbluse und den braunen Mokassins konnte sie nur eine Amerikanerin sein. Um die Schultern hatte sie einen dunkelblauen Kaschmirpullover geschlungen, und sie trug die braune Kelly-Bag, die er ihr einmal geschenkt hatte.

Er liebte ihr Aussehen. Er liebte die ganze Frau, und er wusste, dass sie ihn liebte. Daran hatte er nie einen Zweifel gehabt: Er war derjenige gewesen, der sich in der Vergangenheit schlecht benommen hatte.

Tom war klar, dass Alexa Anja von der Ähnlichkeit zwischen Lucien Girard und Jean Beauvais-Cresse erzählen würde. Alexa hatte das kleine rote Fotoalbum in die Tasche gesteckt, als sie aufgebrochen waren. Seine Gedanken wanderten zu Jessica, die auf dem Foto so jung und schön aussah. Es hatte sie bestimmt zutiefst getroffen, als ihr Freund auf einmal verschwand. Ob es wirklich klug war, ihr von Jean zu erzählen?

»Warum seid ihr, Jessica und du, eigentlich im Streit auseinander gegangen?«, fragte er unvermittelt.

Alexa wandte sich zu ihm. »Nicht nur Jessica und ich, Tom. Wir waren zu viert, und wir haben uns alle gestritten. Es war ein einziges Chaos.«

»Worum ging es?«

»Es wäre zu kompliziert, dir das jetzt zu erklären. Ich erzähle es dir später. Aber Anja hat Recht – wir sollten uns vor ihrem Fest auf jeden Fall treffen und versöhnen.«

»Das halte ich auch für eine gute Idee.« Tom ergriff ihre Hand. »Ich habe über Jean Beauvais-Cresse nachgedacht. Ich habe dir ja gesagt, dass ich ihn kaum kenne. Aber ich könnte meinen Vater anrufen und ihn fragen, was er weiß.«

Alexas Gesicht hellte sich auf. »Würde es dir was ausmachen?«

»Nein. Ich rufe ihn nach dem Essen an. Kommt übrigens sonst noch jemand heute Mittag?«

»Anja hat nichts gesagt. Möglicherweise ist Nicky da. Er steht ihr sehr nahe.«

»Ich würde ihn gerne wiedersehen.«

»Mir ist gerade etwas eingefallen. Wenn ich mich richtig erinnere, hat Larry Sedgwick Lucien Jessica vorgestellt. Aber das braucht nichts zu bedeuten.« Sie biss sich auf die Unterlippe. »Die Vorstellung, dass Lucien irgendwelche Spielchen gespielt hat, ärgert mich. Aber ich weiß auch nicht, was wir am besten tun sollen.«

»Im Moment bestimmt nichts«, erwiderte Tom. »Du kannst nicht einfach herumlaufen und irgendwelche Leute beschuldigen, früher einmal jemand anders gewesen zu sein. Du hättest ganz schnell eine Klage am Hals.«

»Das hatte ich ja auch gar nicht vor«, entgegnete sie schnippisch und schaute aus dem Fenster. Dann aber wandte sie sich wieder zu ihm und sagte fröhlich: »Aber du würdest mich immer verteidigen, oder?«

»Mit meinem Leben«, antwortete er und legte den Arm um sie.

27

Anja Sedgwick blickte sich zufrieden in ihrem Wohnzimmer um. Es wirkte heute früh besonders gemütlich und einladend, fand sie.

Vasen mit roten und gelben Tulpen bildeten lebhafte Farbkleckse, und im Kamin prasselte ein Feuer. Obwohl es ein sonniger Maitag war, fand Anja es kühl, und sie hatte Honorine gebeten, ein Feuer zu machen.

Elegant gekleidet wie immer schritt sie durch das Zimmer und sah sich mit Adleraugen um. Es war jedoch alles in Ordnung, und sie setzte sich an den Schreibtisch.

Während sie auf ihre Gäste wartete, ging sie noch einmal die Gästeliste für ihr Geburtstagsfest durch. Sie war in den letzten Wochen deutlich länger geworden. Fast alle hatten zugesagt, und außerdem waren auch noch zahlreiche Namen hinzugekommen. Nicky hatte vor ein paar Tagen gesagt, dass es mittlerweile hundertfünfzig Personen seien. Es würde wunderschön werden.

Sie ließ die Liste sinken und starrte einen Moment lang vor sich hin. Ihre blauen Augen waren so klar und strahlend wie eh und je. Sie war voller Vorfreude auf ihren fünfundachtzigsten Geburtstag und hatte bereits sorgfältig geplant, was sie anziehen wollte.

Anja wusste, dass sie jünger aussah, und sie fühlte sich auch so, aber nichtsdestotrotz war sie eine alte Frau.

Ich war fünfundachtzig Jahre auf dieser Welt und habe jedes Jahr voll ausgekostet. Ich habe geliebt und gesorgt, war neugierig und an allem und jedem interessiert. Nie war ich gelangweilt oder missmutig, immer war ich voller Energie und Optimismus. Sie lächelte in sich hinein, als sie im Stillen hinzufügte: Und ich habe nicht die Absicht, schon zu sterben. Ich habe vor, lange zu leben.

Das Telefon klingelte, und sie nahm den Hörer ab. »Hallo?«

»Ich bin es, Nicky. Guten Morgen. Es tut mir Leid, aber …«

»Sag bloß nicht, dass du nicht zum Mittagessen kommst.«

»Es gibt ein kleines Problem.«

»Welches?«

»Maria. Sie ist sehr nervös, weil sie Alexa gegenübertreten soll.«

»Nun, es ist sicher besser, wenn sie es jetzt hinter sich bringt – sie muss es doch sowieso bald tun. Ich möchte, dass vor dem Fest alles wieder in Ordnung ist, und das geht offenbar nur durch Konfrontation. Ich bin entschlossen, diesem Streit auf den Grund zu gehen, Nicky«, erklärte Anja in bestimmtem Tonfall.

»Du hast ja Recht«, erwiderte er rasch. Er wusste, dass man ihr nicht widersprechen durfte, wenn sie in diesem Tonfall redete.

»Es freut mich, dass du es so siehst. Sie muss heute mit zum Essen kommen. Ich will im Laufe der Woche alle vier bei mir versammeln, also ist das ein guter Anfang.«

»Kommt denn sonst noch jemand?«, fragte er besorgt.

»Nein. Nur Alexa und Tom, wie ich dir gesagt habe.«

»Sind sie wieder zusammen?«

»Ich weiß nicht … Sie haben sich gestern Abend getroffen.«

Nicky seufzte. »Na gut. Ich hoffe, ich kann sie überreden.«

»Sei nicht so nachgiebig, Nicky. Du musst entschlossen auftreten. Warte ... hol sie mir mal ans Telefon! Ich rede selber mit ihr.«

»Oh, ich bin nicht ...«

»Lüg mich nicht an, Nicky. Ich weiß doch, dass sie bei dir ist. Du kannst mir nichts vormachen ... Hol mir Maria ans Telefon. Auf der Stelle!«

»Ist ja schon gut. Beruhige dich, Anja.«

Einen Moment später sagte Maria mit schwacher Stimme: »Guten Morgen, Anja.«

»Guten Morgen, Liebes. Ich erwarte euch um eins zum Mittagessen. Und komm bitte, Maria! Es ist mir sehr wichtig, dass du heute dabei bist.«

»Ja, Anna, wir kommen. Möglicherweise verspäten wir uns allerdings ein wenig.«

»Beeil dich bitte, Maria. Kommt bitte nicht *zu* spät.«

»Nein, nein, wir beeilen uns«, versprach Maria und legte auf.

Anja erhob sich und trat an den Kamin. Ein paar Minuten lang blieb sie dort stehen und dachte über Nicky und Maria nach. Sie hatte sie seit Marias Ankunft in Paris ein paar Mal zusammen gesehen, und es war offensichtlich, dass sie nur Augen füreinander hatten. Sie sind verliebt, dachte sie. Hoffentlich konnte Nicky so schnell wie möglich seine Probleme mit Constance regeln. Ihr war schon häufiger durch den Kopf gegangen, dass Maria und Nicky hervorragend zueinander passten. Sie sollten heiraten.

Was Alexandra und Tom Conners anging, so war es für Anja keine Frage, dass die beiden gestern Abend wieder zusammengekommen waren. Als Alexandra ihren Anruf heute früh erwidert hatte, hatte sie sie danach gefragt, und Alexa hatte die Frage bejaht und hinzugefügt, »für immer und ewig«. Anja lächelte leise. Sie hatte immer geahnt, dass ihre Lieblingsstudentin ihn noch liebte, dass er ihre große Liebe war.

Zehn Minuten später stürzte Alexa ins Zimmer, dicht gefolgt von einem strahlenden Tom.

»Guten Morgen, Anja!«, rief sie und umarmte ihre alte Lehrerin. Sie flüsterte ihr ins Ohr: »Ich bin dir so dankbar, dass du mich gedrängt hast, ihn anzurufen. Er ist so wundervoll.«

»Ich freue mich, dass ihr hier seid«, erwiderte Anja liebevoll. Sie streckte Tom die Hand entgegen. Er ergriff sie und begrüßte sie mit einem festen Händedruck.

»Danke für die Einladung, Anja. Es ist schön, Sie nach so langer Zeit endlich einmal wiederzusehen.«

»Sie sehen gut aus, Tom«, sagte Anja lächelnd. »Nun, was möchtet ihr beiden denn trinken?« Sie blickte zu einer Kommode in einer Ecke des Zimmers, auf der auf einem Tablett Flaschen und Gläser standen. Auch zwei Silberkübel mit Eis standen dort. In einem steckte eine Flasche Weißwein, in dem anderen eine Flasche Champagner.

»Alexa möchte bestimmt Champagner, und ich auch. Soll ich ihn einschenken? Was möchten Sie?«

»Ich nehme auch ein Glas Veuve Cliquot, danke. Ja, betätigen Sie sich doch als Barkeeper.«

Er nickte und trat zu der Kommode. Sie sah ihm nach, wobei sie dachte, dass sie schon lange mehr kein solches Prachtexemplar von einem Mann gesehen hatte. Er hatte nicht nur ein gut geschnittenes Gesicht, sondern auch einen außergewöhnlich gut gebauten Körper. Sie hatte ganz vergessen, wie groß und muskulös Tom war.

Ungeniert musterte Anja ihn, während er den Champagner in die Gläser einschenkte. Wie immer war er gut angezogen; er trug ein hellblau kariertes Hemd, eine dunkelblaue Krawatte, einen dunkelblauen Blazer und Blue Jeans. Maßgeschneidert, dachte Anja und nahm ihr Glas von ihm entgegen.

Sie standen vor dem Kamin und stießen miteinander an. Als Anja Tom anblickte, blendeten sie seine Augen fast. Er hatte die blauesten Augen, die sie je in ihrem Leben gesehen hatte. Wenn ich nur fünfzig Jahre jünger wäre, dachte sie, musste aber insgeheim lächeln.

»Kommt Nicky auch?«, fragte Alexa.

»Ja, und er bringt Maria Franconi mit.«

»Oh nein!«, rief Alexa aus.

»Oh doch!«, gab Anja zurück. »Du solltest dich besser daran gewöhnen, Alexa. Schließlich willst du mit Nicky zusammenarbeiten. Die beiden sind ein Paar. Aber abgesehen davon hoffe ich, dass ihr, du, Maria, Jessica und Kay, euch wieder vertragt. Ich werde euch in der kommenden Woche alle zusammen zum Abendessen einladen, dann könnt ihr euren Streit beilegen. Keine von euch hat mir im Übrigen jemals erzählt, warum ihr euch eigentlich so gestritten habt.« Fragend zog sie eine Augenbraue hoch.

»Es hat alles mit Maria angefangen«, stieß Alexa hervor. »Aber da sie heute Mittag kommt, reden wir jetzt besser nicht darüber.« Sie und Anja setzten sich aufs Sofa, Tom ließ sich auf dem Sessel daneben nieder und stellte sein Glas auf den Couchtisch. Dann wandte er sich an Anja und sagte: »Ich glaube, Alexa möchte etwas Wichtiges mit Ihnen besprechen. Nicht wahr, Alex?«

Alexa konnte nur nicken. Als sie endlich ihre Stimme wiedergefunden hatte, sagte sie: »Am besten erzählt dir Tom zuerst, was wir heute früh entdeckt haben.« Sie stellte ihr Glas ab, griff nach ihrer Tasche und öffnete sie.

Tom sagte: »Alexa hat sich im Hotel umgezogen und ich habe in der Zwischenzeit in ihrem kleinen Fotoalbum geblättert. Und dabei entdeckte ich das Foto eines Mannes, der in der Nähe meiner Eltern an der Loire wohnt. Er war mit dieser schönen Blonden zusammen fotografiert. Oh, und er sieht auf dem Foto etwa acht Jahre jünger aus als heute. Es überraschte mich ein wenig, weil ich mir gar nicht vorstellen konnte, warum Alex ausgerechnet ein Foto von ihm in ihrem Album haben sollte.«

Anja hatte aufmerksam zugehört, und jetzt fragte sie Alexa: »Wer war die blonde Frau? Ich nehme an, Jessica.«

»Genau.« Alexa reichte ihr das Album mit dem Foto von Lucien und Jessica.

Anja betrachtete es eine Weile, dann sagte sie zu Tom: »Das ist Lucien, so wie ich mich an ihn erinnere. Wer sollte es denn Ihrer Meinung nach sein?«

»Jean Beauvais-Cresse, ein Mann Mitte dreißig, der in der Nähe meiner Eltern lebt. Er ist kein Freund, nur ein Nachbar, und ich weiß nicht besonders viel über ihn. Aber Lucien Girard sieht ihm unglaublich ähnlich.«

»Er könnte mit ihm verwandt sein«, erwiderte Anja.

»Das ist möglich«, stimmte Tom zu. »Sein Zwilling, ein Bruder, ein Cousin.« Das Wahrscheinlichste war wirklich eine rein familiäre Ähnlichkeit. Tom holte tief Luft und schloss: »Alex möchte gerne mit Jessica reden. Was halten Sie davon, Anja?«

»Im Augenblick gar nichts!«, rief Anja aus. Sie ergriff Alexas Hand und drückte sie beschwörend. »Im Moment solltest du Jessica noch nichts davon erzählen. Es würde sie furchtbar aufregen.«

»Ich wollte ja auch erst mit ihr reden, wenn wir ein paar Nachforschungen angestellt haben. Tom möchte gerne seinen Vater anrufen und ihn fragen, was er über diesen Mann weiß«, erklärte Alexa.

Anja nickte. »Das ist eine gute Idee, Tom.«

Alexa warf ein: »Anja, du denkst wahrscheinlich, ich spinne, aber ich habe ein komisches Gefühl bei dem Foto … ich glaube, es ist wirklich Jean-Beauvais Cresse als junger Mann, und er und Lucien sind ein und dieselbe Person. Ich kann es auch nicht erklären, aber ich habe so ein Gefühl.«

»Ich war schon immer der Meinung, man soll sich auf seinen Instinkt verlassen«, erwiderte Anja. »Es kann durchaus sein, dass du Recht hast, Alexa. Aber du darfst Jessica noch nichts davon erzählen.«

»Genau«, rief Tom aus. »Wir haben noch keine Beweise, noch nichts Konkretes in der Hand. Vielleicht kann Dad uns ja weiterhelfen, vielleicht kommen wir dem Rätsel um Jean und Lucien Girard ja noch anders auf die Spur …« Tom brach ab, da Nicky mit Maria Franconi ins Zimmer trat.

»Ich hoffe, wir sind nicht allzu spät«, sagte Nicky. Er küsste Anja, drückte Alexas Schulter und schüttelte dann Tom begeistert die Hand. »Tom, wie schön, dich zu sehen! Das ist Maria Franconi. Ich glaube nicht, dass ihr euch kennt.«

Lächelnd schüttelte auch Maria Tom die Hand und murmelte: »Ich freue mich, Sie kennen zu lernen.«

»Die Freude ist ganz auf meiner Seite«, erwiderte Tom lächelnd.

Maria gab Anja einen Kuss auf die Wange, dann warf sie Alexa, die noch auf dem Sofa saß, einen Blick zu und rang sich ein Lächeln ab. »Hallo, Alexa.«

»Hallo, Maria«, erwiderte Alexa kühl.

»Sei so lieb, Nicky, und schenk Maria ein Glas Champagner ein«, sagte Anja.

»Oh nein, Anja, danke, ich hätte lieber Wasser«, erklärte Maria.

Nicky erwiderte: »Kommt sofort, meine Süße, aber ich glaube, *ich* trinke einen Schluck Champagner.« Er trat auf die Kommode zu.

»Setz dich doch, Maria«, forderte Anja sie auf und wies auf den Sessel neben sich. »Ich hatte noch keine Gelegenheit, es dir zu sagen, aber ich habe mir die Fotos angesehen. Deine Bilder sind außergewöhnlich gut! Aber du warst ja schon auf der Schule eine großartige Malerin.«

Erfreut antwortete Maria: »Danke, Anja. Dein Urteil bedeutet mir viel.«

Nicky brachte Maria ihr Wasser und stellte sich dann vor den Kamin, um sie alle zu betrachten. Er hob sein Glas und sagte: »Cheers, auf euch!«

»Cheers«, erwiderte Tom.

»Santé, mein lieber Nicky«, murmelte Anja.

Alexa hob nur lächelnd ihr Glas. Aus den Augenwinkeln beobachtete sie Maria, wobei sie dachte, dass Anja nicht übertrieben hatte. Maria Franconi sah ganz anders aus als vor sieben Jahren. Sie war jetzt wirklich eine schöne Frau.

Nicky warf Tom einen Blick zu und fragte: »Habe ich eben gehört, wie du von Lucien Girard gesprochen hast, oder habe ich mir das nur eingebildet?«

Es wurde still im Zimmer. Tom und Alexa wechselten einen Blick.

Anja entgegnete rasch: »Oh, es war nichts Wichtiges, Nicky, Tom hat ihn nur zufällig erwähnt. So, ich möchte euch nicht drängen, aber wir sollten hier nicht mehr so lange herumstehen. Honorines Tochter, Yvonne, ist heute zum Kochen da, und für den ersten Gang hat sie sich etwas ganz Besonderes ausgedacht. Also, trink aus, Nicky.«

Kurz darauf erschien Honorines grauer Lockenkopf an der Tür zum Wohnzimmer. Strahlend verkündete sie:

»*Le déjeuner est prêt, Madame.*« Damit verschwand sie wieder.

Sie tranken aus und gingen alle die Treppe hinunter. Alexa blieb hinter den anderen zurück und flüsterte Anja zu: »Wie viel hat Nicky gehört, was meinst du?«

Anja zuckte mit den Schultern und erwiderte leise: »Ich weiß nicht ...« Zögernd fügte sie hinzu: »Aber vergiss nicht, er und Larry kannten Lucien auch, schließlich hat Larry ihn Jessica vorgestellt. Vielleicht lohnt es sich ja, ihm ein paar Fragen zu stellen.«

»Nicky ist in Ordnung, aber Maria traue ich nicht. Möglicherweise erzählt sie es Jessica, und das wäre eine Katastrophe.«

»Sie weiß ja gar nicht, wo Jessica wohnt«, murmelte Anja.

»In welchem Hotel ist sie denn?«

»Im Plaza Athénée.«

Tom rief zu ihnen herauf: »Nun kommt schon – Nicky und Maria warten bereits im Esszimmer.«

Die beiden Frauen stiegen die Treppe hinunter, und unten angekommen, rief Anja aus: »Entschuldigt, meine Lieben, ich bin leider heute ein wenig steif. Alexa hat mir geholfen.«

Nicky ergriff Anjas Arm und führte sie ins Esszimmer, von dem aus man über den gepflasterten Hof und den Garten blickte. Der Raum war mit verschiedenen Schattierungen von Hell- und Dunkelgrün eingerichtet, die durch Weiß ergänzt wurden. Die weißen Stores, das dunkle Holzparkett und zahlreiche weiß blühende Pflanzen ließen den Raum frisch und kühl erscheinen.

Am runden Tisch aus glänzend poliertem Eibenholz, der von fünf Louis-XV.-Stühlen mit weiß-grün karierten Polstern umgeben war, stützte Anja sich mit einer Hand auf einem Stuhl ab und sagte: »Maria, setz dich links neben mich, und Sie, Tom, bitte rechts von mir. Alexa, Liebes, du setzt dich neben Tom, und du, Nicky, du kannst zwischen Maria und Alexa sitzen.«

Lächelnd ließ sie sich nieder. »Ja, ich glaube, so ist es angenehm.« Sie wandte sich an Nicky. »Würdest du bitte den Weißwein ausschenken? Zum Hauptgang gibt es dann einen Rotwein.«

Nicky hatte ihren Wunsch gerade erfüllt, als Honorine mit einem großen Tablett ins Zimmer trat. Ihre Tochter Yvonne folgte ihr mit einem kleineren Tablett. Leise begrüßte sie die Gäste und trat mit ihrer Mutter an den Serviertisch.

Kurz drauf saßen sie alle vor einem Käsesoufflé, das sie einmütig als köstlich bezeichneten. Nicky verkündete: »Es ist so leicht wie Babyatem!« Alle lachten, und das Eis war gebrochen, aber Anja bemerkte dennoch, dass Alexa und Maria es vermieden, miteinander zu sprechen. Tom und Nicky jedoch waren in ein lebhaftes Gespräch über die Filmbranche vertieft.

Anja wandte sich an Maria und sprach mit ihr über ihre Bilder, während Alexa sich am Gespräch der beiden Männer beteiligte. Nicky erzählte von dem neuen Film über Maria Stuart, und Tom lauschte fasziniert.

Nachdem die Vorspeisenteller abgeräumt worden waren, servierte Nicky allen außer Maria den Mouton Rothschild, und Tom schenkte Mineralwasser ein. Kurz darauf erschien Honorine wieder, dieses Mal mit gebratener Lammkeule, wieder gefolgt von Yvonne, die Schüsseln mit Gemüse und Bratkartoffeln brachte. Die beiden Frauen legten ihnen vor, dann gingen sie wieder. Kurz darauf kam jedoch Honorine noch einmal mit der Sauciere, die sie auf den Tisch stellte.

Anja bat noch um eine andere Sauce, wobei sie erklärte: »Bei Lamm bin ich sehr englisch ... Das liegt wohl an meiner Erziehung. Ich liebe es dünn geschnitten und mit Mintsauce.« Sie lachte. »Die Franzosen schaudert es, wenn sie das sehen.«

»Sie können sich eben einfach nicht vorstellen, wie jemand eine Sauce über sein Fleisch gießen kann, die mit Essig zubereitet wird«, erwiderte Nicky grinsend. »Du weißt ja, dass ich Lamm genauso esse.«

Während sie den Hauptgang verzehrten, plätscherte die Unterhaltung locker dahin. Ab und zu blickte Anja sich um und freute sich, dass sie heute alle bei ihr waren und dass die Atmosphäre gelöst war. Maria allerdings schien sich weniger wohl zu fühlen als Alexa. Zweifellos hatte Alexa die Wahrheit gesagt, als sie Maria die Schuld am Zerbrechen ihrer Freundschaft gegeben hatte, aber es war doch schon so lange her. Anja wünschte sich, die Mädchen könnten den Vorfall einfach vergessen. Und was Maria anging, so war sie eine so große Künstlerin, dass es wirklich eine Schande war, sie in einem Textilunternehmen in Mailand versauern zu lassen. Aber eigentlich ging sie das ja nichts an, dachte Anja. Sie hoffte nur, dass Nicky sich für das Mädchen als der Ritter in glänzender Rüstung erweisen würde, der sie aus der Gefangenschaft befreite.

Nach dem Mittagessen bat Anja alle nach oben. Sie schenkte gerade den Kaffee aus, als Tom fragte: »Darf ich einmal Ihr Telefon benutzen, Anja?«

»Aber natürlich«, erwiderte sie. Mit einem Blick auf Alexa fuhr sie fort: »Zeigst du bitte Tom das kleine Zimmer hinten am Flur, Alexa?«

Alexa nickte und ging mit Tom aus dem Zimmer. Als sie auf dem Flur standen, zog er sie in die Arme und küsste sie. Als er sich wieder von ihr löste, meinte er: »Wir sollten doch nicht ins Kino gehen. Was hältst du davon, wenn wir direkt zu mir nach Hause fahren?«

Liebevoll lächelte Alexa ihn an. »Abgemacht, Tom Conners.«

Alexa öffnete die Tür zu der kleinen Kammer und sagte: »Bleib nicht zu lange.«

Während sie zurückging, fragte sich Alexa, ob sie Nicky von Lucien Girard erzählen sollte. Normalerweise hätte sie es getan, aber Marias Anwesenheit hielt sie davon ab. Sie traute ihr eben nicht mehr. Schon damals hatte sie nichts für sich behalten können.

Äußerlich jedoch hatte sie sich sehr verändert. Sie hatte immer gerne und viel gegessen, und während ihres Studiums war sie ein wenig mollig gewesen. Jetzt aber hatte sie eine blendende Figur, und mit ihrem schönen Gesicht und den dicken schwarzen Haaren wirkte sie wie ein Filmstar. Sie sah fast aus wie Penelope Cruz.

Als Alexa ins Wohnzimmer trat, stand Maria am Fenster. In ihrer dunkelroten Hose, der Seidenbluse und dem dazu passenden Jackett wirkte sie lässig und elegant. Ihre schwarzen Haare trug sie offen, und ihr Gesicht wirkte im Profil unglaublich schön.

Kein Wunder, dass Nicky sich in sie verliebt hat, dachte Alexa und setzte sich neben ihm auf das Sofa. Man sah ihm deutlich an, dass er völlig in Marias Bann stand.

Sie warf Nicky einen Blick zu. »Ich kann es kaum erwarten, das Drehbuch zu sehen. Wenn ich es gelesen habe, fährt Tom mit mir an die Loire. Er meint, dort finden wir bestimmt einen geeigneten Drehort.«

»Da hat er Recht. Vielleicht sollten wir alle für ein Wochenende dorthin fahren«, schlug Nicky vor.

Alexa riss die Augen auf. »Machst du Witze?«

»Oh, ich weiß, dass du wütend auf Maria bist«, erwiderte Nicky. »Sie hat mir alles erzählt. Aber ehrlich gesagt, ist es langsam an der Zeit, dass ihr den Streit vergesst und euch wie erwachsene Frauen benehmt.«

»Hört! Hört!«, rief Anja aus. »Zeit für eine Aussprache!«

Maria setzte sich zögernd auf die Kante eines Sessels und sagte leise: »Es tut mir Leid, Alexa, dass ich dir so viel Ärger gemacht habe. Ich bedauere es wirklich. Aber ich war damals noch jung, ich wollte nicht ...«

»Du hast mich verraten!«, unterbrach Alexa sie. Es hatte all die Jahre so geschmerzt, und jetzt war sie nicht bereit, Maria auch nur einen Zollbreit entgegenzukommen.

»Das war nicht meine Absicht! Es war Zufall. Ein Irrtum meinerseits. Ich habe immer ... es tut mir so Leid, Alexa.«

Alexa musterte sie finster. »Ich hatte niemals Interesse an Riccardo. Das hast du dir nur eingebildet. Und du hast daraus eine Riesensache gemacht. Du hast die Geschichte so aufgebauscht, dass sogar Jessica sich gegen mich gestellt und dir den Rücken gestärkt hat. Sie hat dir geglaubt und hat mir die Freundschaft aufgekündigt. *Du* hast meine Freundschaft mit Jessica zerstört, Maria.«

»Es tut mir schrecklich Leid, Alexa«, entschuldigte sich Maria noch einmal. Sie war ganz blass geworden und blickte Alexa bekümmert an.

»Du warst einfach nur neidisch und eifersüchtig«, fuhr Alexa sie an. »Eifersüchtig auf meine Freundschaft mit Jessica.«

»Das stimmt nicht. Das ist nicht wahr.« Maria standen die Tränen in den Augen.

»Das reicht, Mädchen«, warf Anja in bestimmtem Tonfall ein. »Ich möchte, dass ihr beiden morgen früh zum Kaffee zu mir kommt. Jessica und Kay werden auch da sein, und dann wird die Angelegenheit ein für allemal geklärt. Ich möchte nicht, dass mein Fest unter eurem Streit leidet. Lassen wir es jetzt dabei bewenden. Das ist nicht der richtige Zeitpunkt.«

In diesem Moment trat Tom wieder ins Zimmer, und an seinem Gesichtsausdruck erkannte Alexa, dass sein Vater ihm offenbar etwas erzählt hatte, was er für interessant hielt. Er wollte es ihr sicher mitteilen, deshalb sagte sie rasch: »Tom, du kannst vor Nicky und Maria sprechen.«

Überrascht blickte er sie an und zog fragend eine Augenbraue hoch.

Alexa wandte sich an Maria. »Wir werden jetzt etwas besprechen, das mit Lucien Girard zu tun hat. Aber du darfst Jessica nichts davon verraten. Verstehst du das, Maria?«

»Ja. Ich werde kein Sterbenswörtchen sagen.«

Nicky fragte interessiert: »Um was handelt es sich denn, Tom?«

Fragend blickte Tom Alexa an. Sie nickte leicht, und er erklärte den beiden, wie er auf das Foto in Alexas Album gestoßen war.

»Oh«, keuchte Maria auf, »dann lebt Lucien also noch?«

»Das wissen wir nicht sicher«, erwiderte Tom und fuhr fort: »Aber nach dem, was mein Vater mir erzählt hat, könnten die beiden Männer tatsächlich ein und dieselbe Person sein.«

Nicky runzelte die Stirn. »Ich kannte Lucien nicht besonders gut, Tom, aber er war eigentlich nicht der Typ, um ein – wie soll ich es formulieren? –, um ein Doppelleben zu führen oder Spielchen zu spielen. Und wer ist das, der ihm so ähnlich sieht?«

»Ein Mann namens Jean Beauvais-Cresse. Er ist Anfang dreißig. Zuerst habe ich angenommen, er sei vielleicht Luciens Bruder und Lucien Girard möglicherweise nur ein Bühnenname. Mein Vater hat mir jedoch erzählt, dass Jeans einziger Bruder vor ungefähr sieben Jahren starb.«

Maria und Alexa wechselten einen Blick, schwiegen aber beide.

»Er sagte mir, der Bruder sei der älteste Sohn gewesen und bei einem schrecklichen Autounfall ums Leben gekommen. Meine Eltern wohnten damals noch nicht dort. Das ist nur der übliche Dorfklatsch, und daher kennt Dad nicht alle Einzelheiten. Nach dem tragischen Tod seines Ältesten erlitt der Vater einen Schlaganfall. Der ältere Sohn war der Erbe gewesen. Jean, der jüngere Sohn, galt als schwarzes Schaf, hat mein Vater gehört. Er lebte jahrelang in Paris und kam erst wieder nach Hause, als sein Vater nach dem Schlaganfall nach ihm verlangte. Als der alte Mann starb, erbte Jean alles. Mehr wusste Dad auch nicht.«

»Meinst du nicht auch, dass das zu Luciens Verschwinden passt?«, fragte Alexa. Sie blickte Tom eindringlich an.

Er nickte. »Zumindest passt der zeitliche Rahmen«, erwiderte er vorsichtig.

Nicky sagte: »Lasst uns doch noch einmal zusammenfassen. Vor sieben Jahren verschwindet Lucien Girard spurlos. Vor sieben Jahren stirbt Jeans älterer Bruder plötzlich, sodass Jean auf einmal der Erbe ist. Aber kann es denn nicht sein, dass Lucien der ältere Bruder ist und dieses schreckliche Schicksal erlitten hat?«

»Daran habe ich auch gedacht«, erwiderte Tom. »Aber mein Vater sagte, der älteste Sohn sei sehr viel älter gewesen als Jean, ungefähr fünfzehn Jahre, weil er aus der ersten Ehe stammte.«

»Dann könnten also Jean und Lucien durchaus ein und dieselbe Person sein«, warf Anja ein.

»Ja, das könnten sie.« Tom setzte sich und fuhr fort: »Aber es ist auf jeden Fall eine schwierige Situation. Mein Vater hat gesagt, er zieht noch ein paar Erkundigungen ein. Ich rufe ihn morgen noch einmal an. In der Zwischenzeit darf Jessica nichts davon erfahren. Es wäre nicht fair, weder ihr noch Jean Beauvais-Cresse gegenüber.«

»Wir brauchen jemanden, der überprüfen kann, ob Jean jemals Schauspieler war und den Künstlernamen Lucien Girard verwendete«, sagte Alexa. »Dann hätten wir etwas Konkretes in der Hand.« Nachdenklich blickte sie Nicky an.

»Oh nein, nicht ich«, rief er aus. »Ich kenne doch Lucien kaum. Und Larry kannte ihn eigentlich auch nicht besonders gut.«

28

»Lass uns zu Fuß gehen«, schlug Tom vor, als sie sich verabschiedet hatten und auf die Straße traten.

»Gute Idee«, stimmte Alexa zu und hakte sich bei ihm ein. »Ich mag den siebten Bezirk auch so gerne. Eigentlich ist es mein Lieblingsviertel.«

Tom ergriff lächelnd ihre Hand. Sie schlenderten in Richtung Rue de Solferino und zu den Quais am Ufer der Seine.

Es war warm und sonnig, und der Himmel spannte sich klar und wolkenlos blau über ihnen.

Das siebte Arrondissement war eine elegante Gegend, und Toms Wohnung im Faubourg Saint-Germain lag ganz in der Nähe. Auch so berühmte Gebäude wie die Académie Française, die École Militaire oder der Invalidendom, der das Grab Napoleons beherbergte, waren nicht weit entfernt. Aber Tom und Alexa gingen achtlos an den Sehenswürdigkeiten vorbei.

Eine Zeit lang spazierten sie am Quai Anatole France entlang, freuten sich aneinander, am schönen Wetter und am Blick auf die Seine. Der Fluss glitzerte im Sonnenlicht, und eine leichte Brise rauschte durch die Blätter der Bäume.

Sie blieben einen Moment lang stehen, und Alexa lächelte beim Anblick der kleinen bunten Dampfer, der *bateaux-mouches*, die auf dem Fluss leise schaukelnd vor Anker lagen.

Sie hatte die Schiffsfahrten, die sie früher so oft mit Tom unternommen hatte, sehr geliebt, vor allem abends. Paris bei Nacht war ein romantischer, magischer Anblick mit den unzähligen Lichtern der Stadt, die sich in der Seine spiegelten.

Als ob er ihre Gedanken gelesen hätte, sagte Tom: »Wir müssen unbedingt mal wieder mit einem *bateau-mouche* fahren. Abends war es immer besonders schön.«

»Seltsam, Tom, ich habe gerade das Gleiche gedacht.«

Hand in Hand schlenderten sie zum Quai Voltaire. Vor ihnen ragten im nachmittäglichen Dunst die Türme von Notre Dame auf. Das Licht war weich, ein Licht, das Generationen von Künstlern fasziniert hatte.

Paris war Alexa noch nie schöner vorgekommen als heute. Die Stadt überraschte sie immer wieder. Ihr fiel ein, wie sie einmal plötzlich in ein Gewitter geraten und durch die Straßen geeilt war, um ein Taxi zu finden. Doch dann hatte es ihr so gut gefallen, durch den Regen zu laufen, dass sie zu Fuß weitergegangen war … An jenem Abend war sie so glücklich gewesen, glücklich darüber, in Paris zu sein …

Als sie am Quai Malaquais ankamen, sagte Tom: »Komm, wir gehen nach Saint-Germain-des-Prés und trinken dort noch etwas. Einen Kaffee oder so.«

Alexa nickte zustimmend, und sie liefen in das Gewirr schmaler, gepflasterter Straßen hinein. Schicke Boutiquen, Antiquitätenläden, Kunstgalerien und pittoreske Cafés verliehen diesem Viertel Charme und Charakter. Ab und zu blieben sie stehen, um die Auslagen eines Schaufensters zu betrachten, und sie schauten rasch bei Toms Lieblingsgalerie hinein.

Als sie die Place de L'Odéon erreichten, war Alexa klar, dass Tom mit ihr ins Café Voltaire gehen wollte.

Sie fanden einen Tisch draußen und ließen sich unter der Markise nieder. Tom lockerte seine Krawatte und öffnete den obersten Hemdknopf. »Es ist ziemlich warm geworden«, bemerkte er.

»Ja.« Sie nahm den Pullover ab, den sie um die Schultern geschlungen hatte, und legte ihn sich über die Knie. Dann fragte sie Tom: »Kommst du denn auf Anjas Fest, wenn sie dich einlädt?«

»Nur als dein Begleiter.« Er zögerte, dann hob er fragend eine Augenbraue. »Oder kommt dein englischer Freund mit?«

»Natürlich nicht!«, rief sie empört aus. »Ich bin allein eingeladen, und bei den anderen Frauen ist es bestimmt ebenso. Nicky hat mir erzählt, es seien nur ihre Lieblingsstudenten, ihre ziemlich große russische, englische und französische Familie und ein paar von ihren alten Freunden eingeladen.« Sie blickte ihn eindringlich an. »Außerdem habe ich dir doch gestern Abend gesagt, dass ich mit dir zusammen sein möchte. Wie kannst du annehmen, ich würde mit Jack dorthin gehen wollen? Wenn ich ihn gebeten hätte mitzukommen, würde ich ihm jetzt eben absagen.«

Sie klang so ärgerlich, dass er ihre Hand an die Lippen zog und sie küsste. »So eine liebe kleine Hand, ich liebe sie so«, murmelte er. »Sei nicht so streng mit mir, Alexa.«

»Das bin ich ja gar nicht.« Sie räusperte sich und wechselte das Thema. »Hat dein Vater sonst noch was erzählt? Hast du bei Anja irgendetwas verschwiegen?«

»Eigentlich nicht. Dad hat allerdings gesagt, dass Jean Beauvais-Cresse sehr zurückgezogen lebt, man sieht ihn wohl nur selten im Ort oder in der Kirche. Übrigens ist er verheiratet und hat ein Kind. Aber mehr wusste Dad wirklich nicht. Wie ich schon sagte, meine Eltern leben noch nicht so lange dort, und das meiste wissen sie nur durch den Dorfklatsch.«

»Ich verstehe.« Alexa schwieg und blickte vor sich hin.

Nach einer Weile sagte Tom: »Ist irgendetwas, Alex? Du siehst so nachdenklich aus.«

Ein leises Seufzen entschlüpfte ihr. »Ich habe gerade über Lucien Girard nachgedacht. Wenn er tatsächlich Jean Beauvais-Cresse ist und eines Tages einfach so beschlossen hat, wieder in sein altes Leben zurückzukehren, dann muss er ein sehr grausamer Mann sein. Überleg dir doch mal, was er Jessica angetan hat. Sie hat damals furchtbar gelitten, Anja hat mir erzählt, dass sie nie geheiratet hat. Wahrscheinlich träumt sie immer noch von Lucien.«

Er runzelte die Stirn. »Glaubst du?«

»Ja, das glaube ich.« Sie lachte leise. »Frauen neigen dazu, weißt du.« Mich eingeschlossen, dachte sie, sagte es jedoch nicht. »Und außerdem, Tom, überleg dir doch, was für Ängste sie gehabt haben muss, weil sie glaubte, es sei ihm etwas Schreckliches geschehen.« Sie seufzte. »Es macht mich rasend.«

»Das kann ich gut verstehen. Nicky hat Lucien offenbar nicht besonders gut gekannt, und wenn mein Vater nichts herausbekommt, dann sollten wir wahrscheinlich einfach vergessen, dass ich Jean je erwähnt habe.«

»So leicht geht das nicht.« Alexa kniff die Augen zusammen. Sie wandte sich zu Tom und legte ihm die Hand auf den Arm. »Ich glaube, ich habe eine Idee ... wie wir die Wahrheit herausfinden können.«

Der Kellner kam mit ihrem Kaffee, und als er wieder weg war, sagte Alexa leise: »Pass auf, ich denke, das Beste wird sein, wir fahren hin und reden mit diesem Mann.«

Tom war offensichtlich nicht wohl bei dieser Idee. Er holte tief Luft und erwiderte: »Das gibt bestimmt Probleme ... vielleicht sogar juristischer Natur.«

»Nein, nein, so habe ich es nicht gemeint«, rief Alexa aus. »Wenn du dir einen Tag freinehmen kannst, fahren wir nächste Woche mit Jessica an die Loire. Vielleicht auch am Wochenende. Wenn wir bei Jean angekommen sind, bleiben Jessica und ich erst einmal im Auto, und du läutest.

Wenn Jean die Tür öffnet, kannst du ihm ja erst einmal erzählen, du seiest mit einer Klientin unterwegs, die auf der Suche nach geeigneten Schauplätzen für einen historischen Film ist. Sobald ihr in ein Gespräch verwickelt seid, steigen Jessica und ich aus dem Wagen und kommen zu euch. Wenn er wirklich Lucien ist, dann wissen wir es auf der Stelle, weil er nämlich einen Schock bekommen wird.«

Tom nickte. »Ich verstehe. Und wenn er nicht Lucien ist, dann erkennt er euch beide eben nicht. Meinst du das?«

»Genau.«

»Aber, Alex, Lucien war Schauspieler. Er kann sich bestimmt gut verstellen.«

»So ein toller Schauspieler war er nun auch wieder nicht.«

Tom lachte und schüttelte den Kopf. »Allerdings musst du es Jessica dann erzählen, und wer weiß, was das für Folgen für sie hat.«

»Ja, sicher. Aber es ist doch auch gut, wenn wir dieses Rätsel endlich lösen können – dann kann sie alles abschließen, oder?«

»Ja«, gab Tom zu. »Aber ich möchte noch einmal darüber schlafen, Alex, bevor ich eine Entscheidung treffe. Im Moment sagen wir Jessica also besser noch nichts.«

»Ja, da hast du Recht«, erwiderte sie.

»Wo ist denn das Haus deiner Eltern an der Loire?«, fragte Alexa auf dem Heimweg.

»Die Gegend, in der sie wohnen, wird das Tal der Könige genannt«, erwiderte Tom. »Sie liegt zwischen Orleans und Tours und heißt so, weil dort so viele prächtige Schlösser stehen.«

»Ja, das habe ich bei Anja gelernt«, sagte Alexa. »Es gibt dort fast dreihundert Schlösser, darunter auch die bekanntesten und prachtvollsten ... Chambord, Cheverny, Chinon,

Chaumont, Amboise, Azay-le-Rideau, Close-Lucé und Chenonceaux. Es muss wirklich wunderschön dort sein.«

»Herrlich«, erwiderte Tom. »Aber meine Eltern haben kein großes Schloss, Alex. Nur ein kleines Landhaus am Cher, einem Nebenfluss der Loire. Es ist wirklich nicht besonders groß, aber gerade deshalb lieben sie es. Und es ist nur anderthalb Stunden von Paris entfernt, sodass sie schnell in ihrer Stadtwohnung sind.«

»Dann könnten wir also auch an einem Tag hin und wieder zurück fahren?«

»Ja. *Falls* wir Jean besuchen«, erwiderte er ruhig. »Aber lass uns nichts überstürzen. Außerdem muss ich auch meinen Vater vorbereiten. Ich möchte nicht, dass meine Eltern Probleme bekommen.«

»Das verstehe ich natürlich. Hast du eigentlich deinem Vater die ganze Geschichte erzählt? Von Lucien und Jessica, meine ich.«

»Ja; du kennst doch Dad. Er war ja nicht umsonst fünfundzwanzig Jahre Top-Manager. Er wusste genau, welche Fragen er stellen muss, um der Sache auf den Grund zu gehen. Er war übrigens sehr verständnisvoll.«

»Das habe ich mir gedacht. Ich habe deinen Vater schon immer gern gemocht ... Er erinnert mich an dich. In ein paar Jahren wirst du genauso sein.«

Tom lachte. »Der Apfel fällt nicht weit vom Stamm, was?«

»Genau. Wo liegt denn übrigens Jeans Haus?«

»Ganz in der Nähe. Aber es ist kein Haus, Alex, sondern eins dieser prächtigen Schlösser, von denen wir eben geredet haben. Uralt. Es gehört schon seit Jahrhunderten der Familie Beauvais-Cresse. Ich glaube, es wurde so um 1600 erbaut. Heute wird es größtenteils landwirtschaftlich genutzt.«

»Bei Anja hast du was von einem Titel erwähnt.«

»Ja. Mit vollem Namen heißt Jean Marquis de Beauvais-Cresse.«

»Ich verstehe.« Sie seufzte. »Das ist wirklich eine irre Geschichte, oder? Wenn man bedenkt, dass Lucien über Nacht einfach verschwunden ist ...«

»Das kommt ja im Grunde häufig vor«, entgegnete Tom. »Weltweit verschwinden jeden Tag Hunderttausende von Menschen. Aber lass uns von etwas anderem sprechen. Warst du schon mal in Chenonceau?«

»Nein.«

»Da müssen wir unbedingt zusammen hin. Aber wir können nicht alles auf einmal machen, dafür müssen wir extra ein Wochenende planen. Dann könnten wir bei meinen Eltern übernachten – es ist nicht weit von dort. Chenonceau hat nämlich eine Verbindung zu Maria Stuart ... der *petite Reinette d'Écosse*, wie man sie damals in Frankreich genannt hat.«

»Was für eine Verbindung?«

»Das legendäre Schloss hat einmal Henri II. gehört, der es seiner Maitresse, Diane de Poitiers, schenkte: Henri, sein Sohn François II. und dessen Frau Maria Stuart waren häufig zu Besuch.«

»Wie interessant. Ich würde es mir gerne anschauen und auch ein paar andere Schlösser. Vielleicht gibt es ja auch noch ein paar Schlossbesitzer, die uns bei sich drehen lassen würden.«

»Mit Sicherheit.«

Schweigend gingen sie eine Weile nebeneinander her. Auf einmal blieb Tom stehen, ergriff Alexas Arm und drehte sie zu sich. Er blickte ihr tief in die Augen und sagte: »Streit hin oder her – du bist Jessica wirklich eine gute Freundin. Ich bewundere dich dafür.«

»Als Lucien verschwand, hat sich ihr Leben radikal geändert«, erwiderte Alexa. »Und nichts ist jemals wieder so geworden wie vorher. Da nie eine Leiche gefunden wurde, konnte sie die Sache auch nicht abschließen. Wahrscheinlich hat sie sich deshalb nie mehr mit einem anderen Mann eingelassen. Und jetzt habe ich die Chance, ihr zu helfen. Warum sollte ich es nicht tun?«

Tom blickte sie forschend an und zog sie in die Arme. Mit den Lippen auf ihren dunklen Haaren sagte er leise: »Ich sehe in dein Herz, meine süße Alex… Du bist ein guter Mensch.« Sie antwortete nicht, und er hielt sie eine Zeit lang fest umschlungen. Dabei dachte er: Sie heilt die Wunden in meinem Herzen und macht mich wieder ganz.

29

»Ich bin froh, dass du früher kommen konntest, Liebling«, sagte Anja und lächelte Alexa an. »Ich wollte nur noch rasch etwas mit dir besprechen, bevor die anderen eintreffen.«

»Und ich muss dir etwas sagen«, erwiderte Alexa. Die beiden Frauen saßen in der kleinen Bibliothek, die auf den Garten hinausging. Es war wieder ein wunderschöner Tag, und die Terrassentüren standen weit offen.

»Was willst du mir sagen?«, fragte Anja neugierig.

Alexa schüttelte den Kopf. »Sag mir zuerst, warum du mich früher als die anderen hierher bestellt hast, und dann erzähle ich dir von meiner Idee.«

»Na gut.« Anja setzte sich aufrecht hin und begann: »Ich möchte, dass zwischen euch vieren alle Missverständnisse ausgeräumt werden. Nach all den Jahren ist dieser Streit langsam lächerlich, und ich baue darauf, dass *du* den Frieden wiederherstellst.«

»Ich werde es versuchen. Du hast natürlich Recht. Wenn ich an meine gestrige Unterhaltung mit Maria denke, wird mir ganz elend. Das ist mir alles viel zu anstrengend. Wir sind alt genug und haben alle etwas Besseres zu tun, als zu streiten.«

Anja nickte. »Es freut mich, dass du so versöhnlich gestimmt bist. Und wenn ihr euch ausgesprochen habt, lade ich euch alle zum Essen ein.«

»Oh, wie schön!«, rief Alexa aus. »Aber du solltest uns erlauben, dich einzuladen.«

Lachend erwiderte Anja: »Ich wollte noch etwas sagen. Ich möchte gerne, dass Nicky Tom zu meinem Fest einlädt. Meinst du, er würde kommen?«

»Ganz sicher.« Alexa strahlte sie an.

»Wunderbar. Kay soll auch ihren Ehemann einladen, und Maria kommt natürlich mit Nicky. Nur bei Jessica bin ich mir nicht sicher. Ich habe keine Ahnung, ob sie allein in Paris ist oder in Begleitung.«

»Hast du sie denn immer noch nicht gesehen?«

»Nein, mein Liebes. Ich habe sie mehrmals gebeten, mich zu besuchen, aber sie versteckt sich hinter ihrer Arbeit. Jedenfalls kommt es mir so vor, als ob sie sich absichtlich fern hält.«

»Aber warum denn?«

Anja schürzte die Lippen. »Für Jessica verkörpere ich die Vergangenheit, und ich glaube, sie fürchtet sich insgeheim davor, mich wiederzusehen, weil das zu viele Erinnerungen in ihr wachruft. Erinnerungen an Lucien, den Schmerz, den sie durchlebt hat, ihre Sorge und Angst ... Jessica hat mich seit sieben Jahren nicht mehr gesehen. Die Jahre an der Schule sind für sie die Jahre mit Lucien.«

»Ich weiß. Aber sie wird uns heute bestimmt erzählen, ob sie alleine oder in Begleitung hier ist. Ich werde jedenfalls alles tun, damit sie sich bei uns wohl fühlt. Und Kay bestimmt auch.«

»Und vergiss nicht Maria. Sie war gestern schrecklich nervös. Ich glaube, sie hatte Angst vor dir.«

»Ich war vermutlich ein wenig heftig«, gab Alexa beschämt zu. »Heute werde ich nett sein, das verspreche ich dir.«

»Und von was für einer Idee wolltest du mir erzählen?«

»Ich will die Wahrheit herausfinden. Weißt du noch, was du uns immer gesagt hast? ›Die Wahrheit macht uns frei.« Alexa holte tief Luft. »Ich glaube, Tom und ich sollten mit Jessica an die Loire fahren und diesen Jean besuchen.«

»Das könnte gefährlich werden, Alexa«, warnte Anja sie. »Das hat Tom dir sicher auch schon gesagt.«

»Ja. Aber ich plane keine echte Gegenüberstellung, bei der wir ihn befragen. Ich will nur, dass er uns sieht, vor allem Jessica. An seiner Reaktion werden wir sofort merken, ob er Lucien ist oder nicht.«

Anja schwieg, und nach einer Weile fragte Alexa sie: »Und, was hältst du davon?«

»Was hält Tom davon?«

»Er hat Bedenken.«

»Ich auch.«

»Warum?«

»Alexa, Liebes, du kannst nicht einfach in der Gegend herumfahren und Leute beschuldigen, ein Doppelleben geführt zu haben.«

»Das habe ich auch gar nicht vor ... Wir fahren einfach nur zu ihm unter irgendeinem Vorwand, damit er uns sieht.«

»Ich glaube, ich möchte lieber abwarten, was Tom dazu sagt.«

Einen Moment später stand Anja auf und trat lächelnd an die Tür.

»Hallo, Jessica«, rief sie aus. »Wie schön, dich zu sehen.«

»Ich freue mich auch, Anja, nach so langer Zeit.«

Die beiden Frauen umarmten sich, dann trat Anja einen Schritt zurück und betrachtete Jessica bewundernd.

Was für eine schöne Frau sie doch geworden war, wie elegant in ihrem gut geschnittenen schwarzen Hosenanzug und der weißen Seidenbluse. Ihre langen, hellblonden Haare fielen glatt um ihr gebräuntes Gesicht. Sie war immer noch das typisch amerikanische Mädchen, groß, mit langen Beinen, schlank und so hübsch wie vor sieben Jahren. Aber in ihren hellblauen Augen lag eine Traurigkeit, deren Grund Anja nur allzu gut kannte. *Lucien Girard.*

Anja wusste auch, dass sie Jessicas Zögern, sie zu besuchen, richtig einschätzte. Für ihre ehemalige Schülerin war sie ein Teil der schmerzlichen Vergangenheit, die sie nicht wieder aufleben lassen wollte. Jessica war ganz offensichtlich noch nicht darüber hinweg. Ihre Seele sehnte sich immer noch nach Lucien. Sie war einunddreißig und noch nicht verheiratet. Es war Anja sofort aufgefallen, dass sie keinen Ring am Finger trug. Wahrscheinlich hatte Alexa Recht mit ihrem Plan, an die Loire zu fahren. Jessica musste endlich einen Schlussstrich ziehen.

»Komm herein, bleib nicht in der Tür stehen!«, rief Anja aus und zog Jessica ins Zimmer. »Alexa ist schon da, und die anderen kommen sicher auch jeden Augenblick.«

Alexa war aufgestanden und trat jetzt mit ausgestreckter Hand auf Jessica zu. »Hallo, Jessica, wie schön, dich zu sehen«, sagte sie so herzlich wie möglich.

Jessica neigte den Kopf, recht knapp, wie Alexa fand, und ergriff ihre Hand. »Hallo, Alexa.«

Alexa zuckte zusammen. Jessicas Stimme war eisig. Schnall dich an, Mädchen, dachte sie. Es gibt Turbulenzen.

Auch Anja war Jessicas Kühle aufgefallen. Wie dumm von mir zu glauben, dass alles von selbst gehen würde, dachte sie besorgt.

Laut sagte sie: »Setz dich doch, Jessica.« Sie selber nahm wieder Platz auf dem Sofa.

Jessica ließ sich auf einem Sessel nieder und blickte sich um. Mit weicher Stimme sagte sie: »Ich hatte ganz vergessen, wie schön dieser Raum ist, Anja. Du hast ihn neu eingerichtet, nicht wahr.«

»Und ich muss dir sagen, Jessica, wie stolz ich auf dich und deine Arbeit bin. Die Häuser und Wohnungen, die du eingerichtet hast, sind superb. Ich bewundere sie immer in den Magazinen. Herzlichen Glückwunsch, meine Liebe!«

»Danke, Anja. Alles, was ich kann, habe ich auf deiner Schule gelernt.«

»Geschmack und Stil kann die Schule niemandem beibringen – das hast du mitgebracht, Jessica. Das habe ich dir doch immer gesagt.«

»Ja, und du hast mir so dabei geholfen, meine Träume zu verwirklichen. Du und die anderen Lehrer, ihr wart einfach fantastisch. Ich hatte so viel Glück und die beste Ausbildung auf der Welt. Übrigens hat mir besonders der Geschichtsunterricht sehr geholfen. Wir haben so viel von dir gelernt, Anja.«

»Danke für deine lieben Worte.« Anja lehnte sich in die Polster zurück und fragte: »Bist du alleine in Paris, Jessica?«

»Ja.«

»Ich frage, weil ich dachte, du möchtest vielleicht jemanden zu meinem Fest mitbringen. Wenn ja, müsste Nicky ihm noch eine Einladung zukommen lassen.«

Jessica runzelte die Stirn, dann nickte sie. »Ich glaube, ich möchte wirklich jemanden mitbringen. Einer meiner Kunden ist zufällig in Paris. Sein Name ist Mark Sylvester. Er ist Filmproduzent in Hollywood. Im Moment arbeitet er gerade an einem Film, der in London und in Paris gedreht wird. Er hat mir erst kürzlich gesagt, dass er diesen Monat zwischen den beiden Städten hin und her pendeln wird. Er würde sicher gerne mitkommen.«

»Wirklich. Wo wohnt er, Liebes?«

»Im Plaza Athénée. Ich werde ihm sagen, dass er eine Einladung bekommt. Danke, Anja.«

In diesem Augenblick betrat Maria das Zimmer, atemberaubend schön in einem knöchellangen schwarzen Rock mit passendem Jackett. Sie wirkte darin sehr schlank. Unter dem Jackett trug sie eine tief ausgeschnittene schwarze Seidenbluse. Ihren langen Hals betonte eine Goldkette aus alten Medaillons, und dazu trug sie passende Ohrringe. Sie sieht hinreißend aus, dachte Anja.

Als Maria Jessica erblickte, die in einem Sessel am Kamin saß, hielt sie inne.

Anja erhob sich, eilte auf sie zu und umarmte sie. »Du siehst wundervoll aus«, sagte sie, um ihr Selbstvertrauen zu geben. »Jessica und Alexa sind bereits da. Wir warten nur noch auf Kay.«

Kaum hatte sie es ausgesprochen, als Kay auch schon eintrat. »Oh, meine liebe Anja, komme ich zu spät? Entschuldigung.«

Anja lächelte Kay an und schüttelte den Kopf. »Nein, du kommst keineswegs zu spät. Aber da ihr jetzt alle da seid, möchte ich auch gleich zur Sache kommen.« Sie führte Maria und Kay ins Zimmer und fügte hinzu: »Ihr sollt endlich eure Probleme miteinander klären.«

Anja setzte sich wieder hin und warf Alexa einen auffordernden Blick zu. Gehorsam stand Alexa auf und stellte sich vor den Kamin. »Hallo, Maria, hallo, Kay«, sagte sie, da sie beiden Neuankömmlinge noch nicht begrüßt hatte.

Nicht besonders freundlich erwiderten die beiden Frauen ihren Gruß.

Alexa fuhr fort: »Anja hat mich gebeten, mit euch über unseren Streit vor sieben Jahren zu sprechen. Sie findet, wir sollten uns endlich wieder versöhnen. Und damit hat sie wohl Recht.«

Alexa knöpfte die Jacke ihres schwarzen Hosenanzugs auf, steckte die Hände in die Taschen und fuhr fort: »Gestern haben Maria und ich schon darüber gesprochen, also soll Maria als Erste erklären, was uns überhaupt auseinander gebracht hat. Vielleicht kann ja auch Jessica etwas dazu sagen.«

Erschreckt setzte Maria sich aufrecht hin und blickte in die Runde. Dann räusperte sie sich und begann zögernd: »Alexa hat *mir* gestern die Schuld gegeben. Sie sagte, ich hätte dir, Jessica, Lügen über sie erzählt. Aber das stimmt nicht ...«

»Doch, das stimmt!«, erklärte Alexa in entschiedenem Tonfall, lenkte aber gleich ein: »Entschuldige, Maria. Fahr fort.«

»Ich habe dir keine Lügen erzählt«, sagte Maria mit einem Blick auf Jessica. »Wirklich nicht. Ich habe lediglich das gesagt, was ich für die Wahrheit hielt ... dass Alexa mit Riccardo Martinelli geflirtet hat und dass sie versucht hat, ihn mir auszuspannen.«

Alexa biss sich auf die Zunge, um Maria nicht schon wieder zu unterbrechen. Wütend ballte sie die Fäuste in den Hosentaschen und zwang sich, ruhig zu bleiben.

Jessica nickte. »Ja, natürlich erinnere ich mich daran. Du hattest Angst, dass Riccardo etwas mit Alexa anfängt, weil sie sich ihm an den Hals geworfen hat. Du hast schrecklich geweint, und natürlich habe ich dir geglaubt.« Jessica warf Alexa einen Blick zu. »Selbstverständlich habe ich Marias Partei ergriffen, das war ja gar keine Frage.«

»Aber es stimmte doch gar nicht!«, protestierte Alexa. »Ihr hättet mir wenigstens Gelegenheit geben müssen, mich zu verteidigen, aber ihr habt mich von vorneherein verurteilt.«

Jessica biss sich auf die Lippe. »Da hast du Recht.« Sie kniff die Augen zusammen, und ein nachdenklicher Ausdruck trat in ihr Gesicht. »Aber ich habe selbst gesehen, wie du mit Riccardo auf der Party von Angéliques Mutter geflirtet hast. Du hast ganz eng mit ihm getanzt und dich an ihn geschmiegt.«

Mit hochrotem Kopf schrie Alexa: »Ja, ich gebe zu, dass ich eng mit ihm getanzt habe, aber wir haben nur getanzt. Und ich habe nicht mit ihm geflirtet, sondern er mit mir. Du weißt sehr gut, Jessica, dass er das ständig getan hat. Und du weißt es auch, Maria.« Sie blickte zu Kay und fügte hinzu: »Mit dir hat er doch auch geflirtet, Kay, an dem Sonntag, als wir im Deux Magots waren, nach deinem Geburtstagsessen.«

Kay seufzte. »Ja, das stimmt, Alexa.« Sie wandte sich zu Maria. »Er hat tatsächlich mit mir geflirtet. Er hat mit jeder geflirtet – er konnte gar nicht anders. Riccardo war hinter uns allen her. Ich war jedoch nicht an ihm interessiert, und ehrlich gesagt, glaube ich, Alexa auch nicht.«

»Hör mir zu, Maria«, sagte Alexa heftig, »du wurdest schon damals dicker und hattest ziemliche Probleme. Und du warst nicht glücklich mit Riccardo. Deshalb hast du dir eingeredet, ich wolle ihn dir wegnehmen. Vermutlich konntest du nichts dafür, aber du hast es dir ziemlich leicht gemacht. Du hast deine Probleme an mir ausgelassen, und das war nicht fair.«

»Ich habe nicht ...«

»Doch! Und du bist gleich zu Jessica gerannt, weil du eifersüchtig auf unsere Freundschaft warst, und hast sie gegen mich aufgehetzt.«

Maria starrte Alexa fassungslos an, erwiderte aber nichts.

Alexa fuhr fort: »*Warum*? Warum bist du denn nicht zu mir gekommen? Warum um Himmels willen hast du nicht mit mir darüber geredet? Das war feige von dir, und du hast mich damit ziemlich verletzt. Es war schrecklich für mich, Jessica als Freundin zu verlieren.«

Maria sah so aus, als würde sie gleich in Tränen ausbrechen. Sie warf Jessica einen hilflosen Blick zu und jammerte: »Ich habe wirklich geglaubt, Jess, dass Alexa mir Riccardo ausspannen wollte, und ich habe ihn doch geliebt. Jetzt weiß ich, dass es nicht so war, und ich habe mich gestern auch bei ihr entschuldigt. Es tut mir Leid, Alexa, wirklich.«

»Maria war eifersüchtig auf unsere Freundschaft«, erklärte Alexa noch einmal mit Nachdruck und blickte Jessica an.

Jessica erwiderte: »Oh, ich weiß nicht ...«

Aber Maria unterbrach sie: »Doch, ich denke, ich war eifersüchtig ... Nein, das ist vielleicht nicht das richtige Wort. Ich war eher neidisch auf eure enge Beziehung. Ihr hattet so viel gemeinsam. Ihr habt viel miteinander gelacht. Manchmal fühlte ich mich richtig ausgeschlossen ...«

»Aber wir sind doch beide Amerikanerinnen!«, rief Jessica. »Natürlich hatten wir viel gemeinsam ... Wir sind im gleichen Land aufgewachsen, mit den gleichen Werten. Und wir mochten die gleichen Filme, Musik und Bücher ... und Hamburger, Hot Dogs, Dr. Pepper und Banana Split ... die gleichen Kleider und Make-up ... ah, die Liste ist endlos, Maria. Aber wir wollten dich oder Kay doch nie ausschließen.«

»Das habt ihr aber getan!«, fuhr Kay sie an. »Ziemlich oft sogar.«

»Lass zuerst Maria und Jessica ausreden«, bat Alexa sie und warf Kay einen warnenden Blick zu.

Jessica stieß hörbar die Luft aus. »Puh, Alexa! Ich glaube, ich habe da was falsch gemacht. Ich habe mich auf Marias Seite gestellt; sie war damals in Tränen aufgelöst. Aber das war wohl nicht richtig. Ich hätte zuerst mit dir reden müssen.«

»Ja, aber du wolltest ja nicht«, fuhr Alexa sie an. »Du warst völlig mit Luciens Verschwinden beschäftigt, und das habe ich auch verstanden. Aber trotzdem war es nicht fair mir gegenüber. Du hast einfach nicht mehr mit mir geredet ...«

»Du hast Recht. Ich kann mich nur damit entschuldigen, dass ich mir solche Sorgen um Lucien gemacht habe. Aber du warst damals auch nicht gerade besonders mitfühlend.« Sie warf Alexa einen strengen Blick zu.

»Das stimmt einfach nicht! Du hast es mir allerdings nicht besonders leicht gemacht, weil du mich eigentlich schon abgeschrieben hattest. Du hast doch keins meiner Angebote, dir zu helfen, angenommen. Du wolltest dir nur von Alain Bonnal helfen lassen!«

Jessica lehnte sich im Sessel zurück. Unter ihrer Sonnenbräune wurde ihr Gesicht ganz blass. Sie wirkte plötzlich erschöpft, und Tränen traten ihr in die Augen. »Ich glaube, da könntest du Recht haben«, gab sie schließlich zu.

Alexa nickte. Sie wandte sich an Maria und sagte: »Ich danke dir, Maria, dass du gestern und heute so aufrichtig warst.«

Anja warf ein: »Ja, allmählich klärt sich einiges. Und was ist mit dir, Kay? Möchtest du noch etwas dazu sagen?«

»Ich ... nein, ich glaube nicht.«

»Warum nicht?«, wollte Jessica plötzlich wissen. Sie setzte sich auf und wischte sich entschlossen die Tränen ab. »Im letzten Schuljahr hattest du eine ganze Menge zu sagen, vor allem hinter unserem Rücken! Du hast ganz schön über uns getratscht!«

»Das habe ich nicht!«, schrie Kay empört. Krampfhaft um Würde bemüht, holte sie tief Luft. »Ich habe nie hinter eurem Rücken über euch geredet!«

»Du lügst, Kay. Du hast über uns alle schlecht geredet«, beschuldigte Jessica sie in eisigem Tonfall.

»Wie kannst du nur behaupten, dass ich lüge!« Kay blickte Alexa an. »*Sie* lügt. Nicht ich.«

Jessica erhob sich halb aus ihrem Sessel, sank aber wieder zurück. »Du hast über uns geredet. Das weiß ich aus zuverlässiger Quelle. Du hast gesagt, Alexa sei arrogant und ein Snob, und sie würde dir immer über den Mund fahren. Maria sei auch ein reicher Snob und würde dich behandeln wie ihr Dienstmädchen, und ich benähme mich wie eine Südstaatenprinzessin und würde mich ständig über dich lustig machen. Nicht sehr nett, Lady Andrews.«

Kay stieg die Röte ins Gesicht, und sie blinzelte, um die Tränen zurückzuhalten, die ihr auf einmal in die Augen traten. Sie fuhr sich mit der Hand an den Hals und suchte in ihrer Handtasche hektisch nach einem Taschentuch.

Damit Kay Zeit hatte, sich wieder zu fassen, wandte Alexa sich an Jessica und sagte: »Wenn du wissen möchtest, wie ich mich gefühlt habe, Jessica, kann ich dir nur sagen, dass es mir fast das Herz gebrochen hat. Unsere Freundschaft war mir sehr wichtig. Und dann hast du mich einfach ohne jede Erklärung im Stich gelassen.«

Jessica schwieg und drehte immer wieder ihr goldenes Armband ums Gelenk. Sie wirkte gequält. Tief im Innern wusste sie, dass sie Alexa unrecht getan hatte. Sie hatte auf Maria gehört und nicht weiter darüber nachgedacht. Wie eine dumme Kuh hatte sie sich benommen.

»Ich kam mir richtig verraten vor«, murmelte Alexa seufzend. »Ich hoffe, du verstehst das jetzt.«

»Ja. Ich ...« Jessica brach ab und holte tief Luft. »Es tut mir wirklich Leid. Dafür gibt es keine Entschuldigung. Ich kann nur sagen, dass ich damals völlig außer mir vor Sorge war, weil Lucien verschwunden war.«

»Ich weiß. Und ich habe auch versucht, dir zu helfen – du wolltest es bloß nicht sehen. Vermutlich wegen dem, was Maria dir erzählt hat, und vielleicht auch, weil du ein wenig eifersüchtig auf mich warst.«

»Ich? Eifersüchtig auf dich? Ah, komm, Alexa, dazu bin ich gar nicht der Typ«, erwiderte Jessica hitzig.

»Das stimmt wahrscheinlich, trotzdem warst du eifersüchtig, auf meine schulischen Erfolge und auf mein Verhältnis zu Anja«, erwiderte Alexa leise. Ihre Wut war auf einmal verraucht.

Anja setzte sich aufmerksam auf. Innerlich zuckte sie zusammen, als sie die vier Frauen betrachtete. Sie blieb stumm, aber insgeheim bedauerte sie es, dass sie damals eine von ihnen vorgezogen hatte.

»Ich fasse es nicht«, rief Jessica aus. »Alexa, wie kannst du nur so etwas Blödes behaupten?«

»Es ist nicht blöde – es ist wahr. Wir haben fast alle Kurse gemeinsam besucht, und mir war damals klar, dass du neidisch auf mich warst, weil ich so viele Auszeichnungen und die meisten Preise bekam. Aber du hättest vielleicht nicht eifersüchtig sein müssen ... Ich war ja Setdesignerin und Bühnenbildnerin und nicht Innenarchitektin. In deinem Fach warst du immer die Beste. Uns allen war klar, dass du einen Riesenerfolg haben würdest.«

Jessicas Gesicht veränderte sich plötzlich. Auf einmal wirkte sie gar nicht mehr zornig, sondern nur noch erschöpft und bekümmert. Leise sagte sie: »Vielleicht war ich wirklich eifersüchtig ... ja, es stimmt tatsächlich. Es ... es tut mir Leid, Alexa, ich muss dich um Verzeihung bitten.«

»Ich nehme deine Entschuldigung an.« Alexa warf Maria einen Blick zu. »Und deine ebenfalls. Und jetzt, Kay, kommen wir zu dir.«

Kay war kreideweiß. Sie schüttelte den Kopf, weil sie nicht in der Lage war zu sprechen.

Ein paar Sekunden lang war es still in der Bibliothek. Anja blickte von einer zur anderen. Plötzlich machte sie sich Sorgen um Kay. Sie sah aus, als würde sie jeden Moment in Ohnmacht fallen.

Schließlich durchbrach Kay das Schweigen. »Es stimmt, dass ich wütend auf euch war. Wir waren uns drei Jahre lang so nahe, aber in den letzten Monaten vor dem Examen wart ihr auf einmal so merkwürdig. Ich wusste nicht, warum. Ich dachte, ihr mögt mich nicht mehr, weil ich nicht so aufgewachsen bin wie ihr. Ich hatte das Gefühl, dass ihr mich absichtlich ausschließt.«

Alexa starrte sie verwirrt an. »Aber wir haben dich nicht ausgeschlossen, und wir haben auch ganz bestimmt nicht geglaubt, dass du irgendwie anders bist als wir, oder, Jessica?«

»Nein.«

»Maria?«

»Nein, sicher nicht.«

»Aber ich habe doch gespürt, wie ihr euch verändert habt«, widersprach Kay.

Alexa erwiderte ruhig: »Wir haben uns wahrscheinlich wegen dem ganzen Ärger, über den wir gerade besprochen haben, verändert. Dabei ging es um Maria, Jessica und mich.« Sie stieß einen leisen Seufzer aus. »Du hast dir nur eingebildet, dass wir uns *dir* gegenüber anders verhalten. Ehrlich!«

»Wir wussten ja gar nicht viel über dich oder deine Herkunft, Kay«, warf Maria ein. Sie lächelte Kay an. »Du hast ja nie etwas darüber erzählt. Aber du hattest wunderschöne

Kleider, viel Geld und warst gut erzogen. Wir fanden dich nicht anders.«

Kay schwieg.

Jessica sagte: »Sollte ich dich wirklich jemals ausgeschlossen haben, dann tut es mir Leid. Wirklich, Kay, ich entschuldige mich dafür. Aber ich glaube eigentlich nicht, dass ich das getan habe, jedenfalls nicht bewusst.«

»Mir geht es wie Jessica und Maria.« Alexa schüttelte den Kopf. »Wir haben dich nie für anders oder nicht so gut wie uns gehalten. Wir hatten einfach unsere eigenen Probleme, wie ich schon sagte.« Lächelnd fügte sie hinzu: »Du warst immer eine von uns.«

»Nein, das war ich nicht«, erwiderte Kay langsam. »*Ich war anders.*« Sie brach ab und blickte Hilfe suchend zu Anja.

Ermutigend nickte Anja ihr zu.

»Ich bin in den Slums von Glasgow aufgewachsen«, sagte Kay. »Meine Mutter hat schwer gearbeitet, um mir eine Ausbildung auf einem englischen Internat zu ermöglichen. Und dann hat sie mich hierher in Anjas Schule geschickt.«

»Das haben wir nicht gewusst«, sagte Jessica. »Und wenn – es wäre uns auch egal gewesen. Wir haben dich doch so geliebt, wie du *bist*, Kay, und wegen deiner Begabung und deiner liebevollen Art.«

Kay nickte. »Es tut mir Leid«, sagte sie kläglich. »Aber ich war damals so verletzt. Ich fühlte mich ausgeschlossen und allein, deshalb habe ich auch schlecht über euch geredet.« Wieder griff sie nach ihrem Taschentuch und wischte sich die Tränen von den Wangen.

Schweigend und gedankenverloren saßen die vier Frauen da.

Anja hatte ihnen aufmerksam gelauscht. Alexa hatte die Wahrheit gesagt. Alles hatte zwar mit Maria begonnen, aber Jessica hatte die Situation nicht verbessert. In gewissem Sinne war Alexa ein Opfer von Marias Eifersucht und Jessicas Bereitschaft, sie zu verurteilen. Kay war ihrer Unsicherheit und ihren Minderwertigkeitsgefühlen zum Opfer gefallen. Wie schade um diese Freundschaften, dachte sie bekümmert. Die Mädchen hätten einander in den vergangenen Jahren so sehr helfen, sich gegenseitig unterstützen können. Wie schade, dass sie nicht miteinander hatten reden können, als sie noch auf der Schule waren.

Alexa durchbrach ihre Gedanken, indem sie sagte: »Lasst uns das begraben ... das ist doch alles *Müll*! Sieben Jahre sind vergangen, wir sind erwachsen. Wir sind gesund, erfolgreich und glücklich. Lasst uns wieder Freundinnen sein!«

Alexa reichte Maria die Hand. Jessica stand auf und trat zu ihnen. Die drei Frauen legten sich die Arme um die Schultern und blickten zu Kay.

»Na los!«, rief Jessica lächelnd aus. »Mach das Quartett wieder komplett!«

Kay sprang auf und stürzte sich in die Arme der anderen. Halb lachend, halb weinend umschlangen sie einander, bis Jessica auf einmal sagte: »Da fehlt noch eine ... komm, Anja. Du gehörst auch zu uns. Was wären wir denn ohne dich?«

Anja lud sie zum Essen ins Le Grand Véfour ein.

Das alte, denkmalgeschützte Restaurant, das es schon vor der Französischen Revolution gegeben hatte, lag in den Arkaden des Palais-Royal.

Sie setzten sich an einen der besten Tische und tranken Champagner.

An den Wänden standen rote Samtbänke, strenge Directoire-Stühle in Schwarz und Gold und ein schwarzgoldener Teppich bestimmten die Einrichtung im Stil des achtzehnten und neunzehnten Jahrhunderts. An der Decke und an den Wänden waren zerkratzte antike Spiegel in alten Goldrahmen angebracht, und dazwischen hingen neoklassizistische Gemälde mit Nymphen und ineinander verschlungenen Wein- und Blumenranken.

»Das ist ja schick hier«, bemerkte Jessica, die jedes Detail der Einrichtung neugierig musterte. »Ich liebe diese Art Bilder ... Sie sehen so aus, als kämen sie direkt aus der Antike.«

»An einer der Bänke gibt es eine Messingplakette, auf der Victor Hugo steht«, sagte Alexa. »Und auf einer anderen ist Colettes Name. Offensichtlich waren sie hier Stammgäste.«

Anja nickte. »Viele Schriftsteller sind hierher gekommen und auch viele Politiker. Sogar Napoleon ist mit Josephine immer zum Essen hierher gegangen.«

»Wirklich!«, rief Kay begeistert. »Ich wusste gar nicht, dass das Lokal schon so alt ist.«

»Oh ja, es wurde 1784 gegründet, aber damals hieß es noch Café de Chartres. Ich bin jedenfalls sehr gerne hier. Es hat so viel Charme und Eleganz«, sagte Anja. »Kürzlich hat es übrigens eine Art Wiedergeburt erlebt«, fuhr sie fort. »Es gehörte viele Jahre lang dem berühmten Koch Oliver. 1984 jedoch hat er es verkauft, weil er zu alt wurde. Einige Jahre lang war es nicht mehr besonders gut, aber jetzt ist es unter Guy Martin, dem neuen Koch, wieder auf dem besten Weg, ein Spitzenrestaurant zu werden. Das Essen wird euch bestimmt schmecken.«

Mit einem Blick auf Maria fügte Anja hinzu: »Sie machen hier eine sehr schöne Seezunge, meine Liebe, du brauchst dir also wegen deiner Diät keine Sorgen zu machen.«

»Du bist immer so umsichtig, Anja«, erwiderte Maria und trank einen Schluck Mineralwasser.

Anja verwickelte Maria in ein Gespräch über ihre Bilder, und bald waren die beiden völlig in ihr Thema vertieft. Kay erzählte Jessica und Alexa, dass sie einen passenden Laden für ihre Boutique gefunden habe, und fragte Jessica zögernd, ob sie bereit wäre, ihn sich später in der Woche einmal anzuschauen. »Vielleicht hast du ja Lust, mir bei der Inneneinrichtung zu helfen«, meinte sie.

Kurz darauf stand der Oberkellner an ihrem Tisch, erläuterte ihnen die Spezialitäten des Hauses und reichte ihnen die Speisekarten. Nachdem sie sie eine Weile studiert hatten, entschieden sie sich alle für Seezunge, außer Anja, die beschloss, sich etwas Gutes zu tun. »Ich werde das mit Foie gras gestopfte Täubchen nehmen«, verkündete sie lächelnd. »Und ich lasse mir von euch deswegen auch keine Schuldgefühle einreden.«

Es war ein schönes, glückliches Zusammensein. Endlich gingen die Frauen wieder unbeschwert miteinander um. Sie waren so nett und liebevoll zueinander wie früher, und fast kam es Anja vor, als hätte es den Streit nie gegeben. Es war das schönste Geburtstagsgeschenk, das sie sich denken konnte.

Das Mittagessen verging wie im Fluge, und bald standen sie alle auf der Straße vor dem Lokal. Alexa schimpfte mit Anja, weil sie die Rechnung bezahlt hatte. Dabei hatten die Mädchen sie doch einladen wollen.

»Sei nicht albern, Liebling. Es war mir ein Vergnügen, euch alle um mich zu haben und dann auch noch so *tranquil*. Ich bin so froh, dass ihr euch wieder versöhnt habt.«

Während sie auf Anjas Wagen warteten, zog Alex Jessica beiseite und sagte leise zu ihr: »Ich muss etwas wirklich Wichtiges mit dir besprechen, Jessica. Hast du noch eine halbe Stunde Zeit?«

Jessica blickte auf die Uhr und nickte. »Komm, wir nehmen uns ein Taxi. Wir können auf dem Weg in die Galerie Bonnal miteinander reden. Ich habe eine Verabredung mit Alain, weil er ein Gemälde für einen Kunden von mir hat. Du erinnerst dich doch noch an ihn, oder? Er war ein Freund von Lucien.«

»Oh ja, natürlich erinnere ich mich an ihn«, erwiderte Alexa.

30

Eine Woche später fuhren sie an einem warmen Samstagmorgen ins Loiretal.

Tom saß am Steuer seiner großen, dunkelroten Mercedeslimousine, und neben ihm auf dem Beifahrersitz saß Mark Sylvester. Alexa, Jessica und Alain Bonnal saßen hinten.

Obwohl es warm war, verschwand die Sonne immer wieder hinter dicken, dunklen Wolken. Tom hoffte inständig, dass es nicht regnen würde, da er so schnell wie möglich zum Haus seiner Eltern in der Nähe von Tours gelangen wollte.

Dort würden sie sich frisch machen und frühstücken, bevor sie dann nach Montcresse fuhren, dem Schloss, das Jean Beauvais-Cresse gehörte. Nur Tom, die beiden Frauen und Alain wollten mitfahren, das hatten sie gestern beim Abendessen beschlossen. Mark würde bei Toms Eltern bleiben. Nach der Begegnung mit Jean würden sie zum Mittagessen zurückkommen und dann am Nachmittag wieder nach Paris fahren.

Es war noch früh am Morgen, und niemand war so recht zum Reden aufgelegt. Tom legte eine CD ein, und leise Hintergrundmusik aus großen Hollywoodfilmen ertönte.

Jessica hatte die Augen geschlossen; sie schlief jedoch nicht. Sie tat nur so, um ungestört ihren Gedanken nachhängen zu können.

Sie war fest entschlossen gewesen, sich diesen Mann, der Lucien so täuschend ähnlich sah, anzuschauen, aber jetzt war sie doch ein wenig nervös.

Andererseits waren ja Mark und Alain dabei, und das half ihr sehr. Alain hatte darauf bestanden, sie zu begleiten, und sie hatte sich damit einverstanden erklärt. Ohne ihn hätte sie die erste Zeit nach Luciens Verschwinden kaum überstanden. Abgesehen davon kannte er Lucien fast genauso gut wie sie, und falls sie sich unsicher über die Identität des Mannes sein sollte, so konnte sie sich immer noch mit Alain besprechen.

Ob es wirklich Lucien war? Lebte er und war wohlauf? Vielleicht. Sie hatte ja die ganze Zeit so ein komisches Gefühl gehabt, dass Lucien irgendwo dort draußen war, das hatte sie ja auch Alain bei ihrem ersten Mittagessen in Paris erzählt. An jenem Tag war sie sich sicher gewesen, dass Alain auch nicht mehr wusste als sie, und das hatte er auch am letzten Montag in der Galerie Bonnal bewiesen.

Im Taxi hatte Alexa ihr von dem Foto von ihr und Lucien und von Toms Reaktion darauf erzählt. Zwar war Jessica im ersten Moment ein wenig verblüfft gewesen, aber wirklich schockiert hatte sie die Nachricht nicht. Seit Mark einige Wochen zuvor die Möglichkeit ins Spiel gebracht hatte, Lucien sei vielleicht absichtlich verschwunden, war sie auf alles gefasst.

Alain jedoch hatte die Geschichte mit Jean Beauvais-Cresse als unwahrscheinlich abgetan. Als er aber hörte, dass sie an die Loire fahren wollten, hatte er sie gebeten, mitfahren zu dürfen, und Jessica hatte eingewilligt, weil sie das Gefühl hatte, es ihm schuldig zu sein.

Die Vergangenheit, dachte sie jetzt. Vor sieben Jahren war ich vierundzwanzig und so unschuldig. Als ich Lucien mit zweiundzwanzig kennen lernte, war ich sogar noch naiver. Aber Lucien war auch nicht besonders kompliziert, nur ein gut aussehender, angenehmer junger Mann, der gerne Schauspieler war. Er liebte das Leben, und sie hatten gut zueinander gepasst. Und sie hatte sich wohl bei ihm gefühlt, sie hatten viele Pläne geschmiedet ... Kalifornien, wir kommen, hatten sie immer gesagt. Das war ihr Ziel gewesen. Ein Inneneinrichtungsgeschäft für sie, Hollywoodfilme für ihn ...

Alexa war am vergangenen Montag wundervoll gewesen, so lieb und mitfühlend. Sie hatte ihr Dilemma verstanden. Aber sie hatte auch darauf gedrängt, an die Loire zu fahren, um den Mann zu stellen, und schließlich hatte auch Jessica das Gefühl gehabt, es sei notwendig.

Sie wollte, nein, sie musste dieses Kapitel endlich abschließen ... und das konnte sie nur, wenn sie zu Jean Beauvais-Cresse fuhr. Wenn er es nicht war, dann war kein Schaden entstanden, und vielleicht konnte sie es trotzdem abschließen.

Wenn er jedoch Lucien war, dann würde sie endlich Antworten bekommen auf die bohrenden Fragen, die sie seit Jahren quälten.

Das hatte sie auch gestern zu Mark gesagt, als sie sich im Le Relais zum Abendessen trafen. Er hatte sie zu der Fahrt ermutigt und gleichzeitig darum gebeten, sie begleiten zu dürfen. »Ich mag dich, Jessica«, hatte er gesagt, »und falls du mich brauchst, möchte ich gerne da sein. Ich bin nämlich dein Freund, weißt du?« Lächelnd hatte sie seinen Arm gedrückt und gesagt, sie wäre erleichtert, wenn er mitkäme. Und das hatte sie ernst gemeint.

Tom verließ die Autobahn in Tours, fuhr um die Stadt herum, an Amboise vorbei und von dort Richtung Loches. »Wir sind gleich da«, sagte er, und alle blickten erwartungsvoll aus dem Fenster.

Eine Viertelstunde später bog Tom in eine Einfahrt ein. Das Eisentor stand einladend offen. Am Ende der kurzen Auffahrt befand sich ein reizendes altes Herrenhaus, wie es typisch für die Gegend war. Hell und elegant hob es sich vor dem Laub der Bäume und dem strahlend blauen Himmel ab.

Als Tom vor der Haustür den Motor abstellte, ging die Tür auf, und sein Vater eilte die Treppe herunter.

Nachdem er seinen Sohn, der eine jüngere Ausgabe von ihm war, umarmt hatte, begrüßte er Alexa liebevoll, und dann stellte Tom die übrigen vor.

»Kommt, lasst uns hineingehen und frühstücken«, schlug Paul Conners vor und führte sie in die Eingangshalle mit ihren Terrakottafliesen und weiß getünchten Steinwänden, an denen Wandteppiche hingen.

Christiane Conners, Toms Mutter, kam ihnen entgegen, und auch ihr stellte Tom die Gäste vor.

»Vielleicht möchtet ihr euch gerne ein wenig frisch machen«, schlug Christiane Jessica und Alexa vor. »Paul und Tom, kümmert ihr euch bitte um Mark und Alain?«

Die Frauen gingen über die gewundene Treppe ins Obergeschoss, und Christiane führte sie in ein hübsches Gästezimmer, das ganz in Blau gehalten war.

Jessica dachte, wie frisch und luftig doch das Zimmer wirkte, sagte jedoch nichts. Sie war angespannt und nervös, weil sie ihrem Ziel näher kam.

»Alles, was ihr braucht, findet ihr hier, Alexa«, sagte Christiane und wies auf die Tür zum Badezimmer.

»Danke.« Alexa wandte sich an Jessica. »Möchtest du als Erste hinein gehen, Jess? Ich würde gerne ein wenig mit Toms Mutter reden.«

»Ja, gerne«, erwiderte Jessica und verschwand im Badezimmer.

Als sie alleine waren, trat Christiane zu Alexa und nahm sie in die Arme. Alexa hatte Toms Eltern immer gerne gemocht, und sie wusste, dass das auf Gegenseitigkeit beruhte. Sie gaben ihr immer das Gefühl, willkommen zu sein.

Christiane betrachtete sie forschend und sagte leise: »Ich war so glücklich, als ich gehört habe, dass du in Paris bist, *ma petite*, und dass ihr, du und Tom, wieder zusammen seid.« Fragend zog sie eine Augenbraue hoch: »Du bist doch auch glücklich, oder?«

»Ja, sehr«, erwiderte Alexa. »Wir gehören zusammen, und ich denke, das weiß Tom jetzt auch.«

»Ich hoffe es, *chérie*. Du tust ihm gut, das weiß ich ... *ah, les hommes* ... Manchmal können sie wirklich dumm sein.« Sie schüttelte den Kopf. »Aber was würden wir ohne sie anfangen?«

Als Jessica aus dem Badezimmer trat, sagte Christiane zu ihr: »Tom wollte, dass ich Ihnen alles über Jean Beauvais-Cresse erzähle, aber da gibt es nicht viel zu erzählen, Jessica.«

»Tom sagt, dass er ein rätselhafter Mann ist«, erwiderte Jessica und setzte sich in den Sessel gegenüber von Christiane, während sie auf Alexa warteten.

»Ein rätselhafter Mann?«, wiederholte Toms Mutter, schüttelte dann aber entschieden den Kopf. »Ich halte ihn eher für einen *reclusé*. Man sieht ihn nicht häufig in der Öffentlichkeit. Seine Frau auch nicht. Sie leben sehr zurückgezogen.«

»Vielleicht ist das ja ein Hinweis«, meinte Alexa, die gerade aus dem Badezimmer trat. »Das glaube ich jedenfalls.«

»Ich hoffe nur, dass wir bald eine Antwort bekommen«, murmelte Jessica.

Christiane nickte. »Lasst uns hinuntergehen und frühstücken. Ihr brennt bestimmt darauf, nach Montcresse aufzubrechen.« Sie eilte aus dem Zimmer, und die beiden Frauen folgten ihr.

Trotz ihrer sorgenvollen Gedanken nahm die Designerin in Jessica alle Details des Hauses wahr, als sie Toms Mutter und Alexa die Treppe hinunter folgte. Sie durchquerten die Eingangshalle und gelangten in einen ungewöhnlichen, kreisrunden Raum, der im hinteren Teil des Hauses lag und dessen zahlreiche Fenster auf den Garten hinausgingen. Weiter hinten glitzerte der Fluss in der Sonne.

»Wie schön!«, rief sie aus.

»Das ist das Sommeresszimmer«, erklärte Christiane und führte sie zu einem runden Tisch in der Mitte des Raums.

Als sie sich hinsetzten, betraten die Männer das Zimmer. »Setzt euch«, forderte Toms Vater die anderen auf. Er selbst setzte sich neben Alexa, ergriff ihre Hand und drückte sie.

Alexa lächelte ihn an. Sie dachte, wie gut er doch aussah. Tom wird genauso aussehen, wenn er fünfundsechzig ist. *Ich möchte immer mit Tom zusammen sein. Ich möchte mein Leben mit ihm verbringen.*

Paul sagte: »Na, was hast du gerade gedacht, Alex?«

Sie lachte. »Das kann ich dir unmöglich sagen.«

»Dann sage ich es dir«, erwiderte er mit einem wissenden Lächeln. Er beugte sich zu ihr und flüsterte ihr ins Ohr: »Du möchtest für den Rest deines Lebens mit ihm zusammen sein.«

Alexa blinzelte verwirrt. »Woher weißt du das?«

»Es steht dir ins Gesicht geschrieben, meine Kleine.«

Christiane schenkte Kaffee ein, und Tom ging mit einem Brotkorb um den Tisch herum.

»Was möchtest du, Alexa?«, fragte er, als er neben ihrem Stuhl stehen blieb.

»Dich«, formte sie stumm mit dem Mund und griff nach einem Croissant.

Tom küsste sie auf den Scheitel, erwiderte jedoch nichts.

Paul wandte sich an Alain. »Tom sagte mir, dass Sie Lucien Girard gut gekannt haben.«

»*Oui, oui.*« Alain nickte.

»Und wie war er damals so?«

»Oh, er war ein sehr ehrlicher und offener Mensch«, rief Alain aus. Ich kann mir kaum vorstellen, dass er ... dass er absichtlich verschwunden ist.«

»Das wäre nicht das erste Mal, dass so etwas passiert«, warf Tom ein.

Paul nickte zustimmend. »Meistens gibt es einen guten Grund dafür. Kaum vorstellbar, wie seine Familie gelitten haben muss, von Jessica einmal ganz abgesehen.«

»Er hat mir erzählt, er sei Waise. Seine Eltern seien tot«, sagte Jessica.

»Mir hat er das Gleiche erzählt«, fügte Alain hinzu. »Keine Eltern oder Geschwister.«

»Und anscheinend auch keine Vergangenheit«, bemerkte Mark.

»Wenn man beabsichtigt, ein Doppelleben zu führen, dann ist es immer das Beste, die Geschichte so einfach wie möglich zu halten. Dann kann man auch nicht so viele Fehler machen«, erwiderte Paul.

»Das ist wohl wahr«, murmelte Christiane.

Alexa betrachtete Toms Mutter und dachte, wie hübsch sie doch war. Christiane hatte immer schon zu den Frauen gehört, die auch in Jeans und T Shirt gut aussehen. Alexa bewunderte sie sehr, und sie war froh, dass Toms Mutter ihre Verbündete war.

Jessica hatte der Unterhaltung schweigend gelauscht, aber jetzt sagte sie: »Glaubst du, wir könnten möglichst bald aufbrechen, Tom? Ich bin schrecklich nervös, und ich möchte das Ganze nicht unnötig hinauszögern ...«

Tom und Alexa sprangen auf, und Tom erwiderte: »Natürlich können wir jetzt fahren.« Zusammen mit Alain und Jessica verließen sie das Zimmer.

Auch Mark schob seinen Stuhl zurück und eilte hinter Jessica her. Sie stand schon auf der Treppe vor dem Haus, als er sie eingeholt hatte. Er ergriff sie am Arm und zog sie an sich. Dann sagte er: »Es spielt keine Rolle, was du dort tatsächlich vorfindest, Jess, mein Liebling. Du wirst das Kapitel so oder so endlich abschließen können.«

Jessica rang sich ein Lächeln ab. »Du hast Recht, Mark, ich weiß. Ich bin nur so schrecklich nervös.«

Er nahm sie in die Arme und murmelte: »Es wird schon alles gut werden, Jessica. Dafür werde ich schon sorgen.«

31

Tom und Alain saßen vorne im Mercedes; Alexa und Jessica auf dem Rücksitz. Auf dem Weg nach Montcresse sprach niemand ein Wort, aber Alexa griff nach Jessicas Hand und drückte sie beruhigend.

Jessica saß ganz still und hielt fast den Atem an. Am liebsten hätte sie die Begegnung schon hinter sich gehabt und wäre wieder auf dem Rückweg nach Paris. Wahrscheinlich war Jean Beauvais-Cresse nur ein netter Mann, der ein zurückgezogenes Leben mit seiner Familie führte und nur zufällig eine gewisse Ähnlichkeit mit Lucien Girard hatte.

Tom durchbrach das Schweigen. »Da vor uns liegt Montcresse.«

Jessica und Alexa reckten die Hälse. Sie sahen ein prächtiges Château, das auf einer Anhöhe nicht weit von der Indre, einem weiteren Nebenfluss der Loire, stand. Die weißen Steinmauern schimmerten im Sonnenlicht, und die glockenförmigen, schwarzen Dächer der Türme verliehen dem massiven Gebäude ein verspieltes Aussehen.

Als Tom die Anhöhe hinauffuhr, fielen Jessica die gepflegten Rasenflächen entlang der kiesbestreuten Auffahrt auf. Hinter dem Schloss erstreckte sich dichter Wald. Zwei weitere Türme flankierten eine Zugbrücke, die in den Innenhof führte.

Langsam fuhr Tom in den Hof hinein und auf die Eingangstür zu.

Jessica krampfte sich der Magen zusammen, und einen Moment lang hatte sie das Gefühl, die Begegnung nicht durchstehen zu können. Fast hätte sie Tom gebeten, zu wenden und zurückzufahren. Sie warf Alexa einen hilflosen Blick zu.

Alexa drückte ihr beruhigend die Hand. »Es wird alles gut.«

Jessica nickte stumm.

Tom parkte an den Mauern des Schlosses, ein Stück von den massiven Eingangstüren entfernt. Dann drehte er sich auf seinem Sitz um und sagte zu den beiden Frauen: »Falls der Butler mich hineinbittet, wartet ihr fünf Minuten und kommt dann hinterher. Wenn ihr sagt, ihr gehört zu mir, dann lassen sie euch auch hinein.«

Er wandte sich an Alain und fuhr fort: »Am besten, du übernimmst das. Für dich ist es einfacher, mit dem Butler zu reden.«

»Natürlich, Tom, mach dir keine Sorgen«, erwiderte Alain.

Alexa fragte: »Und wenn Jean an die Tür kommt?«

»Dann verwickele ich ihn in ein Gespräch, und wenn ich euch winke, dann steigt ihr aus. Alles klar?«

»Ja«, erwiderte Alexa. Jessica nickte.

Tom stieg aus dem Wagen und ging über den gepflasterten Hof auf die Eingangstür zu. Als er näher kam, bemerkte er, dass sie nur angelehnt war. Er klopfte und wartete einen Moment, als sich jedoch nichts rührte, stieß er sie noch ein wenig weiter auf und rief: »Hallo?«

Kurz darauf erschien ein älterer Mann in einer gestreiften Schürze in der Eingangshalle. Er trug ein Silbertablett. Fragend neigte er den Kopf. *»Bonjour, Monsieur.«*

»Bonjour. J'aimerais voir Monsieur le Marquis.«

»Oui, oui, attendez une minute, s'il vous plaît.«

Er hatte die Worte kaum ausgesprochen, als Tom Schritte hinter sich hörte. Über den Hof kam Jean Beauvais-Cresse auf ihn zu. Offensichtlich war er gerade in den Stallungen gewesen. Er trug schwarze Reitstiefel, weiße Jodhpurs und einen schwarzen Rollkragenpullover. Grüßend hob er die Hand.

Tom erklärte: »Tom Conners ist mein Name. Ich bin Anwalt und vertrete die Produzenten eines historischen Films. Es tut mir Leid, dass ich einfach hier so eindringe, aber als ich an dem Schloss vorbeifuhr, baten mich meine Klienten anzuhalten. Sie waren bezaubert von Montcresse. Sie wollen nämlich einen Film über Maria Stuart machen und suchen hier an der Loire passende Drehorte ...«

»*C'est pas possible*«, unterbrach ihn Jean und lächelte bedauernd. »Viele Leute haben schon wegen Filmaufnahmen bei mir angefragt, aber es geht leider nicht, es tut mir Leid.«

»Ich verstehe«, erwiderte Tom. »Und was ist mit den Außenanlagen? Vielleicht können Sie uns Zugang zum Park gewähren.«

Jean Beauvais-Cresse zögerte plötzlich und schien zu überlegen. Dabei trat er in die Halle. »Dreharbeiten draußen wären vielleicht möglich«, sagte er schließlich.

Tom hörte ihm aufmerksam zu, sah jedoch aus den Augenwinkeln, wie Alexa, Alain und Jessica auf sie zukamen. Er erwiderte: »Wir würden ein sehr gutes Honorar bezahlen. Wir wären sehr vorsichtig, und außerdem ist die Produktionsfirma natürlich versichert.«

»Ich verstehe. Aber ich muss noch einmal darüber ...« Jean brach abrupt ab. Schock malte sich auf seinem schmalen Gesicht, und er wurde blass. Entsetzt riss er die Augen auf und klammerte sich an den Türrahmen.

Jessica trat vor. Sie hatte ihn sofort erkannt, genauso wie er sie erkannte. Er war es. Daran gab es keinen Zweifel.

Sie schluckte. »Ich habe oft gedacht, dass du irgendwo dort draußen noch bist ...« Tränen traten ihr in die Augen.

Jean starrte sie an, dann fiel sein Blick auf Alain und Alexa. Man sah ihm an, dass er auch sie erkannte, aber er blieb stumm.

Langsam schüttelte er den Kopf und wandte seine Aufmerksamkeit wieder Tom zu. »Ihre Filmpläne sind sehr interessant«, murmelte er. Schwer seufzend zog er die Tür weiter auf. »Kommt doch herein«, sagte er.

Jessica zitterte innerlich, und ihre Knie gaben nach, aber es gelang ihr, hinter den anderen in die riesige Eingangshalle zu treten. Ihre Schritte hallten auf dem Steinboden.

Drei Stufen führten in einen langen, großen Raum mit Flügeltüren, die auf eine Terrasse gingen. Jessica achtete kaum auf die Umgebung, sie hatte nur einen vagen Eindruck von dunklen Holzmöbeln, verblichenen Stoffen und einem verschlissenen antiken Aubussonteppich. Der ganze Raum strahlte schäbige Eleganz aus.

Jean blieb mitten im Zimmer stehen und wies auf eine Sitzgruppe. »Bitte«, murmelte er. Er selbst stellte sich neben den Kamin.

Als alle saßen, blickte er Tom an und fragte: »Kennen wir uns aus Paris?«

»Nein.«

»Wie haben Sie ... In welcher Verbindung stehen Sie dazu?«

»Ich habe zufällig bei meiner Freundin Alexa ein Foto von Ihnen und Jessica gesehen. Als ich Ihren Namen erwähnte, sagte sie, der Mann auf dem Foto heiße Lucien Girard. Dann hat sie mir die Geschichte ... von Ihnen erzählt.«

»Ich verstehe.« Unruhig trat Jean von einem Fuß auf den anderen.

Jessica konnte sich nicht mehr beherrschen und fragte mit gepresster Stimme: »Warum? Warum hast du das getan? Warum bist du einfach verschwunden?«

Er antwortete nicht.

Niemand sagte etwas. Es wurde ganz still im Zimmer.

Draußen fuhr ein leichter Wind durch die Bäume, und in der Ferne zwitscherte ein Vogel. Durch die offenen Terrassentüren drang der süße Duft von Rosen herein. Ruhe und Frieden lag über dem Raum, aber man spürte doch deutlich, dass die Nerven aller zum Zerreißen gespannt waren.

»Ich glaube, du schuldest uns eine Erklärung«, durchbrach Jessica das Schweigen. »Mir und Alain. Wir haben monatelang versucht, dich zu finden, und wir haben uns schreckliche Sorgen gemacht. Schließlich dachten wir, du seiest tot. Wir haben um dich getrauert.« Sie schüttelte den Kopf, und Tränen traten ihr in die Augen. »Ich glaube, ich habe seit damals nicht aufgehört, um dich zu trauern.« Ihre Stimme brach, und sie konnte nicht weitersprechen.

»Ich finde auch, du solltest Jessica erklären, warum du verschwunden bist, Lucien«, warf Alain ein.

»Ja, es stimmt. Ich schulde euch beiden eine Erklärung.« Jean setzte sich in einen Sessel am Kamin und holte tief Luft. Nach einem Moment blickte er Jessica an und begann zu sprechen.

»Ich habe dir gesagt, ich müsse wegen meiner Arbeit nach Monte Carlo, weil ich dir die Wahrheit nicht sagen konnte, Jessica.«

»Und was war die Wahrheit?«, fragte sie mit tränenerstickter Stimme.

»Dass ich in Wirklichkeit nicht Lucien Girard war. Das war nur mein Künstlername ... Ich war, ich bin Jean de Beauvais-Cresse. Aber vor zwölf Jahren verließ ich dieses Haus und ging nach einem schlimmen Streit mit meinem Vater nach Paris. Er missbilligte meinen Wunsch, Schauspieler zu werden, und verstieß mich. Mein älterer Bruder Philippe war sowieso sein Liebling und natürlich auch der Erbe des Titels und des Besitzes. Vor sieben Jahren, kurz vor deinem Examen, kam Philippe auf tragische Weise bei einem Unfall ums Leben. Er war mit einem Privatflugzeug auf dem Weg nach Korsika, um sich dort mit seiner Verlobten zu treffen, als er in ein Gewitter geriet. Alle Passagiere des Flugzeuges starben.

Als mein Vater die Nachricht von Philippes Tod erhielt, erlitt er einen Schlaganfall. Meine Mutter, die damals auch schon krank war, bat mich, nach Montcresse zurückzukehren. Sie brauchte mich. Ich musste die Beerdigung meines Bruders arrangieren, alle Angelegenheiten regeln und mich um meine Eltern kümmern.«

»Aber warum hast du mir das denn nicht gesagt?«, fragte Jessica. »Ich hätte doch mit dir kommen und dir helfen können.«

»Das war alles viel zu kompliziert. Ich hatte keine Zeit für lange Erklärungen. Plötzlich wurde ich dringend gebraucht. Außerdem dachte ich, ich würde höchstens eine Woche hier bleiben.« Jean schwieg, lehnte sich in seinem Sessel zurück und holte tief Luft.

Jessica musterte ihn aufmerksam. Sie fand, er sah älter aus als fünfunddreißig. Sein schmales Gesicht war faltig, und sein blondes Haar war schütter geworden. Er war immer schon schlank gewesen, aber jetzt war er wirklich dünn. Er wirkte unterernährt, und unwillkürlich ging ihr durch den Kopf, dass er sein gutes Aussehen verloren hatte. Und er war sehr nervös, was allerdings in dieser Situation mehr als verständlich war. Der Schweiß stand ihm auf der Oberlippe und der Stirn, und da es nicht besonders warm im Zimmer war, lag das sicher an seinem Unbehagen ihr gegenüber.

Jean de Beauvais-Cresse war sich bewusst, dass Jessica ihn so eingehend betrachtete, und innerlich zuckte er zusammen. Sie wiederzusehen war ein großer Schock für ihn gewesen. Sie war schöner denn je, und ihm war klar, dass er sie immer noch über alles liebte. Er hatte nie aufgehört, sie zu lieben. Sie war die Liebe seines Lebens und würde es immer bleiben. Aber es durfte nicht sein. Nicht mehr.

Ein Gefühl des Verlusts, der Trauer überwältigte ihn, und er musste alle Kraft aufwenden, um sich zu fassen. Einen schrecklichen Moment lang glaubte er, er würde in Tränen ausbrechen. Er atmete tief durch und stand auf. Wieder trat er an den Kamin.

Er räusperte sich und sagte: »Wie ich eben schon sagte, ich dachte, ich würde nicht sehr lange wegbleiben. Ich hatte fest vor, dir alles zu erzählen, wenn ich wieder in Paris war, Jessica. Das musst du mir glauben.«

»Und dann?«, fragte Jessica mit zitternder Stimme.

»Ich hoffte, wir würden zusammenbleiben und alles wäre so wie vorher. Aber dann geschah kurz nach der Beerdigung meines Bruders noch etwas.«

Alain fragte stirnrunzelnd: »Was?«

»Ich wurde krank. Sehr krank. Zuerst dachte ich, ich hätte eine Grippe. Mein Hals war entzündet, ich hatte nachts Schweißausbrüche, Fieber. Als der Arzt meines Vaters am Tag nach der Beerdigung ins Haus kam, um nach meinen Eltern zu sehen, erzählte ich ihm davon. Er bestand darauf, dass ich sofort in die Praxis käme, um mich untersuchen zu lassen...« Jean räusperte sich wieder und zögerte einen Augenblick lang, bevor er fortfuhr: »Was Dr. Bitoun herausfand, machte ihm Sorgen. Er schickte mich nach Orleans, zu einem Krebsspezialisten, einem Onkologen. Ich wurde geröntgt und musste mich einer Computertomographie unterziehen. Der Arzt entnahm auch eine Gewebeprobe von einem Knoten unter meinem Arm. Die schlimmsten Befürchtungen bestätigten sich, als die Laborergebnisse eintrafen. Ich hatte die Hodgkin'sche Krankheit, Lymphdrüsenkrebs.«

»Aber du warst doch so jung, erst Mitte zwanzig!«, rief Jessica entsetzt aus.

»Diese Krankheit trifft vor allem junge Männer in den Zwanzigern«, erwiderte Jean. »Ich wurde sofort ins Krankenhaus eingewiesen und bekam Bestrahlungen. Abgesehen von...«

»Warum hast du mich denn nicht angerufen?«, unterbrach Jessica ihn. »Ich wäre doch sofort zu dir gekommen. Ich liebte dich.«

»Ich weiß, und ich liebe...« Er hustete hinter vorgehaltener Hand. »Ich liebte dich auch, Jessica. Und gerade deswegen beschloss ich, dass es besser ist, einfach zu... verschwinden.«

»Aber warum denn nur?«, fragte sie. Tränen liefen ihr über die Wangen. »Ich habe dich so sehr geliebt...«

»Ich weiß«, entgegnete er mit schwankender Stimme. »Mir wurde aber auf einmal klar, dass ich dir gar nichts bieten konnte. Ich war mir sicher, dass die Behandlung nicht nützen würde. Meine Mutter war bettlägerig, mein Vater hatte einen Schlaganfall gehabt, und... falls ich überleben sollte... würde ich den Besitz verwalten müssen. Mir kam es so vor, als sei das alles zu viel für dich. Du warst noch so jung. Und außerdem, wie gesagt, dachte ich, dass ich bald sterben würde.«

»Aber du lebst noch«, warf Alain ein.

Jean nickte. »Ja. Nach vielen schrecklichen Behandlungen kam die Krankheit nach ungefähr acht Monaten zum Stillstand. Aber trotzdem war die Prognose nicht günstig. Der Onkologe erklärte mir, der Krebs könne jeden Moment wieder ausbrechen.« Er warf Jessica einen Blick zu. »Eine Ehe kam für mich nicht mehr in Frage.«

»Aber du hast doch geheiratet. Und du hast ein Kind«, erwiderte sie leise.

»Das stimmt, ja. Ich habe vor drei Jahren geheiratet. In der Nähe wohnte eine Freundin aus meiner Kindheit, und als ich aus dem Krankenhaus entlassen wurde, kam sie nach Montcresse, um mir zu helfen. Dann starb plötzlich mein Vater, und ich erbte den Besitz. Meine Verantwortung wuchs. Meine Mutter starb wenige Monate nach meinem Vater. Ich war völlig am Boden. Annick, meine liebe alte Freundin, war mir damals eine große Stütze. Mit der Zeit wurden wir ein Paar, aber ich hatte nie vor zu heiraten.«

»Und warum hast du sie dann geheiratet?«, fragte Jessica. »Und nicht mich? Ich wäre auch hierher gekommen und wäre dir eine Stütze gewesen.«

»Zu meiner großen Überraschung wurde Annick schwanger«, erwiderte Jean. »Ich hatte das nicht für möglich gehalten, weil die Bestrahlungen einen häufig ... zeugungsunfähig machen. Aber Annick erwartete auf einmal ein Kind. Ich mochte sie. Sie liebte mich und wollte mich heiraten, also tat ich das, was anständig war. Außerdem erwartete sie einen Erben für den Titel und den Besitz, jemand, der meine Nachfolge antreten konnte, wenn ich einmal starb. Sie wusste, dass ich es wahrscheinlich nicht mehr erleben würde, das Kind aufwachsen zu sehen, aber das akzeptierten wir beide.«

»Wie alt ist der Junge jetzt?«, fragte Alexa.

Jean blickte sie an, ein schwaches Lächeln umspielte seine Mundwinkel. »Drei.«

»Und du bist zur Zeit in Remission, oder?«, fragte Alain.

»Nein, ich bin wieder in Behandlung. Dieses Mal Chemotherapie.«

»Das tut mir Leid«, erwiderte Alain. »Es tut mir Leid, dass es wiedergekommen ist.«

Jessica sah ihn mit Tränen in den Augen an und sagte langsam: »Ich hätte das alles verstanden. Ich wäre zu dir gekommen, Lucien, wirklich. Du warst mein Leben.«

Jeans blaugraue Augen füllten sich mit Tränen. Er öffnete den Mund, um etwas zu sagen, brachte aber keinen Ton heraus.

Jessica, die ihm immer noch so nahe stand, erhob sich und war mit drei Schritten bei ihm. Jean streckte die Hände nach ihr aus.

Er sah nur noch sie. Sanft zog er sie in die Arme. Sie klammerte sich an ihn und schmiegte ihr tränennasses Gesicht an seine Brust. Und plötzlich hatte sie alle Fragen vergessen, die sie ihm noch hatte stellen wollen. Nichts spielte mehr eine Rolle.

Leise sagte er: »Ich dachte, dass es so für dich am besten ist. Vielleicht habe ich mich ja geirrt.«

Als sie nicht antwortete, murmelte er: »Verzeih mir, Jessica.«

»Ja«, flüsterte sie. »Ich verzeihe dir, Lucien.« Mühsam rang sie um Fassung. »Ich werde dich immer als Lucien in Erinnerung behalten.«

»Ich weiß.«

Plötzlich hörte man das Trappeln kleiner Füße, und ein kleiner Junge kam in die Bibliothek gestürzt. »*Papa! Papa! Je suis là!*«, schrie er, blieb jedoch abrupt stehen, als er sah, dass andere Leute da waren.

Jean trat zu ihm, nahm ihn an der Hand und führte ihn zu Jessica. »Das ist mein Sohn ... Lucien«, sagte er zu ihr und sah ihr dabei tief in die Augen.

Sie erwiderte seinen Blick. Dann hockte sie sich vor das Kind, strich ihm über die weiche Wange und lächelte ihn an. »*Bonjour. Je suis Jessica*«, sagte sie.

Der Junge erwiderte ihr Lächeln. »*Bonjour*«, piepste er mit seiner hohen Kinderstimme.

Jessica bezwang ihre Rührung, stand auf und blickte zu Alexa und den beiden Männern. »Ich glaube, wir sollten jetzt fahren«, sagte sie. An Jean gewandt fügte sie hinzu: »Danke, dass du mir alles erklärt hast.«

»Und du hast alles verstanden, ja?«

»Ja.«

Leise fuhr er fort: »Du bist also nicht verheiratet, Jessica?«

»Nein.«

Traurig seufzend blickte er sie an. »Das tut mir Leid. *C'est dommage.*«

»Es ist schon in Ordnung.«

Jean begleitete sie aus der Bibliothek, eine Hand auf Jessicas Schulter, an der anderen seinen kleinen Sohn. An der Eingangstür küsste er sie auf die Wange.

»*Au revoir,* Jessica. *Bonne chance.*«

»Auf Wiedersehen.«

Er senkte den Kopf.

Ohne noch abzuwarten, bis die anderen sich verabschiedet hatten, ging sie zum Auto. Dort blieb sie stehen und blickte sich noch einmal um.

Er stand an der Tür und hielt sein Kind an der Hand. Mit der anderen Hand blies er ihr einen Kuss zu und winkte dann. Das hatte Lucien auch immer getan.

Auch sie schickte ihm einen Luftkuss. Dann stieg sie in den Wagen.

Niemand sagte etwas, als sie aus Montcresse herausfuhren.

Alexa hielt Jessicas Hand und blickte sie ein paar Mal prüfend an. Als sie das Schloss hinter sich gelassen hatten, fragte sie: »Geht es dir gut?«

»Ja, mir geht es gut«, erwiderte Jessica leise. Sie räusperte sich. »Jetzt, wo ich endlich weiß, was mit Lucien geschehen ist, kann ich meinen Frieden damit machen.«

»Es war so traurig«, sagte Alexa. »Er tat mir so Leid.«

»Mir auch«, murmelte Alain und drehte sich zu ihnen um. »Es ist schlimm, dass der Krebs wieder ausgebrochen ist. Aber vielleicht... nun ja, lasst uns hoffen, dass die Behandlung anschlägt.«

»Ich glaube, er hat die richtige Entscheidung getroffen. Für dich, Jessica«, sagte Tom. »Er dachte, er würde dich schützen.«

»Ja, ich weiß. Aber er hat für mich gedacht, und das war nicht richtig.« Jessica stieß einen tiefen Seufzer aus. »Ich habe jahrelang eine Erinnerung geliebt. Eine Erinnerung an Lucien, an meine erste Liebe. Aber jetzt ist er völlig anders. *Ich* bin anders. Ich wünschte nur, er hätte mir vertraut. Er hätte unserer Liebe vertraut und mir die Wahrheit gesagt.«

»Was hättest du dann getan?«, forschte Alexa.

»Ich wäre zu ihm gefahren. Daran zweifle ich keinen Augenblick«, erwiderte Jessica.

»Und glaubst du, es wäre gut gegangen?«, fragte Tom.

»Das weiß ich nicht. Aber ich bin froh, dass ich ihn wiedergesehen habe. Jetzt kann ich endlich weiterleben.« Ein Teil von mir wird ihn immer lieben, dachte Jessica und schloss die Augen. Und ein Teil von mir wird ihm immer gehören, so wie es umgekehrt auch der Fall ist. Das hat er ganz deutlich zum Ausdruck gebracht. Er liebt mich immer noch.

Teil 4 *Das Fest*

32

Kay saß vor dem Spiegel und überlegte, ob sie noch etwas Rouge auflegen sollte. Sie fand sich blasser als sonst, und dabei wollte sie doch heute Abend besonders gut aussehen.

Sie kniff leicht die Augen zusammen und musterte sich kritisch. Dann ergriff sie den Pinsel und strich noch einmal zart über ihre Wangenknochen. Das Ergebnis gefiel ihr. Jetzt wandte sie sich ihren Haaren zu, die in rotblonden Wellen und Locken ihr Gesicht umschmeichelten. Sie brachte sie mit den Händen noch ein wenig in Form, kämmte sie vorne und gab ein wenig Haarspray darüber. »So, mehr kann ich nicht tun«, sagte sie laut und warf noch einen letzten Blick in den Spiegel.

»Du bist wunderschön, Kay«, sagte Ian hinter ihr und legte seine Hand auf ihre Schulter.

»Puh, du hast mich erschreckt!«, rief sie aus und drehte sich nach ihm um.

Lächelnd strich er ihr mit dem Finger über die Wange, dann drehte er sie so, dass sie wieder in den Spiegel blickte.

»Mach die Augen zu«, befahl er.

»Warum?«

»Tu einfach, was ich sage.«

»Na gut.«

Als sie die Augen geschlossen hatte, griff Ian in die Tasche seines Morgenmantels und zog ein Collier heraus. Vorsichtig legte er es Kay um und machte den Verschluss zu. »So, jetzt kannst du die Augen wieder aufmachen«, sagte er.

Überrascht und entzückt keuchte Kay auf. An ihrem Hals funkelte das schönste Collier aus Diamanten und Topasen, das sie je gesehen hatte. Ringe aus Diamanten formten ein Spitzenmuster, und darin saßen acht große Topase.

»Ian, es ist wunderschön! So etwas habe ich noch nie gesehen!«, rief sie aus. »Danke, oh, ich danke dir so sehr!«

»Es freut mich, dass es dir gefällt, Liebling. Ich habe mich auf den ersten Blick darin verliebt, genauso wie damals in dich.«

Sie lachte, und ihre Augen weiteten sich, als er ihr eine kleine, schwarze Samtschatulle reichte.

»Das gibt noch den letzten Schliff«, sagte er.

Wieder keuchte sie auf, als sie den Deckel öffnete. Auf schwarzem Samt lagen Topasohrringe, große Steine, die von Diamanten umgeben waren. »Ian, du bist ein Verschwender!«, schrie sie. »Aber sie sind so schön. Liebling, ich danke dir.«

Er strahlte sie an. Er wusste, dass ihre Aufregung und ihre Freude echt waren, und dafür hatte sich die Mühe gelohnt. Er wollte ihr auf jede erdenkliche Art zeigen, wie sehr er sie liebte. »Probier sie«, forderte er sie auf.

»Auf der Stelle, Sir«, antwortete sie und befestigte die Ohrringe. »Sie sind ... einfach prachtvoll«, sagte sie.

»Wie meine schöne Frau.«

»Danke für das Kompliment, und danke für den wundervollen Schmuck. Aber es ist doch weder Weihnachten noch mein Geburtstag.«

»Ich brauche doch keinen besonderen Anlass, um dir ein Geschenk zu machen, oder?«

Sie lachte. »Nein. Du bist wirklich unverbesserlich.«

»Das will ich doch hoffen.« Er streichelte ihr über die Schulter und sagte: »Weißt du noch, wie ich im Februar nach Edinburgh gefahren bin? Am Tag vor Fionas Geburtstag?«

»Ja, ich erinnere mich noch gut daran. Du hast dich ein wenig seltsam verhalten. Oder sagen wir besser, vage. Als du zurück kamst, warst du ziemlich mundfaul.«

»Ich weiß. Der Grund dafür waren das Collier und die Ohrringe.«

»Oh«, erwiderte sie nur.

»Ich hatte den alten Barnes, den Geschäftsführer von Codrington's, dem Juwelierladen, gebeten, nach einem Diamantcollier Ausschau zu halten. Stell dir meine Freude vor, als er mich anrief und mir sagte, er habe ein Collier aus Diamanten und Topasen, sehr selten und sehr alt, und ob ich es sehen möchte.« Ian schwieg und berührte eine Strähne ihrer rotbraunen Locken. »Die Topase passen unglaublich gut zu deinen Haaren«, sagte er und fuhr fort: »Eigentlich bin ich also nach Edinburgh gefahren, um mir das Collier anzusehen. Allerdings musste ich natürlich auch ein Geschenk für meine Schwester besorgen.«

»Und du hattest den Schmuck die ganze Zeit bei dir?«

Er nickte. »Eigentlich wollte ich ihn dir erst zu Weihnachten schenken, Kay, aber plötzlich fand ich, dass jetzt genau der richtige Zeitpunkt ist. Also habe ich ihn am Donnerstag mitgebracht.«

Sie stand auf, schlang die Arme um seinen Hals und küsste ihn auf den Mund. »Du bist der einzigartigste, wundervollste Ehemann, den sich eine Frau nur wünschen kann.«

»Dito, meine Süße.« Er zog den Gürtel ihres Morgenmantels auf und ließ ihn von ihren Schultern zu Boden gleiten. Dann hielt er sie ein Stück von sich ab und betrachtete sie. »Sieh dich an, Kay, wie schön du bist!«

Er schlüpfte ebenfalls aus seinem Morgenmantel, zog sie in seine Arme und bedeckte ihren Hals und ihre Brüste mit kleinen Küssen. »Komm, lass uns ins Bett gehen. Ich verspreche auch, dir das Gesicht und die Haare nicht in Unordnung zu bringen.«

Sie lachte leise. »Als ob mir das was ausmachen würde! Ich kann mich doch noch mal schminken.«

»Wir haben ja auch noch Zeit«, murmelte er und zog sie zum Bett. »Wir treffen uns erst um Viertel vor sieben mit Alexa und Tom.«

Eng umschlungen sanken sie aufs Bett und küssten sich leidenschaftlich. Seine Hände glitten über ihren Körper, berührten, streichelten und erforschten sie. Sie griff in seine Haare und ließ dann ihre Finger über seinen Rücken bis hin zu seinen festen Pobacken gleiten.

Kay spürte, wie erregt Ian wurde. Sie warf sich auf den Rücken und zog ihn auf sich. Er stützte sich auf die Hände, blickte ihr tief in die Augen und sagte leise: »Ich liebe dich von ganzem Herzen, Kay.«

»Oh, Ian«, flüsterte sie und bog sich ihm entgegen. »Ich will dich ... ich will dich in mir spüren. Bitte, bitte.«

Langsam und innig küsste er sie, dann legte er sich auf sie und hob mit den Händen ihr Hinterteil an. Mit einer raschen Bewegung drang er in sie ein, und sofort fanden sie zu ihrem Rhythmus. Immer schneller bewegte sie sich, ihr Atem ging keuchend, und sie packte ihn an den Schultern. Er hatte das Gefühl zu explodieren, und als sie kam, ergoss auch er sich in sie, und sie wurden beide von einer Welle der Ekstase hinweggetragen.

Als sie etwas später schwer atmend nebeneinander lagen, stützte Ian sich auf einen Ellbogen und strich ihr zärtlich eine Haarsträhne aus dem Gesicht. »Vielleicht haben wir gerade das Kind gezeugt, das du dir so sehnlich wünschst«, murmelte er lächelnd. »Aber wenn nicht, ist es auch egal. Das verstehst du doch jetzt, Liebling, oder?«

»Ja.« Sie erwiderte sein Lächeln. »Dr. Boujon hat gesagt, ich brauche mich nur zu entspannen, und wir sollten es einfach ohne Druck immer wieder versuchen. Und sonst gäbe es immer noch Mittel und Wege, wie er uns helfen könnte.«

Ian lachte. »Das wird nicht nötig sein. Vergiss nicht, ich bin ein heißblütiger Schotte aus den Highlands.«

Eine Viertelstunde später saß Kay wieder vor dem Schminktisch, frischte ihr Make-up mit einem Schwämmchen auf und trug noch ein wenig Rouge und Puder auf. Während sie ihre Lippen mit einem Stift umrandete, dachte sie an die letzten fünf Tage. Ian war unerwartet in Paris eingetroffen, nachdem er die Einladung zu Anjas Fest erhalten hatte.

Er sei deshalb ein paar Tage früher gekommen, hatte er erklärt, weil er das Gefühl hätte, sie bräuchten ein wenig Zeit für sich allein, fern von Lochcraigie.

Am ersten Abend hatten sie sich leidenschaftlich in ihrer Suite im Meurice geliebt, und danach hatte sie ihm von ihren Terminen bei Dr. Boujon erzählt. Da sie mittlerweile wusste, dass grundsätzlich bei ihr alles in Ordnung war, hatte sie sich ihrem Mann endlich anvertrauen können. Auch der Arzt hatte ihr dazu geraten, und er hatte Recht gehabt.

Ian hatte sich ihre Sorgen, nicht schwanger zu werden, aufmerksam angehört und sie gebeten, sich keine Gedanken mehr darüber zu machen. Ihn störte es jedenfalls im Augenblick nicht.

Er war so lieb und verständnisvoll gewesen, dass sie auf einmal auch den Mut gefunden hatte, ihm von ihrer Vergangenheit zu erzählen ... all die schrecklichen Dinge, die sie als Kind erlebt hatte. Wieder hatte Ian zugehört, und bald waren der Schock und das Entsetzen, das ihm im Gesicht geschrieben stand, einem Ausdruck voller Liebe und tiefem Mitgefühl gewichen. Anschließend hatte er sie in die Arme genommen, als wolle er sie nie wieder loslassen und immer beschützen. Er hatte gesagt: »Dass ein Mann ein Kind so missbrauchen kann, ist für mich unvorstellbar grauenhaft und unmenschlich. Du musst ein sehr tapferes kleines Mädchen gewesen sein, und deine Mutter war auch sehr mutig.«

Er hatte ihr sanft über die Wange gestreichelt und sie auf die Stirn geküsst. »Aber jetzt bin ich für dich da, Kay, mein Liebling, und ich werde nicht zulassen, dass dich irgendjemand noch einmal verletzt.«

Sie hatte sich an ihn geschmiegt und ihn mehr denn je geliebt. Und sie hatte begriffen, dass sein Verhalten ihr gegenüber nie anders gewesen war. Das hatte sie sich alles nur eingebildet. Später hatte sie sich gefragt, warum sie ihrer Liebe nie genug vertraut hatte, um ihm von ihrer Vergangenheit zu erzählen. Sie fand keine Antwort darauf, aber sie gelobte sich, nie wieder an ihm und seiner Liebe zu ihr zu zweifeln.

Zufrieden mit ihrem Make-up und ihrer Frisur, erhob sich Kay vom Schminktisch und ging ins Schlafzimmer. Groß, schlank, langbeinig und elegant. Sie trug bereits Strümpfe und hochhackige Schuhe, nun nahm sie das champagnerfarbene Chiffonkleid vom Bügel und streifte es über.

Als ob sie ihn gerufen hätte, stand auf einmal Ian im Türrahmen. In seinem Smoking sah er äußerst elegant aus. »Soll ich dir den Reißverschluss zumachen, Liebling?«

Lächelnd drehte sie sich um. »Ja, danke, Ian.«

Sie strich das Kleid glatt, dann wirbelte sie einmal um die eigene Achse. »Gefällt es dir?«

»Es steht dir wundervoll ... und das Collier und die Ohrringe passen perfekt dazu.«

»Noch einmal vielen Dank für den wunderschönen Schmuck ... und jetzt sollten wir besser hinuntergehen. Die anderen warten bestimmt schon auf uns.«

Als sie die Bar Fontainebleau betraten, erblickte Kay Alexa sofort. Sie saß mit Tom an einem Ecktisch am Fenster und winkte ihnen zu.

Als Kay und Ian näher traten, sah sie, dass Alexa ebenfalls ein Chiffonkleid trug. Es war in verschiedenen Grüntönen gehalten und passte wunderbar zu Alexas Augen und ihren dunklen Haaren.

Tom sprang auf und begrüßte sie, und als sie sich gesetzt hatten, brachte der Kellner ihnen Champagner. Kurz darauf traf Jessica mit Mark Sylvester ein. Jessica trug ein blassblaues Organzakleid, das mit Blumen aus dunklerem Blau gemustert war. Wie Kays und Alexas Kleider war es leicht und floss bei jeder Bewegung um ihren Körper.

Alexa sagte leise lachend: »Wir haben von einem Sommerfest in Paris wohl alle die gleiche Vorstellung gehabt.«

Mark blickte die drei Frauen an und meinte: »Ihr werdet die Ballköniginnen sein.«

»Oh nein!«, rief Kay mit funkelnden Augen aus. »Die Rolle ist für Anja reserviert.«

Alexa betrachtete die Männer der Reihe nach und stellte fest: »Aber eins ist gewiss, Mädels, wir haben uns die attraktivsten Männer ausgesucht.«

»Danke für das Kompliment, Alexa«, erwiderte Ian. Er mochte Kays Freundinnen und die Männer an ihrer Seite. Am Vorabend hatte er sie alle kennen gelernt, als Tom mit ihnen zum Abendessen in das schöne L'Ambroisie an der Place des Vosges gegangen war. Ian hatte einen solchen

Abend schon lange nicht mehr erlebt und jeden Moment genossen.

Am besten hatte ihm jedoch Anja Sedgwick gefallen, und er hatte ihr hingerissen gelauscht, während sie sich über Kays Tugenden ausgelassen, ihre Begabung gepriesen und ihm gestanden hatte, wie sehr sie seine Frau liebte. Er war fast geplatzt vor Stolz und Liebe zu seiner wundervollen Kay.

Auch ihr Großneffe Nicky war reizend, freundlich und äußerst amüsant gewesen. Und die vierte Frau im Quartett, Maria Franconi, war atemberaubend gewesen in ihrem einfachen schwarzen Kleid mit der Perlenkette. Alle hatten sie beim Essen bewundernd angestarrt.

Jetzt sagte Ian: »Nicky und Maria kommen sicher nicht hierher. Ich hatte den Eindruck, sie wollen Anja abholen und mit ihr direkt auf das Fest fahren.«

»Anja will als Erste da sein, damit sie alle Gäste begrüßen kann«, erklärte Alexa.

Für Jessica und Mark wurden auch Champagnerflöten gebracht, und die sechs stießen miteinander an. Angeregt plauderten sie miteinander, bevor sie sich eine halbe Stunde später ins Ledoyen aufmachten.

33

Anja stand, flankiert von Nicky und Maria, in der Eingangshalle des Ledoyen und blickte sich um.

Ihre blauen Augen funkelten, und ihr Gesicht leuchtete auf. »Oh, Nicky, mein Liebling, du hast dich selber übertroffen«, rief sie aus und packte ihn am Arm. »Das ist einfach wunderschön!«

Er lächelte erfreut und dankbar. »Es freut mich, dass es dir gefällt. Ich wollte, dass du dich wie zu Hause fühlst.«

Anja lachte ihr perlendes, altersloses Lachen und trat einen Schritt vor. Nicky hatte die Front ihres Fachwerkhauses in Paris, mitsamt dem Spalier und dem Efeu, der sich dort emporrankte, nachgebildet. Eine riesige Leinwand war an die eine Wand des Foyers gespannt, und darauf war täuschend echt das Haus gezeichnet. Der Boden wirkte wie ihr gepflasterter Hof, und sogar der Kirschbaum in voller Blüte war da, mit den vier schmiedeeisernen Gartenstühlen, die darunter standen. Und in einer anderen Ecke des Foyers war ihr Blumengarten nachgebildet.

Nicky ergriff sie am Arm und sagte: »Komm, Anja, ich habe noch mehr Überraschungen für dich.«

Lächelnd ließ sie sich von ihm zur Treppe ziehen. »Wohin gehen wir?«, fragte sie neugierig.

»Wir trinken jetzt Cocktails«, erklärte Maria strahlend.

Anja warf Maria einen Blick aus den Augenwinkeln zu. Sie sah großartig aus, schlanker denn je in ihrem mitternachtsblauen Chiffonkleid mit trägerloser Korsage und einem weiten, fließenden Rock. Als Schmuck trug sie nur eine schmale Diamantenkette um den Hals und Diamantohrringe.

»Maria, du siehst wundervoll aus«, murmelte Anja hingerissen.

»Das habe ich Nicky zu verdanken; er hat das Kleid ausgesucht. Es ist von Balmain«, erwiderte Maria.

»Oh, ich rede nicht von dem Kleid, Liebes, sondern von dir.«

Maria errötete vor Freude. »Dein rotes Kleid steht dir auch wundervoll.«

»Ich habe Rot immer geliebt«, entgegnete Anja. »Die Farbe macht mich glücklich. Heute Abend allerdings ist es eigentlich egal, welche Farbe ich trage – glücklich bin ich so oder so.«

Im zweiten Stock ergriff Nicky wieder Anjas Hand und zog sie auf die großen Doppeltüren zu. Er öffnete sie schwungvoll und rief aus: »*Voilà*!«

Anja keuchte überrascht auf.

Das Zimmer war exakt ihrem Wohnzimmer in ihrem Haus in der Provence nachgebildet, dem Haus, das Hugo vor vielen Jahren gekauft hatte und in dem sie so glücklich gewesen waren. Kellnerinnen und Kellner in der Landestracht standen bereit, um Getränke zu servieren.

»Nicky, o Nicky«, stieß Anja hervor, während ihr Neffe sie herumführte.

Der angrenzende Raum war eingerichtet wie eine russische Datscha mit bäuerlichen Möbeln, und hier trugen die Kellner goldene Kosakentuniken und schwarze Stiefel zu den Pluderhosen.

Anja blickte sich staunend um, aber Nicky hatte ihr noch mehr zu zeigen. Er zog sie in ein drittes Zimmer. Jetzt stand sie auf einmal in dem Wohnzimmer im Haus ihrer Eltern in London, das Nicky bis ins kleinste Detail naturgetreu nachgebildet hatte. Anja war so überwältigt, dass ihr die Tränen in die Augen traten.

Mit leicht zitternder Stimme fragte sie ihn: »Wie um alles in der Welt hast du das denn geschafft?«

»Mit der Hilfe deiner Schwester. Tante Ekaterina war eine großartige Komplizin. Sie hatte ein paar alte Fotografien vom Wohnzimmer deiner Eltern, aber vor allem hat sie ein fotografisches Gedächtnis, das in all den Jahren kein bisschen gelitten hat.«

Gerührt wanderte Anja durch das Zimmer und betrachtete alles ganz genau. Nicky hatte so viele Dinge gefunden, die ihrer Mutter gehört und die sie geliebt hatte, und er hatte sie alle hier aufgestellt. Fotografien in alten Fabergé-Rahmen ... offenbar von Katti geliehen ... Fotos ihrer Eltern, von den Romanows, ihren Geschwistern ... und von ihr als junges Mädchen. Sogar die Möbel ähnelten der Einrichtung des elterlichen Wohnzimmers.

Sie trat auf Nicky zu und umarmte ihn. »Danke, danke«, sagte sie mit erstickter Stimme. »Ich danke dir, dass du so viele meiner teuren Erinnerungen heute Abend hier zusammengetragen hast.«

Ein Kellner, der wie ein englischer Butler gekleidet war, trat mit einem Tablett voller Champagnergläser auf sie zu. Sie stießen miteinander an und Nicky sagte: »Ich möchte, dass dies heute dein schönster Abend wird, Anja.«

»Das wird es bestimmt. Es ist so außergewöhnlich ...«

Er lachte. »Es gibt noch mehr Überraschungen, Anja.«

»Das ist ja nicht zu glauben! Wo denn?«

»Warte es ab«, neckte er sie. »Wo möchtest du denn deine Gäste begrüßen? In welchem Zimmer?«

»Ich weiß nicht, mein geliebter Junge, sie sind alle ganz besonders.«

»Vielleicht warten wir am besten im Provence-Zimmer«, schlug Maria vor.

»Gute Idee«, erwiderte Nicky. Sie gingen in das provenzalische Wohnzimmer mit den kleinen Tischen, die mit bunten provenzalischen Stoffen eingedeckt waren. Auf einer langen Anrichte standen braune Keramikkrüge mit Sonnenblumen, und der Duft von Lavendel hing in der Luft.

Anja lächelte, als eine der Kellnerinnen auf sie zutrat mit einem Tablett, auf dem ihre Lieblingsspeisen angerichtet waren. Warme Piroschki, die kleinen russischen mit Hackfleisch gefüllten Pasteten, winzige gebackene Kartoffeln mit einem Klecks Kaviar, Toast mit Räucherlachs und englische Würstchen im Teigmantel.

»Das sieht ja unwiderstehlich aus!«, rief sie. »Ich muss alles probieren.«

»Das habe ich gehofft«, erwiderte Nicky. »Ich schließe mich dir an.«

Ein paar Minuten später trafen die ersten Gäste ein.

Anja war auf einmal von ihrer Familie umgeben.

Ihre Schwester und ihr Schwager, Katti und Sascha und alle anderen Lebedews küssten sie und gratulierten ihr. Dann kam ihr Bruder Wladimir mit seiner Frau Lili und den Kindern. Und dahinter ihre eigenen Kinder, Olga und Dimitri, mit ihren Familien. Alle umarmten sie und wünschten ihr alles Gute.

Bald war sie auch von allen Sedgwicks umringt und von zahlreichen alten Freunden und Studenten.

Und dann kamen schließlich ihre Lieblingsmädchen.

Ihre Lieblinge aus dem Abschlussjahrgang von 1994. Alexa, Jessica, Kay und Maria. Wie schön sie alle aussahen!

Alexa, Kay und Jessica begrüßten sie, und Tom, Ian und Mark ebenfalls. Aber dann traten die Männer, einschließlich Nicky, einen Schritt zurück, sodass Anja mit ihrem Quartett alleine war.

»Ihr sehr alle vier wundervoll aus!«, rief Anja strahlend aus. »Und ich möchte mich gleich für eure Geschenke bedanken. Kay, der antike Schal ist wunderschön. Wie du siehst, trage ich ihn bereits, und er passt perfekt zu meinem Kleid. Und, Jessica, die Ikone ist so kostbar. Sie hat einen Ehrenplatz in meinem Wohnzimmer erhalten, genau wie deine Lackschachtel, Alexa. Das Gemälde von St. Petersburg auf dem Deckel ist ein kleines Juwel. Danke, danke.« Anja lächelte Maria zu und fuhr fort: »Und dir danke ich für dein Bild, Maria. Es ist großartig. Ich habe es in meinem Schlafzimmer aufgehängt. Es ist sehr großzügig von dir, dass du dich davon trennst.«

Maria lächelte errötend.

Anja ließ ihren Blick über die vier Frauen gleiten, und dann sagte sie ganz leise: »Ich bin so glücklich, dass ihr alle schon so früh nach Paris gekommen seid. So hatten wir Zeit füreinander, und ihr hattet die Gelegenheit, euren Streit beizulegen.«

»Es ist wieder wie früher«, erwiderte Alexa. »Wir sind füreinander da, nicht wahr, Mädels?«

Alle pflichteten ihr bei, und Kay fügte hinzu: »Mir kommt es wie gestern vor, dass wir auf deiner Schule waren, Anja.«

»Du hast uns so viel beigebracht, uns gefördert und uns geholfen, unsere Träume zu verwirklichen«, warf Jessica ein. »Dafür werden wir dir auf ewig dankbar sein.«

Anja nickte. »Ihr seid alle auch noch aus anderen Gründen nach Paris gekommen. Jede von euch hatte hier noch etwas zu erledigen. Und ich bin so glücklich, dass ihr alle gefunden habt, was ihr gesucht habt ...« Sie blickte Alexa an. »Du und Tom ... seid ihr jetzt wieder ein Paar?«

Alexa nickte und zeigte Anja strahlend ihre linke Hand. Am Ringfinger funkelte ein Diamantring. »Wir haben uns heute Abend, bevor wir herkamen, verlobt.«

»Ich freue mich für dich, mein Liebes. Tom war schon immer der richtige Mann für dich.«

Mit einem Blick auf Maria fuhr Anja fort: »Du und Nicky, ihr macht einen sehr glücklichen Eindruck zusammen.«

»Ja, das stimmt. Nicky möchte, dass wir heiraten, sobald er geschieden ist. Ich gehe nicht mehr zurück nach Mailand, sondern werde hier in Paris bei Nicky bleiben und malen. Nie mehr Stoffe entwerfen ...«, verkündete Maria.

Anja klatschte leise in die Hände. »Gott sei Dank, Maria. Mit deinem Job zu Hause hast du dein Talent vergeudet. Herzlichen Glückwunsch! Und wenn ihr heiratet, richte ich die Hochzeit aus. Das wird mir ein Vergnügen sein. Und, Kay, was ist mit dir und deinem reizenden Ian? Es scheint wieder alles in bester Ordnung zu sein.«

»Ja, Anja, und außerdem bin ich völlig gesund, und es gibt keinen Grund, warum ich kein Baby bekommen sollte.« Kay lachte leise. »Aber Ian ist das sowieso egal. Er sagt, er will nur mich.«

»Da hat er auch Recht. Er kann sich glücklich schätzen, dass er dich hat«, erwiderte Anja. Ihr Blick ruhte nun auf Jessica, und ihr fiel auf, dass die Traurigkeit aus ihren Augen noch nicht verschwunden war.

»Ich bin froh, dass du Lucien wiedergefunden hast«, begann Anja. »Ich weiß, es war ein Schock für dich, aber jetzt kannst du dieses Kapitel endlich abschließen, Liebes. Endlich, nach all diesen Jahren.«

»Ja, du hast Recht«, erwiderte Jessica. »Und ich habe das Glück, dass Mark an meiner Seite steht. Vielleicht gibt es ja eine gemeinsame Zukunft für uns.«

»Ich glaube schon. Er ist ein reizender Mann. Eure Männer sind wunderbar ...«

Kurz darauf gingen sie alle hinunter zum Dinner.

Nicky und Maria begleiteten Anja, und als sie sie ins Speisezimmer führten, traten ihr erneut die Tränen in die Augen.

Der Raum war in den schönsten englischen Garten verwandelt worden, den sie je gesehen hatte. Er war über und über mit Blumen geschmückt. In den Ecken standen Orangenbäume in Kübeln, aus Brunnen sprudelten schimmernde Wasserfontänen, steinerne Statuen und Sonnenuhren standen an strategischen Punkten. Auf jedem Tisch waren rosafarbene Rosen arrangiert und ein Meer von Kerzen und winzigen Lichtern tauchten den Raum in ein magisches Licht.

»Oh, Nicky.« Mehr brachte Anja nicht hervor. Kopfschüttelnd klammerte sie sich an seinen Arm, während er sie an den Haupttisch führte, wo sie mit ihren Kindern und Geschwistern zusammensaß. »Ich danke dir, ich danke dir, mein Liebling«, flüsterte sie, als er ihr den Stuhl zurechtrückte.

»Es war mir eine Freude, Anja, eine sehr große Freude«, sagte er. Dann trat er mit Maria an den Tisch, an dem auch Kay, Jessica und Alexa mit ihren Männern saßen.

Ich bin eine so glückliche Frau, dachte Anja und trank nachdenklich einen Schluck Wasser. Was für ein erfülltes Leben ich doch gehabt habe. Fünfundachtzig wundervolle Jahre. Liebe und Glück. Schmerz und Leid. Und auch viel Kummer. Aber ich habe immer alle Probleme überwunden. Ich habe weitergelebt. Vielleicht geht es im Leben nur darum. Weiterzuleben.

Und meine vier Mädchen werden auch weiterleben. Sie blickte zur Tanzfläche. Dort waren sie alle ...

Maria und Nicky. Er hielt sie in den Armen und flüsterte ihr etwas ins Ohr.

Kay schmiegte sich mit verträumtem Gesichtsausdruck an Ian. Die beiden wirkten völlig zufrieden.

Jessica tanzte mit Mark, und ihre Augen blickten nicht mehr so traurig. Lachend sah sie zu ihm auf.

Alexa und Tom wiegten sich im Takt der Musik. Er blickte sie an und küsste sie leicht auf die Lippen. »Lass uns so bald wie möglich heiraten«, sagte er leise. »Ich kann es kaum erwarten, dass du endlich meine Frau bist. Ich liebe dich so sehr.«

»Ich liebe dich auch, Tom«, erwiderte Alexa und schmiegte sich noch enger an ihn. Nichts wollte sie lieber, als sein langweiliges Leben, wie er es nannte, teilen. Sie lächelte vor sich hin. Sehr langweilig, wirklich, dachte sie.

Anja beobachtete sie und hätte gerne gewusst, was sie gerade zueinander gesagt hatten. Sie lachte vergnügt. Natürlich erzählten sie einander herrliche Dinge ... genauso wie sie es vor vielen Jahren getan hatte. Zuerst mit Michel Lacoste und dann mit Hugo Sedgwick.

Liebe, dachte sie. Die Liebe ist das Wichtigste. Am Ende zählt nur die Liebe.